MELHOR DO QUE NOS FILMES

MELHOR DO QUE NOS FILMES

LYNN PAINTER

Tradução de Alessandra Esteche

Copyright © 2021 by Simon & Schuster, Inc.
Copyright da tradução © 2023 by Editora Intrínseca Ltda.
Publicado mediante acordo com Simon & Schuster Books for Young Readers, um selo de Simon & Schuster Children's Publishing Division, Nova York, NY.
Todos os direitos reservados. Nenhuma parte desta publicação pode ser reproduzida ou transmitida, em nenhuma forma ou meio, eletrônico ou mecânico, incluindo fotocópia, gravação, armazenamento de dados ou sistema de recuperação, sem a permissão por escrito da Editora Intrínseca Ltda.

Trecho da página 294 retirado de O Grande Gatsby, de F. Scott Fitzgerald, traduzido por William Lagos, L&PM, 2011.

TÍTULO ORIGINAL
Better Than the Movies

REVISÃO
Theo Araújo

DIAGRAMAÇÃO
Ilustrarte Design e Produção Editorial

IMAGENS DE MIOLO
© 2021 Liz Casal

ARTE DE CAPA
© 2021 Liz Casal

DESIGN DE CAPA
Heather Palisi © 2021 by Simon & Schuster, Inc.

CIP-BRASIL. CATALOGAÇÃO NA PUBLICAÇÃO
SINDICATO NACIONAL DOS EDITORES DE LIVROS, RJ

P163m

    Painter, Lynn
        Melhor do que nos filmes / Lynn Painter ; tradução Alessandra Esteche. - 1. ed. - Rio de Janeiro : Intrínseca, 2023.
        352 p. ; 21 cm.

        Tradução de: Better than the movies
        ISBN 978-65-5560-728-4

    1. Romance americano. I. Esteche, Alessandra. II. Título.

23-82460   CDD: 813
                                                  CDU: 82-31(73)

Meri Gleice Rodrigues de Souza - Bibliotecária - CRB-7/6439

[2023]
Todos os direitos desta edição reservados à
EDITORA INTRÍNSECA LTDA.
Av. das Américas, 500, bloco 12, sala 303
22640-904 – Barra da Tijuca
Rio de Janeiro – RJ
Tel./Fax: (21) 3206-7400
www.intrinseca.com.br

Para minha mãe maravilhosa, que sempre foi minha maior fã, minha crítica mais rigorosa e a responsável por minha desconfiança com a indústria de calçados. Obrigada por permitir que eu lesse embaixo das cobertas quando devia estar dormindo.

E para meu amado pai, que viu a capa, mas não chegou a ler o livro. Ele teria amado a cena no Stella's e se lembrado do ketchup.
Descanse em paz, Jerry Painter.
(17/05/1939–18/05/2020)

L. P.

PRÓLOGO

"Eu sou só uma mulher, que está na frente de um homem, pedindo a ele para amá-la."

— *Um lugar chamado Notting Hill*

Minha mãe me ensinou a regra de ouro dos relacionamentos assim que entrei no ensino fundamental.

Na plena maturidade dos meus sete anos, entrei no quarto dela após ter um pesadelo (é que um grilo do tamanho de uma casa pode não parecer assustador, mas quando ele fala seu nome completo com voz de robô, fica aterrorizante). Na TV quadrada sobre a cômoda, estava passando *O diário de Bridget Jones*, e assisti a boa parte do filme antes que minha mãe percebesse que eu estava ao pé da cama. Àquela altura, era tarde demais para me resgatar do conteúdo impróprio para crianças, então ela se aconchegou ao meu lado, e assistimos ao final feliz juntas.

Mas minha mente infantil simplesmente não conseguia entender. Por que Bridget abriria mão do cara fofo — o mais charmoso — para ficar com o que era um chato de galochas? Qual o sentido disso?

É... passei longe de entender a mensagem do filme e me apaixonei loucamente pelo conquistador. Até hoje me lembro da voz da minha mãe e do cheiro de baunilha do seu perfume enquanto ela brincava com meu cabelo e tentava me explicar a situação:

— Charme e intriga satisfazem só até certo ponto, Libby Loo. Essas coisas sempre perdem o sentido, por isso você nunca, jamais deve escolher o *bad boy*.

Depois daquele dia, compartilhamos centenas de momentos parecidos, explorando a vida juntas por meio de filmes românticos. Era *nosso lance*. A gente se munia de biscoitos e salgadinhos, relaxava e maratonava a coleção dela de finais felizes cheios de beijos do mesmo jeito que outras pessoas maratonavam reality shows cafonas.

O que, pensando bem, deve ser o motivo pelo qual eu espero o cara perfeito aparecer desde que tinha idade suficiente para soletrar a palavra "amor".

Quando minha mãe morreu, ela me deixou seu legado — a crença inabalável no "felizes para sempre". Minha herança foi a percepção de que o amor está sempre no ar, é sempre uma possibilidade, e sempre vale a pena.

O Cara Ideal — ou seja, bacana e confiável — podia estar me esperando ao virar a esquina.

Por isso eu estava sempre preparada.

Era apenas questão de tempo até que *finalmente* acontecesse comigo.

CAPÍTULO UM

"Ninguém acha sua alma gêmea com dez anos de idade. Qual seria a graça se fosse assim?"

— *Doce lar*

O dia começou como qualquer outro.

O sr. Fitzherbert deixou uma bola de pelos no meu chinelo, queimei a orelha com a chapinha e, quando abri a porta para ir à escola, dei de cara com meu maior inimigo, que também é meu vizinho, esparramado no capô do meu carro.

— Ei!

Ajeitei os óculos escuros, tranquei a porta de casa e fui em direção ao veículo, com cuidado para não estragar minha linda sapatilha florida nova ao praticamente *correr* até ele.

— Sai de cima do meu carro.

Wes saltou do capô e levantou as mãos, fazendo a pose universal de inocência, embora o sorrisinho torto transmitisse exatamente o contrário. Além disso, eu o conhecia desde o jardim de infância; aquele garoto nunca foi inocente.

— O que você tem na mão? — indaguei.

— Nada.

Ele escondeu a mão em questão nas costas. Embora tivesse ficado alto, sem qualquer traço infantil e fosse um pouco atraente desde o fundamental, Wes continuava o mesmo garoto imaturo que "sem querer" queimou a roseira da minha mãe com uma bombinha.

—Você é tão paranoica — disse ele.

Parei à frente dele e o encarei com os olhos semicerrados. Wes tinha aquele rosto de garoto travesso, cujos olhos escuros — cercados por meio metro de cílios grossos, porque a vida é injusta — entregavam tudo, mesmo quando a boca não dizia nada.

As sobrancelhas erguidas indicavam o quanto ele me achava ridícula. Com base em nossos muitos encontros desagradáveis, eu sabia que os olhos semicerrados queriam dizer que ele estava me avaliando, e que estávamos prestes a discutir a irritação mais recente que ele tinha me causado. Quando seus olhos brilhavam como agora, quase reluzentes de tanta provocação, eu sabia que estava ferrada. Porque o Wes provocador sempre vencia.

Cutuquei seu peito e perguntei:

— O que você fez com meu carro?

— Eu não fiz nada *com* seu carro, *per se*.

— *Per se*?

— É. Não sabe o que significa, Buxbaum?

Revirei os olhos, o que fez com que a boca dele se curvasse em um sorriso provocante.

— Nossa conversa está divertida. Aliás, amei seus sapatos de vovozinha, mas preciso ir — disse ele.

—Wes...

O garoto se virou e se afastou como se eu não estivesse chamando por ele. Só... caminhou em direção à sua casa com aquele jeito tranquilo e confiante. Chegando à varanda, abriu a porta e gritou por cima do ombro:

—Tenha um bom dia, Liz!

Isso não era um bom sinal.

Porque ele jamais ia realmente querer que eu tivesse um dia bom. Olhei para o carro, com medo até mesmo de abrir a porta.

A questão é que Wes Bennett e eu éramos inimigos que travavam uma batalha sem limites pela única vaga de estacionamento disponível daquele lado da rua. Ele quase sempre ganhava, mas só porque trapaceava. Achava engraçado reservar a Vaga deixando coisas que eu não conseguia tirar do caminho. Tipo uma mesa de piquenique de ferro, um motor ou um pneu de caminhão. Dá para ter uma ideia.

(Embora a palhaçada chamasse a atenção do grupo do Facebook do bairro — meu pai era membro — e os velhos fofoqueiros espumassem de raiva pela deterioração da paisagem, ninguém nunca intervinha. Isso por acaso era *justo*?)

Mas para variar, eu é quem estava surfando na maré da vitória — isso porque, na noite anterior, tive a brilhante ideia de fazer uma denúncia após ele ter deixado o carro na Vaga por três dias seguidos. Omaha tinha um limite de vinte e quatro horas, então o bom e velho Wesley ganhou uma bela multa.

Não vou mentir, fiz uma dancinha feliz na cozinha quando vi o policial colocar a notificação no para-brisa dele.

Dei uma olhada em todos os pneus antes de entrar no carro e colocar o cinto. Ouvi uma risada do Wes, e quando me inclinei para olhar pela janela do passageiro, a porta da casa dele se fechou.

Foi quando avistei o que ele tinha achado tão engraçado.

A multa agora estava no *meu* carro, colada no meio do para-brisa com fita adesiva, e era impossível enxergar qualquer coisa. Camadas e mais camadas de fita adesiva de qualidade duvidosa.

Saí do carro e tentei descolar um pedacinho com a unha, mas os cantos estavam muito bem grudados.

Que babaca.

Quando finalmente cheguei à escola depois de raspar o para-brisa com uma lâmina de barbear, respirei fundo para recuperar meu espírito zen e entrei no campus ouvindo a trilha sonora de *O diário de Bridget Jones* no headphone. Tinha reassistido ao filme na noite anterior — pela milésima vez —, mas dessa vez as músicas me tocaram de um jeito diferente. Mark Darcy dizendo "O cacete que não beijam" ao beijar Bridget era, lógico, de desmaiar, mas a cena não seria tão digna de um *ai-meu-Deus* sem "Someone Like You", do Van Morrison, tocando ao fundo.

Pois é... tenho um fascínio meio nerd por trilhas sonoras de filmes.

Essa música começou a tocar quando passei pelo refeitório e avancei em meio à multidão de alunos espalhados pelos corredores. O que mais gosto na música — isso é, quando é possível ouvir em um volume alto o suficiente com fones de ouvido bons (e o meu era o *melhor*) — é que ela suaviza os trancos do mundo. Ao som da voz do Van Morrison, ir contra a corrente do corredor lotado parecia uma cena de filme em vez de pura frustração.

Fui em direção ao banheiro do segundo andar, onde me encontrava com Jocelyn todas as manhãs. Minha melhor amiga sempre dormia demais, então eu quase sempre a encontrava se digladiando com o delineador antes do sinal tocar.

— Liz, eu *amei* esse vestido — elogiou Joss enquanto limpava os olhos com um cotonete, me olhando de relance quando entrei no banheiro. Em seguida, ela pegou um tubo de rímel e começou a aplicar nos cílios. — Flores combinam muito com você.

— Obrigada!

Fui até o espelho e dei uma voltinha para garantir que o vestido evasê vintage não estava preso na calcinha ou alguma outra coisa constrangedora. Duas líderes de torcida envoltas em uma nuvem branca estavam fumando cigarro eletrônico atrás de nós. Abri um pequeno sorriso para elas.

— Você tenta se vestir como as mocinhas dos seus filmes ou é só coincidência? — perguntou Joss.

— Não fale "seus filmes". Parece que sou viciada em filmes pornô ou algo assim.

— Você entendeu — disse Joss, separando os cílios com um alfinete.

Entendi muito bem. Eu assistia às queridas comédias românticas da minha mãe quase todas as noites, filmes da coleção de DVDs que herdei quando ela morreu. Eu me sentia mais próxima dela assim; parecia que uma pequena parte dela estava ali, assistindo ao meu lado. Provavelmente por termos assistido juntas. *Várias* vezes.

Mas Jocelyn não sabia de nada disso. Crescemos na mesma rua, mas nos aproximamos no segundo ano do ensino médio. Então, embora ela soubesse que minha mãe tinha morrido quando eu estava no sexto ano, nunca conversávamos de verdade sobre isso. Ela sempre achou que eu fosse obcecada pelo *amor*, já que sou uma romântica incurável. E nunca a corrigi.

— Ei, você falou com seu pai sobre o piquenique? — indagou Joss.

Ela olhou para mim pelo espelho, e eu sabia que Jocelyn ia ficar irritada. Para falar a verdade, fiquei surpresa por não ter sido a primeira coisa que perguntou quando entrei no banheiro.

— Ele só chegou depois que eu já tinha ido dormir. — Era verdade, mas eu podia ter perguntado à Helena, se quisesse mesmo saber. — Vou falar com ele hoje.

— Aham, sei.

Ela fechou o rímel e o enfiou na pequena bolsa de maquiagem.

— Vou mesmo. Prometo.

— Vamos? — Jocelyn guardou a bolsa na mochila e pegou seu café, que estava apoiado na bancada. — Não posso me atrasar de novo para a aula de Literatura. É isso ou detenção depois da aula, e também falei para a Kate que deixaria um chiclete no armário dela no caminho.

Ajustei a bolsa carteiro no ombro e dei uma conferida em meu rosto no espelho.

— Espera... esqueci o batom.

— Não temos tempo para isso — disse ela, apressada.

— Sempre há tempo para batom. — Abri o bolso lateral da minha bolsa e peguei meu novo batom favorito, Vermelho Retrô. Caso meu McDreamy, o Derek Shepherd de Grey's Anatomy, estivesse na escola (muito improvável), eu queria estar com a boca bonita. — Pode ir na frente.

Ela se afastou, e eu passei o batom. *Muito melhor.* Guardei o batom de volta na bolsa, coloquei o headphone e saí do banheiro, apertando o play e deixando o restante da playlist envolver minha mente.

Quando cheguei à sala de Literatura Inglesa, fui até a última fileira e me sentei entre Joss e Laney Morgan, deslizando o headphone até o pescoço.

— O que você respondeu na oito? — perguntou Jocelyn enquanto escrevia depressa, terminando a lição de casa. — Esqueci a leitura, então não faço a menor ideia de por que as camisas do Gatsby fizeram Daisy chorar.

Deixei que Joss copiasse minha resposta, mas meus olhos se voltaram para Laney. Se fizessem uma pesquisa, seria unânime que a garota era linda — era um fato indiscutível. Ela tinha um nariz tão fofo que sua existência certamente tinha trazido à tona a necessidade de criar o termo "arrebitado". Seus olhos eram enormes, como os de uma princesa da Disney, e o cabelo loiro estava sempre brilhante e sedoso, como se a vida fosse um comercial de xampu. Era uma pena que sua alma fosse o exato oposto de sua aparência.

Eu não gostava nem um pouco dela.

No primeiro dia do jardim de infância, ela gritou "Bleeerg" quando meu nariz sangrou, apontando até a turma inteira olhar para mim com nojo. No quarto ano, ela disse ao David Addleman que meu caderno estava cheio de bilhetinhos românticos sobre ele. (Ela tinha razão, mas isso não vem ao caso.) Laney falou mais do que devia, e, em vez da cena toda ser fofa ou charmosa como os filmes me fizeram acreditar que seria, David me chamou de esquisitona. E, no sexto ano, pouco tempo depois que minha mãe morreu e fui obrigada a me sentar ao lado da Laney no refeitório — porque os assentos eram mapeados pelos professores —, todos os dias, enquanto eu mordiscava meu almoço quase intragável, ela abria a lancheira rosa-bebê e deixava a mesa inteira fascinada com as delícias que a mãe fazia só para ela.

Sanduíches cortados em formatos fofinhos, biscoitos caseiros, brownies com granulado... Era um baú de tesouros de obras-primas da culinária infantil, uma preparada com mais carinho que a outra.

Mas o que me destruía eram os bilhetes.

Não tinha um dia sequer que o almoço de Laney não viesse acompanhado de um bilhetinho escrito à mão. Eram cartinhas engraçadas que ela lia em voz alta para as amigas, com desenhos bobos nas margens, e quando eu me permitia bisbilhotar, lia "Com amor, mamãe" no fim do bilhete, com uma caligrafia rebuscada e corações desenhados. Eu ficava tão triste que não conseguia nem comer.

Todos achavam Laney incrível, linda e inteligente, mas eu sabia a verdade. Ela podia fingir ser legal, mas sempre me olhou de um jeito estranho. *Todas as vezes* que aquela garota olhava para mim, parecia que tinha alguma coisa no meu rosto e ela não conseguia decidir se ficava entretida ou com nojo. Embaixo de toda aquela beleza, ela era podre, e um dia o resto do mundo ia descobrir aquilo.

— Quer chiclete? — ofereceu Laney, estendendo a embalagem sabor menta e erguendo as sobrancelhas perfeitamente delineadas.

— Não, valeu — resmunguei.

Voltei a atenção para a frente da sala quando a sra. Adams entrou e pediu o dever de casa. Passamos as folhas para a frente, e ela iniciou a aula. Todos começaram a fazer anotações nos notebooks que recebemos da escola. De repente, percebo que Colton Sparks acenou para mim com o queixo de onde estava sentado, em uma mesa no canto.

Sorri e olhei para o notebook. Colton era legal. Passei duas semanas conversando com ele no início do ano, mas acabou ficando meio *meh*. O que, de certa forma, resumia todo o meu histórico amoroso: *meh*.

Duas semanas — essa era a média de duração dos meus relacionamentos, se é que podia chamá-los assim.

Eis o que em geral acontecia: eu via um cara bonito, ficava semanas fantasiando sobre ele e imaginando que era minha alma gêmea. Todo o período que antecedia relacionamentos de ensino médio sempre começava bem esperançoso. Mas, depois de duas semanas, antes mesmo que chegássemos perto de oficializar qualquer coisa, eu quase sempre sentia o *Eca* — a sentença de morte do desabrochar de qualquer relacionamento.

Definição de Eca: termo que se refere à sensação repentina de nojo que sentimos quando temos contato romântico com alguém e de repente somos tomados por um desânimo em relação àquela pessoa.

Joss brincou que eu estava sempre dando uma "olhadinha", mas nunca comprava nada. No fim, ela tinha razão. Mas minha propensão a microrrelacionamentos de no máximo duas semanas colocava meu par para o baile em risco. Queria ir com alguém que me deixasse sem fôlego e fizesse meu coração acelerar, mas será que ainda restava alguém na escola em quem eu já não tivesse pensado?

Quer dizer, teoricamente eu tinha um par para o baile: eu ia com a Joss. Mas é que... ir ao baile com minha melhor amiga parecia um fracasso. Sabia que íamos nos divertir — tínhamos combinado de jantar antes com Kate e Cassidy, as mais divertidas do nosso grupo de amigas —, mas o baile devia ser o auge do romance no ensino médio. Devia envolver convites feitos com cartolina, arranjos de flores combinando, o interesse romântico sem palavras de tão linda que fiquei no meu vestido e beijos delicados sob o globo espelhado brega.

Bem ao estilo Andrew McCarthy e Molly Ringwald em *A garota de rosa-shocking*.

O baile não era para ser um jantar entre amigas na Cheesecake Factory e depois ir até o colégio para ter conversas constrangedoras enquanto os casais ficavam se beijando ao fundo.

Sabia que Jocelyn não entenderia. Ela achava que o baile não era nada de mais, só uma festa do colégio para a qual a gente se arrumava melhor, e me acharia ridícula se eu admitisse que estava decepcionada. Ela já estava irritada das tantas vezes que eu tinha adiado a compra dos vestidos, mas eu nunca sentia vontade de fazer isso.

Simplesmente não tinha ânimo nenhum.

Meu celular vibrou.

Joss: Eu tenho A MAIOR FOFOCA.

Olhei para ela, mas Joss parecia estar prestando atenção na aula. Dei uma olhada para a professora antes de responder:
Desembucha.

Joss: Só pra vc saber, quem contou foi a Kate, por mensagem.

Eu: Então talvez não seja verdade. Entendi.

O sinal tocou, então peguei minhas coisas e enfiei tudo na mochila. Jocelyn e eu fomos em direção a nossos armários.

— Antes de qualquer coisa — começa ela —, você precisa prometer que não vai surtar antes de ouvir tudo.

— Ai, minha nossa! — Meu estômago se revirou. — O que está acontecendo?

Viramos o corredor e, antes mesmo que eu pudesse olhar para ela, vi que *ele* estava vindo na minha direção.

Michael Young?

Parei de andar de repente.

— Eeeee... essa é a fofoca — anunciou Joss, mas eu não estava mais ouvindo.

As pessoas esbarravam em mim e desviavam, e eu fiquei parada ali, olhando para ele. Michael parecia o mesmo, só mais alto, mais forte e mais bonito (se é que isso era possível). Minha paixão de infância se movimentava em câmera lenta, com passarinhos azuis cantando e batendo as asas ao redor de sua cabeça enquanto seu cabelo loiro esvoaçava em uma brisa reluzente.

Acho que meu coração errou uma batida.

Michael morava no fim da rua quando éramos crianças, e era incrível. Eu o amava desde que me entendia por gente. Ele sempre foi incrível. Inteligente, sofisticado e... sei lá... mais *encantador* que qualquer outro garoto. Ele brincava com as crianças do bairro (eu, Wes, os irmãos Potter da casa da esquina e Jocelyn) de esconde-esconde, pique-bandeira, bola, tocando a campainha das casas e saindo correndo... Mas enquanto Wes e os irmãos Potter gostavam de jogar lama no meu cabelo porque isso me fazia ficar zangada, Michael gostava de identificar plantas, lia calhamaços e *não* se juntava a eles para me torturar.

Minha mente tinha começado a tocar "Someone Like You".

I've been searching a long time,
For someone exactly like you.

Ele estava de calça cáqui e camisa preta, o tipo de roupa que mostrava que ele sabia as peças que o valorizavam, mas também não passava muito tempo se preocupando com a aparência. Seu cabelo era cheio, loiro e acompanhava o estilo de suas roupas

— intencionalmente casual. Eu me perguntei qual seria seu cheiro.

Do cabelo, quer dizer. Não de suas roupas.

Ele deve ter sentido que havia alguém o encarando, porque a câmera lenta parou, os pássaros desapareceram e ele olhou diretamente para mim.

— Liz?

Ainda bem que tinha insistido em passar o batom Vermelho Retrô. Obviamente o universo sabia que Michael surgiria diante de mim naquele dia, e tinha colaborado para que eu estivesse apresentável.

— Amiga, relaxa — murmurou Joss.

Mas não consegui conter o sorriso no rosto quando disse:

— Michael Young?

— E lá vamos nós... — comentou Joss, com pesar.

Mas não me importei.

Michael se aproximou e me envolveu em um abraço, e deixei que minhas mãos deslizassem por seus ombros. *Ai, meu Deus! Ai, meu Deus!* Senti um frio na barriga quando os dedos dele tocaram minhas costas, e percebi que aquele podia ser um típico reencontro dos filmes de comédia romântica.

Ai. Meu. Deus.

Eu estava vestida para aquele momento; e ele estava lindo. Será que poderia ser *ainda mais* perfeito? Olhei para Joss, que estava balançando a cabeça, mas não liguei.

Michael tinha voltado.

Seu cheiro era bom — tão bom —, e eu quis memorizar cada pequeno detalhe daquele momento. O toque macio e um pouco gasto de sua camisa, a largura de seus ombros, a pele bronzeada de seu pescoço a poucos centímetros do meu rosto quando ele retribuiu o abraço.

Seria errado fechar os olhos e respirar fun...

— *Ops*.

Alguém embarrou em nós com força, nos tirando do abraço. Fui empurrada contra Michael e depois para longe dele. Quando virei, vi quem tinha sido.

—Wes! — disse, irritada por ele ter estragado meu momento com Michael, mas ainda tão incrivelmente feliz que meu sorriso não diminuiu. Não dava para *não* sorrir. — Olhe por onde anda!

Ele ergueu as sobrancelhas, confuso.

— Ah, é...?

Wes ficou olhando para mim, provavelmente se perguntando por que eu estava sorrindo em vez de ter um ataque de fúria por causa da fita adesiva no meu carro. Ele parecia estar esperando uma lição de moral, e sua expressão perdida me deixou ainda mais feliz.

Soltei uma risada e disse:

— É, seu idiota. Você podia ter machucado alguém, cara.

Ele semicerrou os olhos.

— Desculpa... Eu estava falando com o Carson e fazendo aquela coisa superdifícil de andar para trás — explicou ele, devagar. — Mas chega de falar de mim. Como foi a vinda para a escola?

Eu sabia que ele queria ouvir todos os detalhes — por exemplo, quanto tempo tinha levado para tirar a fita adesiva ou o fato de eu ter quebrado duas unhas que eu havia acabado de fazer —, mas não estava a fim de lhe dar satisfação.

— Foi ótimo, sério... Obrigada por perguntar.

—Wesley! — chamou Michael, em seguida fez um aperto de mão elaborado com o outro garoto (quando eles tiveram tempo de coreografar aquele movimento adorável?). —Você tinha razão sobre a professora de Biologia.

— Foi porque você se sentou comigo. Ela me *odeeeeia*.

Wes deu um sorrisinho e continuou a tagarelar, mas ignorei aquele idiota e fiquei observando Michael, falando e rindo e sendo tão charmoso quanto eu lembrava que era.

Mas agora ele falava em um ritmo arrastado.

Michael Young voltou com um sotaque suave que me fazia querer escrever uma carta de agradecimento ao estado do Texas por fazer com que ele ficasse ainda mais atraente. Cruzei os braços e quase me derreti toda enquanto apreciava a vista.

Jocelyn, de cuja existência talvez eu tenha esquecido ao presenciar tamanha beleza, me deu uma cotovelada e sussurrou:

— Calma. Você está babando.

Revirei os olhos e a ignorei.

— Ei, escuta só. — Wes ajeitou a mochila no ombro e apontou para Michael. — Você se lembra do Ryan Clark?

— Lógico — respondeu Michael, sorrindo e parecendo um estagiário do congresso. — Do beisebol, né? Primeira base?

— Ele mesmo — confirmou Wes, agora falando mais baixo. — Ele vai dar uma festa amanhã na casa do pai dele... Você precisa ir.

Tentei me manter inexpressiva enquanto ouvia Wes convidar o *meu* Michael para a festa. Quer dizer, Wes *de fato* andava com os caras que Michael conhecia, mas fala sério. De repente eles eram melhores amigos?

Isso não era bom para mim. Não era mesmo.

Porque a diversão de Wesley Bennett era me zoar, sempre foi. Quando éramos crianças, Wes colocou um sapo na minha casa da Barbie e a cabeça decapitada de um gnomo de jardim na pequena biblioteca comunitária que fiz no meu jardim. Quando estávamos no ensino fundamental, foi ele quem achou que seria hilário fingir que não tinha me visto deitada no meu quintal e decidiu regar os arbustos do quintal dele, me molhando "sem querer" até eu gritar.

Mas sua missão se tornou me atormentar todos os dias por causa da Vaga. Fiquei mais corajosa com o tempo, então meio que me tornei a garota que berrava do outro lado da cerca quando os amigos dele estavam por lá e faziam tanto barulho que eu não conseguia nem escutar música. Mas enfim.

— Boa ideia — respondeu Michael, assentindo, e me perguntei como ele ficaria de chapéu de caubói e camisa de flanela. Talvez um par de botinas, embora eu não soubesse exatamente qual era a diferença entre botinas e botas de caubói.

Teria que jogar no Google depois.

— Mando os detalhes por mensagem. Tenho que ir... Se eu me atrasar para a próxima aula, com certeza vou pegar detenção. Até depois, gente.

Ele virou e saiu correndo.

Michael ficou olhando Wes desaparecer, então olhou para mim e falou, com o sotaque arrastado:

— Ele foi embora tão rápido que nem deu tempo de perguntar... É pra ir com roupa casual?

— O quê? Ah, na festa? — Como se eu soubesse o que eles vestiam para aquelas festas bobas. — Acho que sim.

— Vou perguntar ao Wesley.

— Ótimo.

Eu me esforcei para dar meu melhor sorriso, embora quisesse morrer porque o Wes tinha estragado nosso reencontro fofo de filme.

— Também preciso ir — comentou ele. — Mas não vejo a hora de ouvir as novidades.

Então me leve à festa!, gritei internamente.

— Joss? — Michael olhou por cima do meu ombro, boquiaberto. — É você?

Ela revirou os olhos.

— Até que enfim.

Jocelyn sempre foi próxima dos garotos do bairro — jogava bola com Wes e Michael, enquanto eu dava estrelinhas péssimas pelo parque e inventava músicas. Desde então, ela se tornou alta e muitíssimo linda. Suas tranças estavam presas em um rabo de cavalo, mas, em vez do penteado parecer bagunçado, como o *meu* ficava, o dela ressaltava as maçãs de seu rosto.

O sinal tocou, e Michael apontou para o alto-falante.

— Tenho que ir. A gente se vê mais tarde.

Ah, aquele R puxadinho...

Ele seguiu em outra direção, então Jocelyn e eu voltamos a conversar.

— Não acredito que o Wes não convidou a gente para a festa — disse, indignada.

Ela me olhou de canto do olho.

— Por acaso você sabe quem é Ryno?

— Não, mas não é esse o ponto. Ele convidou Michael bem na nossa frente. Devia ter nos chamado também só por educação.

— Mas você odeia o Wes.

— E daí?

— Por que você queria que ele te convidasse, afinal?

Soltei um suspiro.

— A grosseria dele me irrita, só isso.

— Olha, eu acho ótimo que ele não tenha nos chamado, porque não quero ir a festa nenhuma com aqueles caras. Fui na casa do Ryno uma vez, e era só cerveja, uísque de canela e aquelas brincadeiras idiotas tipo "Eu nunca".

Joss andava com o pessoal popular quando jogava vôlei, então já tinha ido a várias festas antes de a gente virar amigas.

— Mas...

— Olha só. — Jocelyn parou e segurou meu braço, me fazendo parar também. — Era isso que eu ia te falar. Kate disse que Michael agora é vizinho da Laney e que eles andam conversando.

— Laney? Laney *Morgan*? — Nãooo. Não podia ser verdade. Não, não, não, não, por favor, Deus, não. — Mas ele acabou de chegar!

— Parece que ele voltou um mês atrás, mas estava terminando as aulas da antiga escola pela internet. Estão dizendo que ele e a Laney são praticamente namorados.

Não, não a Laney! Meu estômago se embrulhou quando imaginei seu nariz perfeito. Sabia que era irracional, mas pensar em Laney e Michael juntos era demais para mim. Aquela garota sempre conseguia tudo o que eu queria. Ela não podia ficar com ele também. Droga.

Pensar nos dois juntos me deixou com um nó na garganta e o coração em pedacinhos.

Aquilo ia acabar comigo.

Michael não só era o garoto dos meus sonhos — nós tínhamos uma história importante e maravilhosa, que envolvia beber água direto da mangueira e caçar vaga-lumes. Lembrei a última vez que vi Michael: foi na casa dele. Sua família fez um churrasco de despedida para todos os vizinhos, e fui até lá com meus pais. Minha mãe tinha feito sua famosa barrinha de cheesecake, e Michael nos recebeu na porta e nos ofereceu bebidas como se fosse um adulto.

Minha mãe disse que foi a coisa mais encantadora que ela já tinha visto.

Naquele dia, todas as crianças da vizinhança jogaram bola na rua durante horas, e até os adultos se juntaram para uma partida. De repente, minha mãe — de vestido florido e sandália espadrille — estava comemorando um gol com o Michael. Aquele momento ficou gravado em minha memória como uma fotografia amarelada em um álbum de fotos antigo.

Acho que Michael nunca imaginou o quanto eu era apaixonada por ele. Eles se mudaram um mês antes de a minha mãe falecer, partindo uma pequena parte do meu coração antes que ele fosse completamente despedaçado.

Jocelyn olhou para mim como se soubesse exatamente o que eu estava pensando.

— Michael Young não é o cara por quem você atravessaria uma estação de trem correndo. Entendeu?

Mas podia ser.

— Bem, teoricamente eles ainda não estão namorando, então...

Voltamos a andar rumo ao armário dela, desviando das pessoas no caminho. Provavelmente íamos nos atrasar por causa do encontro inesperado com Michael no corredor, mas com certeza tinha valido a pena.

— Sério. Não faça isso — disse ela, me olhando com aquela cara de mãe dando bronca. — Esse momento com Michael não foi um reencontro fofo de filmes de comédia romântica.

— Mas... — Hesitei por um instante, porque não queria que ela acabasse com minhas esperanças. Ainda assim, as palavras saíram quase em um guincho: — E se tiver sido?

— Ai, minha nossa! Quando descobri que ele tinha voltado, eu sabia que você ia enlouquecer. — Suas sobrancelhas e os cantos de seus lábios murcharam quando ela parou em frente ao armário e o abriu. — Você nem conhece mais o cara, Liz.

Eu ainda ouvia sua voz grave dizendo *tarde* e senti um frio na barriga.

— O tanto que conheço é suficiente.

Ela suspirou e tirou a mochila do armário.

— Tem alguma coisa que eu possa dizer pra trazer você de volta à Terra?

Inclinei a cabeça.

— Humm... Talvez o fato de que ele odeia gatos?

Joss ergueu um dedo.

— Ah, é verdade! Tinha me esquecido disso. Ele odeia gatos.

— Não odeia, não. — Dei um sorriso e suspirei, perdida em uma lembrança. — Ele tinha dois gatos ranzinzas que *amava*. Você não tem ideia do jeito como ele tratava aqueles bebezinhos...

— Eca.

— Tudo bem, *hater* de felinos — impliquei, me sentindo viva, vibrando com o entusiasmo das possibilidades românticas, escorada no armário ao lado. — Enquanto eu não ouvir um posicionamento oficial, Michael Young está solteiro.

— É impossível conversar quando você está assim.

— Feliz? Animada? Esperançosa?

Eu queria saltitar pelo corredor cantando "Paper Rings", da Taylor Swift, a toda.

— Delirante. — Jocelyn olhou para o celular antes de me encarar de novo. — Ei, minha mãe disse que pode levar a gente para comprar os vestidos amanhã à noite.

Precisava de alguma desculpa para não ir, mas de repente fiquei sem ideias.

— Acho que tenho que trabalhar.

Ela semicerrou os olhos.

— Sempre que eu toco nesse assunto, você diz que precisa trabalhar. Você não *quer* comprar um vestido?

— Quero. Aham. — Abri um sorriso forçado. — Lógico que sim!

Mas a verdade era que eu não queria.

A emoção que envolvia comprar o vestido era a possibilidade de despertar o romance, de deixar meu par sem palavras. Se isso não estava em jogo, o vestido de baile era só um desperdício de tecido caro.

Além disso, fazer compras com a mãe da Jocelyn era apenas um lembrete de que *minha* mãe não podia ir, o que tirava qualquer atributo positivo daquele passeio. Minha mãe não estaria lá para tirar fotos e ficar emocionada quando sua bebezinha fosse ao último baile de sua adolescência, e nada deixava isso mais evidente do que ver a mãe da Joss fazer tudo isso por ela.

Para ser sincera, eu não estava emocionalmente preparada para o vazio que parecia acompanhar meu último ano do ensino médio, para os muitos lembretes da ausência da minha mãe. As fotos, os eventos, as inscrições para a faculdade, o baile, a formatura... Enquanto todo mundo ficava entusiasmado com esses acontecimentos, eu tinha dores de cabeça de estresse porque nada era como eu imaginava que seria.

Era tudo... solitário.

Embora fossem atividades divertidas, sem minha mãe elas pareciam desprovidas de emoção. Meu pai tentava se envolver, se esforçava, mas não era do tipo emotivo. Sempre parecia que ele era apenas um fotógrafo e eu estava fazendo tudo aquilo sozinha.

No entanto, Joss não entendia por que eu não queria dar tanta importância quanto ela aos eventos do último ano. Ficou três dias irritada comigo quando desisti da nossa viagem de férias para a praia, mas, para mim, aquilo parecia mais uma prova que me deixava apavorada do que uma semana de diversão, então não consegui.

Mas... talvez encontrar um final feliz de comédia romântica que minha mãe teria amado poderia transformar todos os sentimentos ruins em bons. Certo?

Abri um sorriso para Jocelyn.

—Vou confirmar e te mando uma mensagem.

CAPÍTULO DOIS

"Maravilha. Uma amiga. Você pode ser a primeira mulher atraente com quem eu não quis dormir em toda a minha vida, sabia?"

— *Harry e Sally: feitos um para o outro*

Michael estava de volta.

Coloquei os pés em cima da mesa da cozinha e enfiei a colher no pote de sorvete Ben & Jerry, ainda fora de mim de tanta alegria. Nem em meus sonhos mais loucos eu teria imaginado o retorno de Michael Young.

Eu achava que nunca mais o veria.

Depois que ele se mudou, passei anos sonhando com esse dia. Eu me imaginava caminhando em uma daquelas manhãs frias e gloriosas de outono que antecipam a chegada do inverno, o ar cheirando a neve. Com minha roupa favorita — que mudava a cada devaneio, óbvio, porque essa fantasia começou quando eu ainda era criança —, eu virava a esquina no final do quarteirão e ali estava ele, andando em minha direção. Acho que tinha até uma corridinha romântica envolvida. Quer dizer, por que não?

Também havia pelo menos uns cem registros em meus diários sobre como meu coração havia se partido quando ele foi embora. Encontrei os diários alguns anos atrás ao limpar a garagem. As anotações eram bem intensas para uma criança.

Provavelmente porque a ausência dele foi muito perto da morte da minha mãe.

Um dia acabei aceitando que nenhum dos dois ia voltar.

Mas agora ele estava ali.

E era como recuperar um pedacinho de felicidade.

Eu não tinha nenhuma aula com Michael, então o destino não daria aquela forcinha para nos unir, o que era uma *droga*. Quer dizer, qual era a probabilidade de não termos nenhuma interação obrigatória? Joss tinha aula com ele, e Wes também, lógico. Por que não eu? Como ia mostrar para Michael que estávamos destinados a ir ao baile juntos, nos apaixonar e viver felizes para sempre, se eu não encontrá-lo?

Cantarolei a melodia de Anna of the North que estava tocando em meus fones — a música sexy da cena do ofurô de *Para todos os garotos que já amei* — e fiquei olhando a chuva pela janela.

A única coisa que tinha a meu favor era que eu era especialista em amor.

Não tinha um diploma nem havia feito nenhum curso, mas tinha assistido a horas de filmes de comédia romântica. E não só assistido: tinha analisado com a perspicácia de um psicólogo.

Além disso, o amor estava em meus genes. Minha mãe foi roteirista e escreveu *várias* comédias românticas ótimas para a TV. Meu pai tinha certeza de que ela teria sido a próxima Nora Ephron se tivesse um pouco mais de tempo.

Então, embora não tivesse experiência na prática, com o conhecimento herdado e minha pesquisa extensa, eu sabia muito sobre o amor. E tudo o que eu sabia me dava a certeza de que, para que Michael e eu ficássemos juntos, eu tinha que ir à festa do Ryno.

O que não seria fácil, porque eu não só não fazia ideia de quem ele era, como também tinha zero interesse em ir a uma festa cheia de atletas suados e de pessoas populares com bafo de álcool.

Mas eu precisava reencontrar Michael antes que uma loira terrível *cujo nome não vou citar* fosse mais rápida do que eu, então ia ter que dar um jeito.

Um relâmpago atravessou o céu e iluminou o carro do Wes, todo confortável no meio-fio em frente à minha casa, a chuva batendo forte no capô. Aquele babaca ficou bem atrás de mim durante todo o caminho de volta da escola, e quando eu tinha alinhado com o carro da frente para estacionar *do jeito certo*, ele simplesmente se enfiara na Vaga.

Que tipo de monstro estaciona de frente?

Enquanto eu buzinava e gritava com ele na chuva torrencial, Wes acenara e correra para dentro de casa. Acabei tendo que estacionar na esquina, em frente ao duplex da sra. Scarapelli, então meu cabelo e vestido já estavam encharcados quando entrei com tudo pela porta da frente.

Nem me pergunte sobre as sapatilhas novas.

Lambi a colher de sorvete e desejei que Michael morasse na casa ao lado, não Wes.

De repente, me dei conta de uma coisa.

— Minha nossa!

Wes era o caminho. Wes convidou Michael para a festa, então obviamente estaria lá. E se ele me levasse à festa?

Pensando bem... ele não fazia nada para me ajudar. Nunca. A alegria do Wes nascia da tortura, não da generosidade. Então como eu poderia convencê-lo? O que eu poderia lhe dar em troca? Precisava pensar em algo — algo palpável — que ao mesmo tempo o convencesse a me ajudar e a ficar quieto.

Peguei mais uma colherada de sorvete e coloquei na boca. Olhei pela janela.

Seria moleza.

— Ora, ora. A que devo essa honra?

Wes estava dentro de casa, por trás da porta de tela, olhando para mim com um sorrisinho sarcástico. Eu estava do lado de fora, pegando chuva.

— Me deixe entrar. Preciso conversar com você.

— Não sei... Vai me machucar se eu deixar você entrar?

— Por favor — resmunguei enquanto a chuva forte batia no meu cabelo. — Estou ficando encharcada.

— Eu sei, e sinto muito, mas estou com medo de que, se eu deixar você entrar, você me bata por ter roubado a Vaga. — Ele abriu um pouco a porta de tela, apenas o bastante para me mostrar o quanto parecia quentinho e seco de calça jeans e camiseta.

— Às vezes você é meio assustadora, Liz.

— Wes! — A mãe dele surgiu e pareceu horrorizada ao me ver parada na chuva. — Pelo amor de Deus, abra a porta para a coitadinha.

— Mas eu acho que ela veio me matar — retrucou ele, como uma criancinha assustada, e percebi que sua mãe estava tentando não rir.

— Entre, Liz. — A mãe do Wes pegou meu braço e me puxou com gentileza para dentro, onde estava quente e cheirava a lençóis recém-tirados da secadora. — Meu filho é um estorvo e pede desculpa.

— Não mesmo.

— Me diga o que ele fez e eu ajudo com a punição.

Tirei o cabelo molhado do rosto, olhei bem para Wes e respondi para a mãe dele:

— Olha, a verdade é que Wes roubou minha vaga quando eu estava estacionando.

— Minha nossa, você está me dedurando para minha mãe? — Ele fechou a porta da entrada e veio atrás de nós duas. — Olha, já que estamos dedurando coisas aleatórias... Mãe, talvez eu devesse contar que Liz foi quem chamou a polícia por causa do carro quando eu tive pneumonia.

— Espera, o quê? — respondi e me virei para ele. — Quando você ficou doente?

— Bem, quando você chamou a polícia. — Ele colocou as mãos no peito e deu uma tossida fingida. — Eu estava doente demais para tirar o carro da vaga.

— Fala sério. — Não sabia se ele estava me sacaneando, mas suspeitava que fosse verdade, e me senti terrível porque, por mais que eu amasse derrotá-lo, não gostava de pensar em Wes doente. —Você estava *mesmo* doente?

Seus olhos escuros analisaram meu rosto.

—Você se importaria *mesmo*? — perguntou ele.

— Parem com isso, pestinhas — interveio a mãe dele, fazendo um gesto indicando que a acompanhássemos até a sala. — Sentem no sofá, comam uns biscoitos e superem essa briguinha.

Ela colocou um prato de biscoitos com gotas de chocolate na mesinha de centro, pegou uma jarra de leite e dois copos. Depois, me entregou uma toalha, lembrou a Wes que ele tinha que ir buscar a irmã às seis e meia e nos deixou sozinhos.

A mulher era uma força da natureza.

— Ah! — Estava passando *Kate & Leopold* em um desses canais de TV retrô que só gente velha assiste, então enxuguei o cabelo na toalha enquanto a personagem da Meg Ryan tentava escapar do charme de um Hugh Jackman muito britânico. — Amo esse filme.

— Obviamente. — Ele deu um sorrisinho que me deixou constrangida, como se soubesse coisas sobre mim que eu não tinha ideia de que ele sabia, depois debruçou-se e pegou um biscoito. — Então, sobre o que você quer conversar?

Senti meu rosto corar, ainda mais porque eu estava morrendo de medo de que ele tirasse sarro de mim (e contasse ao Michael) quando eu revelasse o que queria. Eu me sentei no sofá e larguei a toalha ao meu lado.

—Tá. É o seguinte… Eu meio que preciso da sua ajuda.

Um sorriso se abriu no rosto dele na mesma hora. Levantei a mão e continuei:

— Não! Escuta. Sei que você não vai me ajudar pela bondade do seu coração, então tenho uma proposta.

— Ai! Como se eu fosse um mercenário. Essa doeu.

— Não doeu, não.

Ele admitiu dando de ombros.

— É, não mesmo.

— Beleza. — Foi preciso muito autocontrole para que eu não revirasse os olhos. — Mas antes que eu explique, quero combinar os termos.

Ele cruzou os braços e inclinou a cabeça. Quando o peitoral de Wes ficou tão largo?

— Prossiga.

— Certo. — Respirei fundo e ajeitei o cabelo atrás das orelhas. — Primeiro, você precisa jurar guardar segredo. Se contar para *qualquer pessoa*, o acordo é anulado e você não recebe o pagamento. Segundo, se concordar, você tem que me ajudar *pra valer*. Não pode fazer um esforço mínimo e depois me dispensar.

Fiz uma pausa, e ele me olhou com os olhos semicerrados.

— E aí? Qual é o pagamento?

— O pagamento será acesso incontestável, vinte e quatro horas por dia, à Vaga durante a duração do acordo.

— Uau. — Ele se aproximou e se jogou na poltrona à minha frente. — Você vai me dar a Vaga?

Não queria fazer aquilo *de jeito nenhum*, mas sabia o quanto Wes queria a Vaga. Ele e o pai estavam sempre mexendo no carro velho, ainda mais porque o carro estava sempre morrendo, e a caixa de ferramentas parecia megapesada. Sempre que eu ficava com a Vaga, eles tinham que carregá-la até o fim da rua para fazer o carro funcionar.

— Exatamente.

Seu sorriso ficou mais largo.

— Estou dentro. Topo. Sou o cara ideal pra te ajudar.

—Você ainda não pode dizer isso... nem sabe qual é o acordo.
— Não importa. Faço o que for preciso.
— E se eu quiser que você corra pelado pelo refeitório na hora do almoço?
— Fechado.

Peguei a manta que estava dobrada no braço do sofá e me enrolei nela.

— E se eu quiser que você dê estrelinhas pelado no refeitório na hora do almoço cantando a trilha sonora de *Hamilton*?
— Aceito. Amo "My Shot".
— Sério? — Isso me fez sorrir, embora eu não estivesse acostumada a sorrir para Wes. — Mas você sabe dar estrelinha?
— Sei.
— Prove.
—Você é tão exigente.

Wes se levantou, empurrou a mesinha de centro com o pé e deu a pior estrelinha que já vi. Suas pernas dobraram e definitivamente não passaram por cima da cabeça, mas ele cravou a finalização levantando os braços acima da cabeça, como as ginastas fazem, e com um sorriso confiante. Depois, ele se jogou de volta na poltrona.

— Agora desembucha.

Disfarcei a risada que estava tentando segurar com uma tossida e analisei seu rosto. Eu estava procurando sinceridade, alguma indicação de que podia confiar nele, mas me distraí com seus olhos escuros e sua mandíbula tensa. De repente, me lembrei de uma vez, no sétimo ano, em que ele me deu seis dólares para que eu parasse de chorar.

Helena e meu pai tinham acabado de se casar e decidiram reformar o primeiro andar da casa. Durante os preparativos, ela limpou os armários e as gavetas e doou todas as coisas antigas. Incluindo a coleção de DVDs da minha mãe.

Quando tive um colapso nervoso e meu pai explicou a situação para Helena, ela se sentiu péssima. Pediu desculpas várias vezes enquanto eu soluçava. Mas eu só conseguia pensar nas palavras que ela disse ao meu pai:

— Achava que ninguém mais assistia a esses filmes bregas.

Eu fui uma criança engenhosa — e continuava assim, como mostrava o fato de eu estar na casa de Wes naquele instante —, então bastou uma ligação para descobrir aonde os filmes tinham ido parar.

Saí, após mentir para meu pai que estava indo até a casa da Jocelyn, e fui de bicicleta até o brechó. Levei no bolso da frente cada centavo que ganhei como babá, mas quando cheguei lá descobri que não era o bastante.

— Estamos vendendo como uma coleção, querida... Você não pode comprar avulso.

Fiquei olhando para a etiqueta e, por mais que eu contasse novamente, faltavam seis dólares. O babaca da loja foi insistente, e eu chorei durante todo o caminho de volta em minha bicicleta cor-de-rosa. A sensação era de que eu estava perdendo minha mãe de novo.

Quando estava quase chegando em casa, vi Wes batendo uma bola de basquete na entrada da garagem. Ele olhou para mim com a cara de sempre, um meio sorriso, como se soubesse de algum segredo sobre mim, mas parou de driblar.

— Ei. — Ele jogou a bola na grama do jardim e veio na minha direção. — O que aconteceu?

Não queria contar porque sabia que ele acharia ridículo, mas algo em seu olhar me fez desmoronar de novo. Chorei como um bebê enquanto contava o que tinha acontecido, mas em vez de rir de mim ele ouviu. Ficou em silêncio durante toda a minha crise, e quando parei de falar e comecei a soltar soluços constrangedores, ele se aproximou e secou minhas lágrimas com os polegares.

— Não chore. — Ele pareceu triste ao dizer isso, como se também estivesse com vontade de chorar. — Espere aqui.

Ele fez um gesto indicando que não ia demorar, então virou e correu para dentro de casa. Fiquei ali, exausta de tanto chorar e chocada com sua gentileza. Quando voltou, Wes me entregou uma nota de dez dólares. Eu me lembro de olhar para ele e pensar que ele tinha os olhos castanhos mais gentis do mundo, mas minha expressão deve ter me entregado, porque Wes fez uma carranca.

— Isso é só pra você calar a boca porque não aguento mais essa choradeira — disse ele. — E quero o troco.

Minha mente me puxou de volta para a sala da casa dele. Michael. A Vaga. O fato de que eu precisava da ajuda do Wes.

Meus olhos percorreram seu rosto. É, os olhos castanhos pareciam exatamente os mesmos.

— Beleza. — Peguei um biscoito e dei uma mordida. — Olha, juro por tudo que é mais sagrado que vou contratar um assassino de aluguel se você abrir o bico.

— Acredito em você. Agora desembucha.

Tive que olhar para alguma coisa que não fosse o rosto dele. Escolhi meu colo, e fiquei observando a textura macia da minha calça.

— Beleza. É o seguinte: Michael está de volta, e eu queria, você sabe, me *reconectar com ele*. Nós éramos próximos antes de ele ir embora, e quero isso de volta.

— E como exatamente eu posso ajudar?

Continuei olhando para baixo, percorrendo a costura da calça com o indicador.

— Bem, eu não faço nenhuma matéria com ele, então não tenho como iniciar uma conversa naturalmente. Mas você e o Michael já são amigos. Saem juntos. Você o convidou para uma festa. — Ousei olhar para ele. — *Você* tem a conexão que eu quero.

Ele enfiou na boca o que restava do biscoito, mastigou e limpou as mãos nos joelhos.

— Deixa eu ver se entendi. Você continua de olho no Young e quer que eu te carregue comigo para a festa do Ryno para fazer com que ele goste de você.

Pensei em negar, mas, em vez disso, respondi:

— É isso mesmo.

Ele voltou a tencionar o maxilar.

— Fiquei sabendo que ele está a fim da Laney.

Aff, não. Deixando de lado minhas opiniões, Laney Morgan não era nem de longe a pessoa certa para Michael. Na verdade, fazer com que ele se apaixonasse por mim já seria um favor só por salvá-lo *daquilo*.

— Não se preocupe com isso.

Wes ergueu uma das sobrancelhas.

— Escandaloso da sua parte, Elizabeth.

— Cala a boca.

Ele sorriu.

— Você não pode estar achando que é só aparecer em uma festa e ele vai notar você. Vai ter muita gente lá.

— Só preciso de alguns minutos.

— Confiante, hein?

— Aham. — Afinal, eu já tinha um roteiro. — Tenho um plano.

— Que seria...?

Cruzei as pernas.

— Como se eu fosse te contar.

— Ah... — Ele levantou, caminhou até o sofá e se jogou ao meu lado. — Aposto que seu plano é uma droga.

Ajeitei a manta nos ombros.

— Como você pode ter certeza disso se nem sabe meu plano?

— Porque eu te conheço desde que você tinha cinco anos, Liz. Tenho certeza de que seu plano envolve um encontro forçado, um caderno inteiro cheio de ideias bobas e alguém cavalgando em direção ao pôr do sol.

— Ele se aproximou.

—Você está completamente enganado — retruquei.

— Sei.

Soltei um suspiro.

— E aí...?

Eu só precisava que a Vaga fosse mais atrativa que a determinação de Wes para me contrariar.

Ele cruzou os braços e pareceu satisfeito.

— E aí...?

— Ai, minha nossa! Você está me torturando de propósito. Vai me ajudar ou não?

Wes coçou o queixo.

— É que não sei se a Vaga vale isso.

—Vale o quê? Conviver comigo por algumas horas? — Coloquei um cacho molhado atrás da orelha. —Você mal vai perceber que estou lá.

— E se *eu* estiver tentando me dar bem com alguém? — Sua expressão era repulsiva, mas ainda assim eu sorri. —Você pode atrapalhar meu encanto.

— Acredite, você nem vai notar minha presença. Vou estar muito ocupada fazendo Michael se apaixonar loucamente por mim para tocar em seu encanto.

— Eca. Para de falar em tocar no meu encanto, sua pervertida.

Revirei os olhos e me virei para ele.

—Vai aceitar ou não?

Ele deu um sorrisinho sarcástico e apoiou os pés na mesinha de centro.

— *Adoro* ver você tendo que vir andando lá da casa da sra. Scarapelli. É meu novo passatempo favorito. Então acho que vou te levar comigo à festa.

— Isso!

Contive o impulso de fazer o gesto da vitória com o punho cerrado.

— Calma, Liz. — Wes se inclinou para a frente, pegou o controle remoto e aumentou o volume da TV antes de olhar para mim como se eu estivesse cheirando mal. — Espera... Esse filme? Você ama *esse* filme?

— Sei que a premissa é estranha, mas juro que é ótimo.

— Eu já vi. Esse filme é uma droga. Você está de brincadeira?

— Não é uma droga, não. É sobre encontrar alguém tão perfeito que você se dispõe a largar tudo e atravessar *séculos* pela pessoa. Ela literalmente largou a vida dela e se mudou para 1876. Quer dizer, é um amor poderoso. — Olhei para a TV e comecei a acompanhar as falas do filme. — Tem certeza de que viu *esse* filme?

— Absoluta. — Ele balançou a cabeça, vendo Stuart implorar à enfermeira que o deixasse sair do hospital. — Esse filme é um besteirol estereotipado adoçado com adoçante.

— Lógico. — Por que eu esperaria algo diferente vindo de Wes? — É *lógico* que Wes Bennett é um esnobe em relação a comédias românticas. Eu não esperava menos.

— Não sou um *esnobe*, mas apenas um espectador crítico que espera mais que um roteiro previsível com personagens clichês.

— Ah, tá. — Coloquei os pés em cima da mesinha de centro. — Prédios explodindo e explosões em alta velocidade não são previsíveis?

— Você está pressupondo que eu gosto de filmes de ação.

— E não gosta?

— Ah, gosto, sim. — Ele jogou o controle sobre a mesinha e pegou o copo. — Mas você devia parar de pressupor as coisas.

— Mas eu estava certa.

— Que seja. — Ele bebeu o resto do leite e largou o copo. — O fato é que esses filmes de garota são ridículos de tão irrealistas.

Tipo, "Ah, esses dois são tão diferentes e se odeiam tanto, mas... espera. Eles são tão diferentes assim?".

— De inimigos a amantes. Um clássico.

— Nossa, você acha isso incrível. — Ele me olhou com os olhos semicerrados, inclinou o tronco e deu uns tapinhas na minha cabeça. — Coitadinha da apaixonada confusa. Por favor, me diga que não acha que esse filme tem qualquer conexão com a realidade.

Dei um tapa na mão dele.

— É, porque eu acredito em viagem no tempo.

— Não isso. — Ele apontou para a TV. — A viagem no tempo talvez seja a parte mais realista desse filme. Estou falando sobre comédias românticas no geral. Relacionamentos não funcionam assim, jamais.

— Funcionam, sim.

Ele ergueu as sobrancelhas.

— Será? Me corrija se eu estiver errado, mas não parece que foi assim com Jeremiah Green ou Tad Miranda.

Fiquei um pouco surpresa com seu conhecimento do meu histórico de namorados (ou da falta de um), mas imaginei que era inevitável considerando que estudamos na mesma escola e estamos no mesmo ano.

— Olha, relacionamentos *podem* funcionar assim — afirmei.

Tirei o cabelo ainda molhado do rosto. Não estava surpresa por Wes pensar daquele jeito. Nunca fiquei sabendo dele namorando sério, nunca mesmo, então talvez estivesse certa ao presumir que ele era do tipo "atleta conquistador".

— Relacionamentos assim existem — continuei —, ainda que pessoas cínicas e insensíveis como você sejam... hum... *cínicas* demais para acreditar.

— Você disse "cínicas" duas vezes.

Soltei um suspiro.

Ele riu da minha irritação.

— Então você acha que dois inimigos, no mundo real, podem superar as diferenças e se apaixonar loucamente?

— Aham.

— E acha que não tem problema roteirizar, planejar e trapacear se tudo isso for feito para despertar qualquer tipo de amor verdadeiro?

Mordi o lábio. Era isso que eu estava fazendo? Trapaceando? Pensar nisso fez meu estômago se revirar um pouco, mas ignorei. Não era nada disso.

— Você está fazendo isso parecer ridículo de propósito — respondi.

— Ah, imagina... É porque é ridículo mesmo.

— Você é ridículo.

Percebi que estava rangendo os dentes e relaxei o maxilar. Quem ligava para o que Wes pensava sobre o amor?

Ele deu um sorrisinho sarcástico.

— Já parou pra pensar que, se suas noções de amor estivessem corretas, Michael na verdade *não* é o cara ideal para você?

Não, Michael *com certeza* era o cara ideal para mim. Tinha que ser. Mesmo assim, perguntei:

— Como assim?

— Você e Michael não estão bravos um com o outro nem nada, então seu plano está fadado ao fracasso. Toda comédia romântica tem duas pessoas que não se suportam no início, mas acabam transando no final.

— Nojento.

— É sério. *Mens@gem para você. A verdade nua e crua.* Hum... *Harry e Sally, 10 coisas que eu odeio em você, Doce lar*...

— Para começo de conversa, *Doce lar* é uma comédia romântica do tipo "segunda chance para o amor", idiota.

— Ah... Errei, então.

— Além disso, estou um pouco impressionada com seu conhecimento sobre comédias românticas, Bennett. Tem certeza de que não é um fã enrustido?

Ele me lançou um olhar.

— Absoluta.

Estava *mesmo* impressionada; eu amava *A verdade nua e crua*.

— Não vou contar pra ninguém se secretamente você for um grande fã de comédias românticas.

— Cala a boca. — Ele riu e balançou a cabeça devagar. — Então qual tema funciona para você e o Michael? O "segui o cara igual a um cachorrinho, mas agora ele me vê como uma possível namorada, apesar de já ter uma possível namorada"?

— Você é um antirromântico insuportável.

Foi a única resposta em que consegui pensar, porque, de repente, Wes desenvolveu a incrível capacidade de me fazer rir. Ainda que ele estivesse tirando sarro de mim, tive que me segurar para não ceder a mais uma risada.

Mas tínhamos um acordo, então trocamos números para que ele pudesse me mandar mensagem depois de falar com Michael, e decidimos que Wes me buscaria para a festa às sete da noite no dia seguinte.

Voltando para casa na chuva, não conseguia acreditar que Wes tinha concordado. Estava um pouco insegura quanto a ir a qualquer lugar com ele, mas essa garota aqui faria o que precisava ser feito em nome do amor verdadeiro.

Eu não era fã de correr na chuva *ou* no escuro, então ter que fazer os dois ao mesmo tempo era um grande horror. Quando cheguei da casa do Wes, Helena tinha preparado uma travessa de espaguete, então tive que encarar um jantar em família completo — incluindo a conversa "Como foi seu dia?" — antes de sair. Meu pai tentou me convencer a usar a esteira que ele tinha comprado no dia anterior, porque estava chovendo muito, mas essa não era uma opção para mim.

Minha corrida diária não tinha nada a ver com exercício físico. Apertei o cordão do capuz, baixei a cabeça e fui para a calçada, os tênis gastos espirrando água na minha legging a cada passo. O tempo estava frio e deprimente, e acelerei o passo quando virei a esquina no fim da rua e enxerguei o cemitério através do aguaceiro.

Só diminuí a velocidade quando passei pelos portões, subi a familiar estrada asfaltada e passei pelo olmo torto; então dei quinze passos para a esquerda.

— Essa chuva é uma droga, mãe — disse quando parei ao lado de sua lápide, depois coloquei as mãos na cintura e puxei o ar, tentando controlar a respiração. — Sério.

Eu me agachei ao lado dela e passei a mão no mármore liso. Em geral me sentava na grama, mas estava molhada demais. Com a chuva forte, o cemitério escuro parecia ainda mais soturno que de costume, mas eu conhecia o lugar como a palma da mão, então isso não me incomodou.

De um jeito estranho, era ali que eu ficava mais feliz.

— Então... Michael está de volta, tenho certeza de que você viu. Ele parece perfeito como sempre. Vamos nos encontrar de novo amanhã. — Imaginei o rosto dela, como sempre fazia quando estava ali. — Você ficaria animada.

Mesmo que eu tivesse sido obrigada a pedir a ajuda do Wes. Minha mãe sempre achou Wes um amor, só um pouco bruto.

— Parece coisa do destino, ele meio que caiu no meu colo logo depois de tocar "Someone Like You". Quer dizer, o que pode parecer mais destino do que isso? A *sua* música favorita, do *seu* filme favorito, e do nada o *nosso* ex-vizinho fofo favorito ressurge? Parece que você está escrevendo esse "felizes para sempre" daí... — Parei de falar e fiz um gesto em direção ao céu. — De onde quer que você esteja aí em cima.

Nem mesmo a chuva fria impediu meu entusiasmo ao descrever o novo sotaque sulista de Michael para minha mãe. Eu me agachei ao lado de seu nome esculpido na pedra e tagarelei, como fazia todos os dias, até o alarme do meu celular tocar. Esse ritual foi se tornando uma espécie de diário com o passar dos anos, mas eu não gravava o que dizia e ninguém ouvia. Bem... esperava que minha mãe estivesse ouvindo.

Já estava na hora de voltar.

Eu me levantei e acariciei a lápide.

— A gente se vê amanhã. Eu te amo.

Respirei fundo antes de virar e voltar a correr. A chuva ainda caía forte, mas minha memória muscular facilitava que eu me mantivesse no caminho.

Quando passei correndo pela frente da casa do Wes e virei na entrada da minha, percebi que fazia muito tempo que não ficava tão animada.

— Liz.

Tirei os olhos da tarefa de Literatura e vi Joss entrando pela janela do meu quarto, com Kate e Cassidy logo atrás. Anos antes, descobrimos que, subindo no teto da minha antiga casinha na árvore que ficava no quintal, dava para simplesmente abrir a janela do meu quarto e entrar.

— Oi, gente. — Estalei as costas e me virei na cadeira, surpresa ao vê-las. — E aí?

— Acabamos de fazer uma reunião de planejamento do trote do último ano, mas não queremos ir para casa ainda porque meu pai disse que eu podia voltar às nove, e são oito e quarenta. — Cassidy, que tinha pais muito rígidos, se jogou na minha cama; Kate fez o mesmo e Joss ficou sentada na janela. — Então vamos nos esconder aqui por vinte minutos.

Eu me preparei para a pressão que viria a respeito do trote.

— Eram basicamente umas trinta pessoas amontoadas num Burger King gritando ideias de coisas que achavam engraçadas. — Joss deu uma risadinha. — Tyler Beck acha que devíamos simplesmente soltar umas vinte mil daquelas bolas superquicantes nos corredores. Ele até sabe com quem conseguir.

Kate riu.

— Juro por Deus que ele convenceu todo mundo — contou Kate. — Até mencionar que, na verdade, ia precisar de dinheiro.

— Nós, do último ano, somos engraçados, mas também somos muito mão de vaca — observou Cassidy, se deitando na cama. — Gostei da ideia do Joey Lee de simplesmente aloprar e fazer algo terrível, tipo virar todas as prateleiras da biblioteca ou inundar a escola. Ele disse que era "ironicamente engraçado por não ser *nada* engraçado" e que aquilo "entraria para a história".

— Isso com certeza é verdade — concordei, soltando o rabo de cavalo e enfiando as mãos no cabelo.

Eu não queria olhar para Joss porque sentia que ela olharia uma vez para mim e saberia que eu estava tramando alguma coisa com Wes, então mantive os olhos em Cass.

— Você devia ter ido, Liz — lamentou Joss.

Eu me preparei para o que viria na sequência. Uma palestra sobre como só vamos nos formar no ensino médio uma vez, talvez? Ela era muito boa nisso. *Vamos, Liz. Faltam só alguns meses para a gente se formar.*

Mas, quando olhei para Joss, ela deu um sorrisinho torto e disse:

— Todo mundo estava dando ideias, até que Conner Abel falou: "Minha casa já foi garfada."

Fiquei boquiaberta.

— *Mentira!*

— Né?! — gritou Kate.

No ano anterior, quando eu estava apaixonada pelo Conner, achamos que seria engraçado espalhar garfos de plástico pelo jardim da casa dele num sábado à noite em que não tínhamos nada para fazer e íamos todas dormir na minha casa. Sim, era uma bobeira, mas éramos muito novas... não sabíamos o que estávamos fazendo. Mas, à meia-noite, enquanto fincávamos os garfos na grama, o pai dele saiu para levar o cachorro para passear. Saímos correndo em direção ao jardim do vizinho, mas o cachorro mordeu e arrancou a calça do pijama da Joss, e a calcinha dela ficou à mostra.

Joss gargalhou.

— Foi muito engraçado, porque, sabe, ele pronunciou essa frase bizarra: "Minha casa foi garfada." — contou ela.

— Não acredito que ele falou isso — disse, rindo.

Joss balançou a cabeça e continuou:

— Mas também foi engraçado porque alguém perguntou do que ele estava falando. E, escuta só... Ele disse, com estas palavras: "Umas garotas enfiaram garfos de plástico no jardim da minha casa ano passado, e uma delas fez um bundalelê enquanto fugia correndo. Sem zoeira, gente."

— *Mentira!* — Morri de rir, me entregando às lembranças daqueles bons tempos. Tempos puros, de certa forma, intocados pelo estresse do último ano que corrompia as lembranças que estávamos construindo agora. — Você quis morrer por não levar o crédito, Joss?

Ela assentiu, se levantou e foi até meu guarda-roupa.

— Com certeza, mas eu sabia que íamos parecer loucas se eu confessasse.

Fiquei observando Joss passando pelos vestidos, então ela indagou:

— Cadê o vestido xadrez vermelho?

— É xadrez *buffalo*. E está do outro lado — respondi, apontando para o lugar certo. — Com as camisas do dia a dia.

— Eu conhecia a disposição, mas achei que estaria com os vestidos.

— Esse é casual demais.

— Aham. — Ela passou para o cabideiro do outro lado, encontrou o vestido e tirou-o do armário, pendurando-o no braço. — Então, o que você fez hoje? Só a tarefa de casa de Literatura?

Pisquei, pega de surpresa, mas Cass e Kate não estavam prestando atenção, e Joss olhava para o vestido. Pigarreei e resmunguei uma resposta rápida:

— Pois é, só isso. Ei... vocês sabem quanto a gente tem que ler do *Gatsby* para amanhã?

— Gente, precisamos ir — anunciou Cass.

Ao mesmo tempo, Joss respondeu:

— O resto do livro inteiro.

— Obrigada — agradeci, enquanto minhas amigas iam em direção à janela, saindo como tinham entrado.

Joss já estava sentada na janela quando comentou:

— Seu cabelo está muito bonito assim. Fez babyliss?

Pensei na sala da casa do Wes e no quanto meu cabelo estava encharcado quando cheguei.

— Não. Eu, é... Acabei pegando chuva depois da aula.

Ela sorriu.

— Devia ter essa sorte todos os dias, né?

— É. — Eu me lembrei da estrelinha do Wes e quis revirar os olhos. — É verdade.

CAPÍTULO TRÊS

"Está atrasado."
"Está linda."
"Está perdoado."

— *Uma linda mulher*

Eram 19h15 e Wes ainda não tinha aparecido.

— Talvez você devesse ir até lá. — Meu pai tirou os olhos do livro e olhou para meus dedos, que estavam tamborilando. — Quer dizer, é o *Wes*.

— Tradução… — começou Helena, com um sorrisinho sarcástico. — O barulho de suas unhas está distraindo seu pai e ele acha que Wes é capaz de esquecer completamente o encontro de vocês.

— Não é um encontro.

Meu pai ignorou minha observação, largou o livro na mesinha ao lado e abriu um sorrisinho de canto para Helena.

— Na verdade, o barulho está me distraindo e Wes Bennett é capaz de qualquer coisa.

Meu pai e Helena começaram com suas gracinhas no sofá de dois lugares, e precisei me segurar para não revirar os olhos. Helena era incrível — parecia uma Lorelai Gilmore loira —, mas às vezes ela e meu pai eram demais para mim.

Ele a conheceu em um elevador emperrado — sério — exatamente um ano depois que minha mãe faleceu. Eles passaram duas horas em confinamento forçado entre o oitavo e o nono andares de um prédio no centro da cidade e se tornaram inseparáveis.

Era o cúmulo da ironia eles terem o maior encontro fofo de comédia romântica da história e parecerem *feitos* um para o outro, porque ela era completamente o oposto da minha mãe. Minha mãe era doce, paciente e fofa, uma versão moderna da Doris Day. Amava vestidos, pão caseiro e flores frescas do jardim; isso tudo fazia parte do conjunto pelo qual meu pai tinha se apaixonado loucamente.

Ele dizia que ela era encantadora.

Helena, por outro lado, era sarcástica e linda. Do tipo calça-jeans-e-camiseta, melhor-pedir-delivery, não-gosto-de-comédias-românticas, mas meu pai foi fisgado no instante em que aquele elevador pifou.

De uma hora para outra, perdi meu companheiro de luto e ganhei uma mulher que não tinha nada a ver com a mãe pela qual eu chorava todas as noites.

Isso foi demais para a Liz de onze anos.

Olhei para o celular — nenhuma mensagem do Wes. Ele estava quinze — não, *dezessete* — minutos atrasado, e não tinha mandado nenhuma mensagem avisando o atraso e pedindo desculpa.

Por que me dei ao trabalho de estar pronta na hora combinada? Era provável que ele tivesse se esquecido de mim e já estivesse na festa com uma cerveja na mão. Ele tinha mandado mensagem na noite anterior dizendo que Michael ficou feliz ao saber que eu ia à festa, e quase morri por não fazer as perguntas infantis que passaram pela minha cabeça.

Ele falou alguma coisa sobre mim?

O que ele falou, exatamente?

Eu me abstive de todas elas porque Wes as usaria contra mim.

Meu celular vibrou e tirei-o do bolso.

Jocelyn: O que vc tá fazendo?

Guardei o aparelho sem responder enquanto a culpa se contorcia em mim. Eu contava tudo para ela, mas sabia que Joss não aprovaria que eu fosse à festa. *Por acaso você sabe quem é Ryno? Michael Young não é o cara por quem você atravessaria uma estação de trem correndo. Entendeu?* No instante em que ela disse isso, eu soube que Joss não fazia ideia do quanto aquilo era importante para mim.

Eu iria à festa, e responderia depois que chegasse em casa.

—Vai voltar antes da meia-noite, né? — perguntou meu pai.

— Aham.

— Nem um segundo a mais, combinado? — Meu pai pareceu mais sério que de costume. — Nada de bom acontece depois da meia-noite.

— Eu sei, eu sei — concordei, já que ele sempre dizia essas mesmas palavras quando eu saía. — Eu ligo se...

— Nada disso. — Meu pai, sempre relaxado, balançou a cabeça e apontou o dedo para mim. — Sua prioridade vai ser *não* se atrasar. Combinado?

— Querido, relaxa... Ela já entendeu.

Helena e eu trocamos olhares cúmplices, então ela apontou para a janela e começou a falar alguma coisa sobre a grama. A única coisa que deixava meu pai tenso era a hora de voltar para casa, e tudo por causa da morte da minha mãe. Quando eu ousava insistir, ele dizia: *Se sua mãe não estivesse na rua à meia-noite, aquele bêbado não teria batido nela.*

E ele tinha razão. E era intenso. Então eu simplesmente não discutia.

Continuei tamborilando os dedos na mesinha de canto, balançando as pernas cruzadas, nervosa. Não por causa do Michael; essa parte me deixava entusiasmada. Estava nervosa por ir a uma festa com a galera popular. Não conhecia ninguém além do Wes, e minha personalidade esquisita não fazia ideia de como se comportar em uma festa com um barril de cerveja.

Porque eu nunca tinha ido a uma festa assim.

Eu era uma garota discreta. Em uma típica noite de sexta-feira, Joss, Kate, Cassidy e eu íamos ao cinema, a uma livraria ou talvez ao Applebee's. De vez em quando, íamos fazer compras e acabávamos em alguma cafeteria.

E eu gostava da minha vida previsível. Conseguia entendê-la, controlá-la, e ela fazia sentido para mim. Na minha cabeça, minha vida era uma comédia romântica e eu estava vivendo como uma personagem da Meg Ryan. Vestidos fofos, boas amizades e um dia surgiria um garoto que me acharia encantadora.

Festas com barril não tinham espaço nesse roteiro — elas pertenciam a uma vida como a do filme *Superbad: é hoje*, não é?

— Os pais dele vão estar em casa?

Revirei os olhos e o sr. Fitzherbert subiu no meu colo.

— Sim, pai, os pais dele vão estar em casa.

Spoiler: eles não iam estar.

Mas meu pai e Helena eram supertranquilos. Confiavam em mim, ainda mais porque eu nunca saía ou me envolvia em encrencas, por isso não julgavam necessário ligar para ver como estavam as coisas. Então, é... eu estava me sentindo um pouco culpada pela mentira, mas, como eu não tinha planos de fazer nada que eles reprovassem (com exceção do melhor dos cenários, que envolvia eu e Michael nos beijando na varanda dos fundos sob o céu estrelado com "Ocean Eyes", da Billie Eilish, tocando ao fundo e as mãos dele segurando meu rosto enquanto meu pé direito subia no momento exato, como nos filmes), minha culpa era apenas uma fração do que poderia ser.

Fiz carinho atrás da orelha do sr. Fitzherbert, o que o fez ronronar e morder minha mão.

Esse gato era um chato.

Ele estava usando uma gravata-borboleta que eu tinha comprado pela internet, então parecia deslumbrante com seu ar de "quero te matar, mas eu comi demais e não consigo me mexer". A gravata realçava o ganho de peso recente, então não fiquei brava por ele ter me atacado.

Eu compreendia.

Coloquei-o no chão e fui até a janela, e lá estava Wes, como se tivesse sido conjurado por meus pensamentos. Ele desceu os degraus da varanda de sua casa saltitando, de calça jeans e moletom com capuz. Em seguida, ele veio até meu quintal.

— Wes chegou. Tchau, gente.

Peguei a bolsa e fui até a porta.

— Divirta-se, docinho.

— Você tem dinheiro para o orelhão? — perguntou Helena.

Virei para ela com os olhos semicerrados, então ela deu de ombros.

— Nunca se sabe, né? Você pode acabar entrando em uma máquina do tempo, tipo *De volta para o futuro*, e precisar de um orelhão para voltar para casa. O que vai fazer se isso acontecer?

Revirei os olhos.

— É, humm... eu definitivamente tenho dinheiro pra voltar pra essa década se encontrar uma fenda no espaço-tempo. Obrigada.

Ela assentiu e colocou os pés no colo do meu pai.

— De nada. Agora caia fora, filha.

Abri a porta da frente antes que Wes pudesse bater, saí e fechei depressa. O que quase ocasionou um encontrão. Ele parou a tempo, parecendo um pouco surpreso.

— Oi — cumprimentei.

— Oi. — Ele olhou para a porta. — Não preciso entrar para uma entrevista com seu pai?

Fiquei um instante sem conseguir responder, porque era um pouco chocante ver Wes parado na minha varanda ao anoitecer, cheirando a colônia almiscarada e parecendo ter acabado de sair do banho. Ele morava na casa ao lado desde sempre, mas era surreal que nossas vidas paralelas estivessem se cruzando.

— Não — respondi, guardando as chaves dentro da bolsa e indo em direção ao carro dele, que estava, lógico, na Vaga. — Eles sabem que não é um encontro.

Wes me alcançou com apenas dois passos.

— Mas e se eu quisesse declarar minhas intenções para seu pai?

— Suas intenções? — Parei ao lado do carro. — Está falando da intenção de me irritar durante várias horas seguidas?

Ele abriu a porta do carro para mim.

— Na verdade, eu estava falando da minha intenção de nem ir para a festa e usar seu corpo como um escudo humano no paintball.

— Não fale nem brincando em sujar esse vestido com tinta neon.

Ele fechou minha porta, deu a volta no carro e entrou.

— Pois é, e esse vestido? Achei que você fosse usar uma roupa normal para uma festa.

— Este vestido é normal.

Coloquei o cinto e abaixei o quebra-sol para dar uma olhada na maquiagem. Como se ele soubesse alguma coisa sobre moda. Eu era apaixonada por aquele vestido mostarda com botões de flores.

Wes deu a partida e engatou a marcha.

—Talvez para você. Garanto que vai ser a única pessoa na casa do Ryno de vestido.

— O que vai fazer com que Michael repare em mim.

Coloquei a mão no bolso — porque é lógico que meu vestido tinha bolsos — e peguei o batom. Minhas mãos estavam trêmulas; respirei fundo, tentando relaxar. Mas era difícil, porque em minutos eu estaria frente a frente com o garoto com quem passei mais da metade da vida sonhando.

Respire fundo.

— É, com certeza. — Ele arrancou com o carro e acrescentou, com voz de caubói: — *Boa noite, meu companheiro. Quem é a potranca de vestido que está bloqueando nossa visão daquelas gatas?*

— Ah, para. Michael não fala assim. — Soltei uma risada bufada, o que me fez borrar o batom, olhando no espelho. — Ele fala como o cara inteligente e carismático que é.

— Como se você soubesse — disse ele, virando à direita na rua Teal, e pisando fundo no acelerador. — A última vez que o viu, ele estava no quinto ano.

— Sexto ano. — Fechei o batom. — E eu simplesmente sei que ele é assim.

— Ah, você *simplesmente* sabe. — Wes fez um barulhinho que era o equivalente a me chamar de criança. — Até onde você sabe, talvez ele tenha passado os últimos anos torturando filhotes de esquilo.

— Até onde *você* sabe — respondi, fechando o quebra-sol e estendendo a mão para ligar o rádio —, ele passou os últimos anos *alimentando* filhotes de esquilo de *mamadeira*.

— Bem, se quer saber minha opinião, essa cena não é menos assustadora.

Revirei os olhos e mudei a estação, um pouco irritada por ele também achar que eu era ridícula. Ninguém entende o quanto a volta do Michael era coisa do destino, então eu ia ignorar a negatividade.

Eu amava Jay-Z, mas estava me sentindo incrível naquele vestido, então tirei do rap e encontrei uma estação que estava tocando uma música bem antiga da Selena Gomez. Isso me rendeu mais um ruído de reprovação antes que Wes voltasse à estação que estava tocando "Public Service Announcement".

— Ei! Eu gosto daquela música.

— Você gosta de uma música da Selena Gomez sobre desejar o Justin Bieber?

Olhei para seu rosto sarcástico.

— Você é nojento.

— É você que gosta daquela música nojenta.

Se minha mãe tivesse razão sobre amor à primeira vista, passar tempo com Wes era o antídoto.

— Não vai bater à porta?

Wes parou com a mão na maçaneta e me olhou como se eu fosse de outro planeta.

— Por que eu faria isso?

— Porque a casa não é sua...?

— Mas é do Ryan; eu já vim aqui mil vezes. — Ele abriu a porta. — E é uma festa no porão, não uma degustação de vinho em uma sala de jantar formal. O mordomo não precisa anunciar nossa chegada *desta* vez.

— Eu sei, idiota.

Wes sorriu e fez um gesto indicando que eu fosse na frente.

Entrei no hall elegante, com piso de mármore e um lustre no teto, e estava tudo muito silencioso. Silencioso até demais. Eu senti um frio na barriga, e meio que queria ir para casa, apesar de saber que Michael provavelmente já estava na festa.

— Relaxa, Libby.

Wes ficou me olhando como se soubesse o quanto eu estava nervosa, e sua voz me dizia que ele estava mesmo tentando fazer com que me sentisse melhor. Parecia exagero, no entanto, porque ele provavelmente estava pensando em como era engraçado eu ser tão nerd.

— Ninguém me chama de "Libby".

Minha mãe me chamava assim, mas, como ela não estava mais viva, não contava, não é?

— Ah, então já tenho o apelido perfeito pra você.

— Não. Odeio esse apelido.

Nem sempre odiei, mas agora odeio.

— Ah, não odeia, não. — Ele cutucou meu braço com o cotovelo. — E pode me chamar de "Wessy", se quiser.

Não tive como *não* rir daquilo. Wes era tão ridículo.

— Não vou te chamar assim.

Ele foi até uma porta e a abriu, então ouvi barulhos vindos do fim da escada.

— Pronta para a festa?

Nem um pouco.

— Ei... Não me abandone até eu encontrar Michael, tá?

— Só se você me chamar de "Wessy".

Bufei.

— Tá. Se você me abandonar, *Wessy*, vou te apunhalar com a torneira do barril.

— Minha pequena Libby é tão selvagem.

— Cadê ele?

Wes olhou para mim, irritado. Estávamos perto do barril.

— Faz só dez minutos que a gente chegou... Relaxa. Ele está aqui em algum lugar.

Segurando o copo descartável vermelho com as duas mãos, olhei em volta. "Up All Night", do Mac Miller, seria a música perfeita para que uma câmera panorâmica capturasse a energia da festa. Tinha *muita* gente naquele porão, a maioria gritando, rindo e bebendo cerveja quente. Um grupo pequeno estava sentado em uma mesa em um canto se divertindo com um jogo que parecia envolver cartas, bebidas e gritos esporádicos de "É isso aí!".

Mas eu não me importava com nada disso. Só queria ver Michael. Queria viver o momento reencontro-incrível com ele, o momento volta-à-infância, e todo o resto não passava de som ambiente.

— Talvez você devesse relaxar e tentar se divertir. — Wes pegou o celular no bolso da frente, viu as mensagens, e voltou a guardar. — Você sabe fazer isso, não sabe?

— É óbvio que sim — respondi, bebendo um gole de cerveja e tentando não demonstrar o quanto eu a achava nojenta.

Só que eu não tinha a menor ideia de como me divertir em uma festa como aquela, ele tinha razão.

Wes, no entanto, se encaixava ali.

Desde o instante em que descemos, chamaram seu nome pelo menos umas dez vezes. O colégio inteiro parecia adorar meu vizinho irritante. Estranho, não é? E o que era ainda mais estranho: ele não tinha se tornado um dos "caras descolados", como eu imaginava que aconteceria numa festa.

Não me deixou sozinha, não bebeu cerveja plantando bananeira e não falou sobre peitos ou bundas com os amigos na minha frente. Quer dizer: ele rejeitou a cerveja e estava bebendo água porque ia dirigir, pelo amor de Deus. *Quem* era aquele cara? Na minha imaginação, Wes teria bebido cerveja em um funil *enquanto* dirigia.

Amigos de rua são assim. Crescemos juntos, correndo em calçadas quentes e gritando um para o outro do quintal com a grama recém-cortada, mas, quando ficamos mais velhos, nos tornamos apenas conhecidos, com um nível superficial do que sabemos um sobre o outro. Eu sabia que ele estacionava como um idiota, praticava algum esporte — beisebol, talvez? — e estava sempre rindo alto quando eu o via na escola. Tenho certeza de que ele sabia ainda menos sobre mim.

— Wesley! — gritou uma loira bonita, abraçando-o.

Wes olhou para mim por cima do ombro da garota enquanto ela praticamente pulava em cima dele. Revirei os olhos, o que o fez rir. A loira se afastou.

— Por que demorou tanto? — perguntou ela. — Procurei você em todos os lugares.

— Tive que buscar a Liz.

Ele fez um gesto em minha direção, mas a garota nem se virou. Ela estava a menos de cinco centímetros de distância dele quando disse:

— Você está um gato hoje.

Era assim que o alto escalão do meu gênero arranjava namorados? Se era assim que funcionava na minha escola, eu não tinha nenhuma chance com Michael, já que era uma grande fã do respeito ao espaço pessoal alheio. Na verdade, senti um pouco de pena do Wes quando ele engoliu em seco e deu um ligeiro passo para trás.

— Ah, obrigado, Ash — respondeu Wes.

— Talvez eu não devesse dizer isso. — Ela estava gritando mais alto que a música da festa, mas Wes parecia constrangido, como se estivessem sozinhos em um quarto escuro e com a porta trancada. — Mas e daí, né?

Ela não saiu de cima do Wes, então dei um tapinha em seu ombro. Ele *era* um amigo de infância, afinal, então provavelmente era meu dever de vizinha salvá-lo pelo menos uma vez.

Ela se virou e sorriu.

— Oi.

— Oi — respondi, abrindo um sorriso e tocando seu braço. — Olha só...

Eu me inclinei para falar no ouvido da garota, e tive vontade de rir ao ver a sobrancelha do Wes se erguer como um ponto de interrogação.

— Não conte para ninguém, mas o Wes e eu estamos... sabe... — sussurrei para ela.

— Juntos? — Ela me olhou confusa e sorriu, assentindo devagar. — Eu não fazia ide... Desculpa!

— Shh — sussurrei outra vez, porque a garota estava falando *alto*. — Sem problemas, é que estamos guardando segredo.

— Quer dizer, eu estava partindo para cima dele. — Ela apontou para si mesma com os dois indicadores e riu. — Não quis dar em cima do seu homem!

Balancei a cabeça e quis encontrar aquela máquina do tempo de que Helena falou, então tudo se encaixou. A *Ash* era Ashley Sparks. Ai, minha nossa. Ela não só falava alto, mas também era muito popular e fofoqueira. Todas as pessoas da festa achariam que o Wes e eu estávamos *mesmo juntos* em uns dez minutos.

Chamei sua atenção mais uma vez:

— Shh... tudo bem. Ele não é meu homem ainda, então...

— Ele vai ser, garota. — Ela me cutucou com o ombro e sorriu para Wes. — Vai nessa.

— Ai, meu Deus — murmurei. — Shh. É... Aham.

Ela se afastou e eu fechei bem os olhos. Não queria olhar para Wes.

— Por acaso você acabou de falar para ela que...

Abri os olhos.

— Pois é.

Ele se inclinou para que seu rosto ficasse alinhado com o meu e semicerrou os olhos ao dizer:

— Por que você fez isso?

Engoli em seco e baixei o olhar para minha cerveja.

— Bem, eu estava tentando salvar você... hum... das garras dela.

Ele começou a rir. Muito. Ergui a cabeça e olhei para Wes, então não resisti e comecei a rir também, porque ele tinha uma daquelas risadas contagiantes. Uma risada feliz e travessa de garotinho.

Na verdade, foi *mesmo* ridículo eu ter tentado salvar um cara de quase dois metros de altura de uma garota atraente que obviamente queria ficar com ele. Eu já estava lacrimejando de tanto rir quando conseguimos nos controlar.

— Oi, gente.

Michael surgiu ao lado do Wes e comentou alguma coisa sobre a cerveja, mas meu coração começou a bater tão rápido que tive medo de desmaiar, então não consegui ouvir nada do que ele disse. O barulho da festa não era mais do que um murmúrio enquanto eu segurava firme o copo descartável vermelho, vidrada naquele pedaço de plástico. Michael era tudo que eu lembrava, só que melhor. Seu sorriso continuava a mesma arma poderosa que me deixava tonta, como se eu fosse entrar em combustão espontânea.

Wes e Michael continuaram conversando, mas eu não ouvi uma palavra. Levei o copo até os lábios, querendo muito estar com meus fones de ouvido. Porque "How Would You Feel", do Ed Sheeran, devia estar tocando enquanto meus olhos percorriam o cabelo espesso de Michael, seus lindos olhos e aqueles dentes perfeitos que ficaram à mostra quando ele sorriu para Wes.

Lembrete: *Preciso criar a Trilha Sonora do Michael e da Liz assim que chegar em casa.*

— Como você está, Liz? — indagou Michael, se virando para mim, e minhas entranhas se derreteram quando ele sorriu. — Você não mudou nada. Eu te reconheceria em qualquer lugar.

Por um instante, minha voz não saiu e meu rosto estava pegando fogo, mas consegui soltar um:

— Você também.

— Então, onde você trabalha?

— Como assim?

Ele apontou para meu vestido.

— Seu uniforme...?

— Ah. — Ah, *não*. Ele achou que meu lindo vestido, com o qual devia me destacar em meio à multidão, fosse um uniforme de garçonete.

Alguém me mata.

Olhei para o Wes, e ele pareceu dizer "vamos ver como você vai sair dessa" só com o olhar. Gaguejei.

— Aham, meu uniforme. É. Hum... eu... é... às vezes trabalho na lanchonete.

— Qual?

— Ah, é a... *aquela* lanchonete, sabe?

Wes abriu um sorriso enorme.

— Eu amo *aquela* lanchonete.

Gotículas de suor se formaram na ponta do meu nariz com a mentira.

— Só trabalho lá às vezes. Quase nunca.

Michael inclinou levemente a cabeça.

— Onde exatamente...

— Queria que você tivesse voltado a morar na sua casa antiga, Young — interrompeu Wes. — Porque a gente podia retomar aquele último esconde-esconde épico.

Preciso lembrar de agradecer a Wes por ter mudado de assunto.

Michael deu um sorrisinho torto e bebeu um gole do copo vermelho.

— Imagina só!

— Prefiro não imaginar. — Sorri para ele e ignorei a risadinha do Wes. — Quando o esconde-esconde ficava "épico", significava que Wes e os gêmeos estavam me infernizando.

— Quantas vezes você acha que eu corri de fininho para avisar você? — perguntou Michael, e em seguida seus olhos percorreram meu rosto como se ele estivesse conciliando o antigo e o novo. — Eu te salvei de vários insetos e sapos que seriam enfiados na sua blusa.

— Os gêmeos ficavam tão irritados quando você a ajudava — lembrou Wes.

Michael deu de ombros e voltou a olhar para o amigo.

— Não podia deixar que vocês fizessem aquilo com a Liz.

Ed Sheeran voltou à minha cabeça quando vi Michael rir com Wes. Nós três estávamos voltando à infância encantada, e era tão bom.

How would you feel,
If I told you I loved you?

— Sempre que eu vejo um filme brega na TV, penso na pequena Liz. — Só que, ao dizer isso, Michael conseguiu fazer a palavra "pequena" soar sexy. Parecia um fazendeiro sonolento ao pronunciar a palavra, e não algo infantilizado. *Pequena* Liz.
Ele levantou o copo e bebeu o resto da cerveja.
— Lembra que ela sempre via *O diário de Bridget Jones* e ficava *muito* brava quando a gente implicava?
Eles nunca saberiam que era porque aquele era o filme favorito da minha mãe.
— A gente precisa mesmo relembrar o passado? — perguntei, colocando uma mecha de cabelo atrás da orelha. Precisava direcionar a conversa para um assunto que mostrasse ao Michael o quanto eu era interessante agora. — Fiquei sabendo que...
— Pode encher meu copo? — Ashley estava de volta, estendendo o copo para Michael e sorrindo para mim como se fôssemos melhores amigas. — Não me dou bem com o barril e sempre fica com muita espuma.
Aff... ela falou *daquele* jeito. Qualquer um sabe qual.
Michael sorriu, mas não pareceu estar flertando.
— Lógico — respondeu.
Ele se virou e pegou a torneira do barril enquanto Ashley falava com Wes.
— Você vai ao baile, Bennett?
Wes olhou para mim e arqueou uma sobrancelha, com um sorrisinho sarcástico.

— Ainda não decidi.

— Vai sonhando — resmunguei, fazendo-o rir.

Mas Ashley continuava falando, sem perceber nossa conversa:

— Nós vamos em grupo. — Ela estava falando bem enrolado.

Comecei a me perguntar se não devíamos procurar suas amigas.

— Vocês deviam ir com a gente. Vamos contratar limusine e tudo.

Olhei para Michael, mas ele pareceu não ter ouvido. Ainda bem.

Wes se aproximou dela e perguntou:

— Ash, por acaso você fez um esquenta antes da festa?

Ela riu e assentiu.

— No Benny... a mãe dele não estava lá.

— Aham. Que tal um pouco de água?

Wes pegou uma garrafa no isopor com gelo ao lado do barril e deu um lindo sorriso para ela, um que ele nunca tinha oferecido para mim. Nenhuma vez. Do meu vizinho eu só recebia sorrisinhos tortos, sarcásticos e sobrancelhas arqueadas.

— Bem, adoro andar de limusine, então vou pensar sobre o baile — disse ele.

Michael se virou.

— *Quando* é o baile? — questionou ele.

Tudo parou para mim quando Wes pegou a cerveja que Michael tinha servido para Ashley e deixou de lado. Ela nem percebeu.

— Em duas semanas — respondeu Wes.

Em câmera lenta. *Eeeem. Duuaaaaas. Semaaaaaaanas.*

Michael respondeu:

— É bizarro mudar de escola dois meses antes da formatura. O baile deveria ser um evento superimportante, mas eu não conheço nenhuma garota aqui além da Laney.

Você me conhece! Me leve ao baile, lindo Michael, não leve a Laney malvada e insípida! Eu precisaria explicar a mudança de planos para Joss, mas ela entenderia se o garoto dos meus sonhos me convidasse.

Michael fez um gesto para mim e para Wes.

— E vocês vão? — perguntou ele.

— *Nós?* — Minha voz saiu aguda, e balancei a mão loucamente apontando para mim e Wes enquanto fazia uma careta exagerada, feliz por Ashley já ter desaparecido no meio da multidão. — O Wes e eu? Ai, minha nossa! Não. Está de brincadeira?

— É. — Wes balançou a cabeça e fez um gesto de corte com a mão. — Nós não vamos a lugar *nenhum* juntos. Acredite. Eu não iria nem ao posto de gasolina com essa aí.

— Bem, eu não te convidaria para ir ao posto de gasolina, então você pode calar essa sua boca — retruquei com um sorriso, acompanhado de um soquinho de brincadeira em seu braço. — Acredite.

Michael olhou para nós como se fôssemos engraçados.

— Ah. Acho que ouvi por aí que vocês estavam juntos.

— É, bem... ouviu errado — respondi, horrorizada ao perceber que eu é que tinha dado início ao boato. Sobre mim mesma. Nossa. E como a fofoqueira da Ash era *rápida*! Para ser sincera, eu teria ficado impressionada se não estivesse preocupada que ela estragasse tudo.

— Está bem por fora, cara. — Wes bagunçou meu cabelo e completou: — Nada de *pequena* Liz para mim.

Bati em sua mão.

— Não.

— Ah. — Michael assentiu devagar e olhou para mim. — Duas semanas, hein?

Duuuuuuas. Semaaaaaaaaanas. Heeeeeeeein?

Senti os braços arrepiarem enquanto Ed Sheeran voltava a surgir em minha cabeça, flutuando.

— Então, me atualizem sobre o que aconteceu desde que eu me mudei. — Pelo jeito, Michael não achava mais que Wes e eu estávamos juntos e também ia parar de falar a palavra "baile" na minha frente, o que já estava me deixando tonta. — Vocês ainda saem juntos? E os gêmeos e a Jocelyn?

Wes e eu trocamos olhares antes que eu respondesse, principalmente porque não queria que ele dissesse nada constrangedor ou desagradável sobre mim.

— Wes e eu nos vemos o bastante para brigar pela vaga de estacionamento na frente da nossa casa, mas é basicamente isso. E Joss na verdade é minha melhor amiga agora, o que até eu acho difícil de acreditar.

Michael sorriu ao ouvir isso, e era o tipo de sorriso que me fazia acreditar que tinha dito a coisa certa. Um milhão de terminações nervosas felizes vibravam dentro de mim, e eu queria me banhar naquele sorriso e fazer com que ele nunca fosse embora.

Ashley voltou e disse alguma coisa ao Wes, que virou de costas para nós para conversar com ela, o que foi ótimo, porque deixou Michael e eu conversando sozinhos.

— Os gêmeos, por outro lado, agora estudam no Horizon High — expliquei. — Eles foram para lá depois de passarem um tempo no reformatório por terem roubado um carro.

— O quê? — Michael ficou boquiaberto, mas continuava sorrindo com os olhos. — A mãe deles era muito religiosa, não era?

— Aham. — Bebi um gole da cerveja quente e me esforcei para não engasgar. — Ela ainda dá aula de catequese toda quarta-feira à noite na São Patrício, mas agora usa uma letra escarlate no macacão jeans.

— Que escândalo. — Ele aproximou a cabeça da minha. — Isso é uma loucura... ainda não acredito que é você. Pequena Liz, toda crescida.

— Eu sei. E quem teria desconfiado que o Michael do fim da rua ia voltar?

Senti meu rosto ficar quente quando também me aproximei para que ele me ouvisse em meio ao barulho da festa. Meu coração batia forte conforme eu repassava as palavras na cabeça, como tinha feito sem parar nas últimas horas. O tempo estava passando, então eu precisava mergulhar de cabeça.

— Não sei se você sabia, mas quando éramos crianças, eu era apaixonada por você.

Os lábios dele formaram um sorriso lindo.

— Olha, vou ser sincero — começou ele. — Eu meio que...

Não sei se Michael terminou a frase, porque enquanto eu tinha um pequeno aneurisma de tanta alegria ao imaginar as possibilidades da próxima frase, ouvi um barulho. Foi como uma mangueira de jardim sendo aberta, só que a água ainda não tinha saído. Olhei na direção do ruído, e Ashley abriu bem a boca e descarregou um vômito marrom em mim, do pescoço aos joelhos expostos.

Ai. Meu. Deus.

Ai, meu Deus! Olhei para baixo e vi que eu estava *coberta* pelos restos liquefeitos do estômago da Ashley. Era quente, espesso e respingou em toda minha roupa, encharcando a parte de cima do meu vestido a ponto de ele grudar na pele. Em minha visão periférica, vi que havia pedaços sólidos no lado direito do meu cabelo, perto da minha orelha, mas não consegui focar nisso porque senti um rastro de vômito quente descendo pela minha perna.

Descendo pela minha perna!

Não sei se emiti algum som ou só pareci uma coitada parada ali com os braços abertos, mas Wes se apressou para levar a loira vomitona até uma das garotas que estavam por ali e de repente surgiu ao meu lado.

— Tenho roupas limpas no porta-malas, Liz. Vamos até o banheiro, e você pode se limpar enquanto eu corro até o carro para pegar.

Eu não conseguia formular palavras. Só assenti e deixei que ele segurasse meu cotovelo e me guiasse escada acima em meio à multidão boquiaberta — que parecia achar minha situação nojenta *e* engraçadíssima. Eu estava lutando contra o reflexo de vomitar e tentando não inalar aquele cheiro terrível enquanto morria de vergonha.

Não bastava eu ser um motivo de piada, Michael tinha que ter testemunhado meu suplício repugnante.

A cena toda foi o oposto de encontro fofo dos filmes.

Eu ia morrer de vergonha. Pra valer. Com certeza. Isso existia de verdade. Minha morte era iminente.

Wes me levou até um banheiro que ficava ao lado da cozinha. Ele acendeu a luz, me guiou para dentro e dobrou os joelhos para ficar da minha altura. Olhou bem no meu rosto, para que eu não visse mais nada além dele.

— Tire essa roupa e se limpe. Eu já volto, tá?

Ainda não conseguia formular palavras, então só assenti.

Michael apareceu no topo da escada, olhando para mim com aquele nariz perfeito franzido, como se também quisesse vomitar, mas solidário.

— Pelo menos você está de uniforme, e não com uma roupa sua — comentou Michael.

Agora *eu* queria vomitar e desaparecer, então só respondi:

— Pois é.

— Posso ajudar com alguma coisa? — Ele parecia enjoado só de olhar para mim, mas ainda assim abriu um sorriso doce ao falar com aquele sotaque consolador: — Precisa que eu pegue alguma coisa?

Que fofo.

Balancei a cabeça e senti (ai, minha nossa) algo úmido grudando em meu pescoço. Cerrei os dentes.

— Não, mas obrigada — agradeci.

Fechei e tranquei a porta. Olhei em volta e amaldiçoei quem quer que tivesse construído aquela casa por não ter colocado um chuveiro naquele banheiro.

— Só pode ser *brincadeira*!

Olhei para a pia e pedi desculpa ao Ryno, quem quer que ele fosse, pelo que estava prestes a acontecer com o banheiro.

Primeiro, tirei cada peça de roupa que estava vestindo, inclusive a calcinha, deixando-as cair em uma pilha nojenta no piso branco de mármore. Então, abri a torneira e comecei a enfiar partes do corpo embaixo da água quente. Perna esquerda, perna direita. Braço esquerdo, braço direito. Quase tive que fazer uma postura de ioga para lavar o pescoço e o torso, espirrando água em toda a pia e no chão, antes de enfiar a cabeça embaixo da torneira.

Que ideia maravilhosa, Liz, uma festa com Wes.

Que falta de juízo.

Deu para ver os pequenos pedaços obstruindo o ralo da pia aos poucos quando esfreguei o cabelo com um sabonete, então tive que tomar cuidado e manter a cabeça erguida o bastante para evitar recontaminar o cabelo com aquela nojeira.

Depois de endireitar o tronco, molhei e besuntei uma das toalhas de mão com outro sabonete chique antes de esfregar o corpo inteiro.

Olhei para meu reflexo no espelho respingado de água, observando meu corpo nu no banheiro de um estranho enquanto soltava pequenos resmungos de nojo, e meu cérebro acrescentava mais uma faixa ao álbum.

"Hello Operator", do White Stripes.

As palavras não condiziam exatamente com minha situação horrorosa, mas os *riffs* de guitarra tocando enquanto eu esfregava meu corpo como uma maníaca teriam sido perfeitos.

— Liz? — chamou Wes, atrás da porta. — Quer que eu te entregue a sacola ou só deixe aqui e desça?

— Se puder deixar, seria ótimo. — O banheiro chique tinha muitos espelhos, então eu não tinha como abrir a porta com o Wes ali. Com certeza acabaria mostrando alguma coisa. — Obrigada.

— Imagina. — Ele limpou a garganta. — Estão todos lá embaixo, então se você colocar só a mão para fora e pegar a sacola ninguém vai ver nada.

— Beleza.

— Tem uma sacola de plástico no bolso lateral para você colocar sua roupa suja. E sua bolsa está lá embaixo... Você precisa dela?

— Não. — Eu tinha me esquecido completamente da bolsa.

— É... obrigada. De verdade, Wes.

Ele estava sendo muito querido comigo, de um jeito nada Wesley. Ou pelo menos eu *achava* que não era. A verdade era que talvez eu não o conhecesse mais. Quer dizer, desde que chegamos à festa, ele foi... ótimo.

— Sem problema. Vou descer, então.

Ouvi um farfalhar do outro lado da porta, e em seguida tudo ficou em silêncio. Cobri a frente do corpo com mais uma toalha — que, aliás, não cobria o bastante — e me agachei para abrir uma frestinha e enfiar a mão por ela.

Encontrei a sacola de pano, graças a Deus. Arrastei-a para dentro do banheiro e tranquei a porta. Precisava me trocar rápido se quisesse mais um minuto sozinha com Michael antes que Laney aparecesse e estragasse tudo. Estávamos no meio de uma cena de filme antes de a Loirinha despejar alimentos regurgitados em cima de mim, e eu não ia deixar aquele momento passar de jeito nenhum.

Tirei as roupas da sacola.

Ai, minha nossa, Wes.

Não sei o que eu esperava que ele tivesse no porta-malas do carro, mas eu ia parecer uma idiota com aquelas roupas esportivas. Vesti a calça de moletom cinza, mas ficou enorme em mim. Tive que dobrar o cós duas vezes para não ficar tropeçando na barra, mas ainda assim corria o risco de que elas caíssem de uma só vez com um leve puxão.

Passei o moletom enorme com os dizeres EMERSON BEISEBOL pela cabeça molhada, e ele cheirava a amaciante e era confortável como um cobertor, então gostei um pouco.

Deixei escapar uma risadinha horrorizada quando vi meu reflexo: um marshmallow cinza com trajes enormes, macios e fofinhos. Meu sapato boneca de salto quadrado ia ficar incrível com aquela roupa, ainda mais porque também estava salpicado de vômito marrom.

Soltei um suspiro e tirei o cabelo do capuz do moletom. Eu tinha que mandar uma mensagem para Wes dizendo que precisávamos ir embora e que eu o encontraria no carro. Odiei ter que deixar Michael e nossa cena de filme para trás, mas eu estava ridícula demais para ficar.

Mas... onde está o...? *Nãããããão*.

Meu celular estava na bolsa. Meu celular estava na bolsa, que estava lá embaixo com Wes e Michael, isso sem falar no restante do pessoal. Mordi o lábio e inspirei fundo.

Será que tinha uma câmera escondida em algum lugar?

Inspirei profundamente e abri a porta que dava para a escada do porão. Eu havia tirado o moletom, optando por apenas dar um nó na camiseta gigantesca que encontrei amarrotada no fundo da sacola de pano. Como o look fofa e sofisticada não era mais possível, tentei criar um visual indiferente, casual, do tipo "fico linda com as roupas enormes do meu namorado".

Provavelmente estava mais para "garotinha com as roupas do irmão mais velho", mas, como eu não tinha outra opção, preferi ser otimista. Eu não tinha muito tempo antes do baile de formatura, então ia ficar e fazer Michael se apaixonar por mim, com ou sem vômito.

Senti a escada fria e empoeirada sob meus pés descalços, e assim que desci procurei pelo Wes, desesperada para sair dali antes que alguém me visse. Estava tocando uma música do AC/DC, mas não alto o bastante para que fosse possível ouvir a letra com os barulhos da festa.

— Garota do vômito! — Um cara barbudo com uma camiseta dos Lakers apertada demais sorriu para mim. — Você voltou!

Por quê? Por que é que *eu* era a "garota do vômito"? Ashley devia ser a "garota do vômito", caramba.

Olhei por cima do ombro desse cara e encontrei Wes. Ele estava conversando com Michael ao lado do barril de cerveja com minha bolsa pendurada no braço, e me obriguei a ignorar todos os olhares que eu estava atraindo como a recém-coroada Garota do Vômito e acenei em sua direção.

Ele me viu quase no mesmo instante. Seus olhos percorreram depressa a combinação de calça folgada e camiseta larga, e depois ele franziu as sobrancelhas antes de vir até mim e tirar a chave do bolso.

— Imagino que você queira ir embora.
— Aham.

Olhei para Michael, que estava atrás do Wes, e passei a mão no cabelo molhado, nervosa. Mas os olhos dele estavam concentrados em minha barriga, não em meu cabelo. *Ai, caramba*. A calça enorme estava tão baixa que eu acabei mostrando quase minha barriga *inteira* para todo mundo. Puxei a camiseta para baixo, mas era tarde demais.

Ele deu um sorriso que me fez derreter por dentro.

— Gostei muito da sua tatuagem — elogiou Michael.

Minha nossa... ele viu a tatuagem.

Pelo menos Michael não soou como um tarado ao elogiar.

— Ah, obrigada.

Resisti à vontade de puxar a blusa para baixo mais uma vez e esperei que ele não estivesse sendo sarcástico.

Wes me olhou irritado, a mandíbula tensa.

— Pronta?

Antes que eu pudesse responder, Wes segurou o cós da minha calça e puxou-a para cima, cobrindo minha barriga.

— As roupas da Liz estão caindo — disse ele —, então precisamos ir embora.

Fiquei paralisada ao sentir a mão do Wes tocar minha pele. Olhei para ele, que também estava olhando para mim, e me senti... perdida. Sem saber se era uma reação ao toque ou à superproteção repentina, como se ele fosse um homem das cavernas.

Além disso, eu não entendia por que aquela cena não me irritou.

Continuei presa à mão esquerda do Wes enquanto ele e Michael se despediam com um aperto de mão, trocando palavras que não consegui ouvir com todo aquele barulho. Quando eles se separaram, Michael levantou o copo vermelho para mim e deu um sorriso gentil antes de se virar e sair.

— Tchau — sussurrei, vendo-o desaparecer na multidão.

— Vamos, Buxbaum. — Wes pendurou minha bolsa no ombro, passou o monte de tecido do cós da calça para minha mão e me guiou escada acima. — Vamos, antes que você se exiba para mais alguém.

CAPÍTULO QUATRO

"Não é tão desprezível quanto eu pensava."

— *10 coisas que eu odeio em você*

— E aí? — perguntei quando Wes arrancou com o carro, olhando pelo para-brisa.

Na frente da casa havia veículos estacionados em ambos os lados da rua. Naquele momento me dei conta de que Wes e seus amigos levavam *mesmo* uma vida *Superbad: é hoje.*

— Michael falou de mim enquanto eu estava me trocando? — indaguei.

— Falou, sim. — Ele ligou a seta e virou a esquina. — E você provavelmente vai ficar irritada.

— Ai, minha nossa... — Olhei para Wes e esperei pela notícia terrível. — O quê?

Ele acelerou e mudou de pista.

— Ficou muito evidente que ele ainda pensa em você como a *pequena* Liz.

— O que isso quer dizer?

Wes curvou um pouco os lábios, mas manteve os olhos na pista.

— Ah, fala sério.

— É sério. Como assim? Ele ainda acha que sou criança?

Ele deu um sorriso do tipo "eu não devia estar sorrindo".

— Tipo, ele ainda acha que você é uma esquisitinha simpática — respondeu ele.

— Nossa... Você está brincando? — Fiquei olhando para aquele sorriso e tive vontade de socá-lo. — Por que ele me acharia esquisita *agora*? Fui muito charmosa até sua namorada vomitar em mim.

— Não é isso — disse ele, desfazendo o sorriso e me lançando um olhar furtivo. — É que ele acha que você é a mesma pessoa de antes, porque ele não estava aqui.

— Eu não era uma *esquisitinha simpática*.

— Ah, Buxbaum. Fala sério, né?

Pensei nos velhos tempos da vizinhança.

— Não era, não.

— Era, sim. Você ficava o *tempo todo* inventando músicas, sobre tudo. Músicas horríveis que nem rimavam.

— Eu era criativa. — Era verdade, eu era a menos atlética e a mais dramática entre o pessoal, mas eu não era *esquisita*. — E era minha música tema.

— Você mentia o tempo todo sobre seus namorados.

Isso era verdade.

— Você não tem como saber disso.

— Você namorou o príncipe Harry?

Droga... Tinha esquecido desse.

— Ele podia ter sido meu namorado. Não tem como ter certeza.

Wes deu uma risadinha e pisou mais fundo no acelerador.

— E as peças, Liz? Você se lembra delas? Você era um monólogo da Broadway ambulante.

Eita... Tinha me esquecido completamente das peças. Eu *amava* criar peças e fazer a vizinhança inteira participar. E, sim, talvez eu fosse a organizadora, mas todos sempre participaram, então também deviam gostar.

— O teatro é um dom nobre. Se vocês eram muito ignorantes para reconhecer isso, tenho pena de vocês.

A risadinha se transformou em uma gargalhada.

—Você implorava ao Michael para que ele fosse o Romeu da sua Julieta, e quando ele não aceitava, você subia numa árvore e passava uma hora fingindo que estava chorando.

— E você jogava coisas em mim, tentava me derrubar!

— A questão é que, por causa do seu passado, ele não olha para você como olha para as outras garotas.

Olhei para Wes e me perguntei — santo Deus — se eu era *mesmo* esquisita.

— Então, para ele, eu sou esquisita e não tem nada que eu possa fazer?

Ele pigarreou.

— Olha, talvez não. Mas...

Ele parecia culpado, então perguntei:

— O que você fez, Wes?

— *Eu* não fiz nada, Buxbaum... Você fez. — Ele parou no sinal fechado e olhou bem para mim. — Michael e eu estávamos comentando sobre como era uma droga que tivessem vomitado em você, e então ele fez um comentário sobre seu uniforme feio.

Meu rosto ficou quente quando me lembrei do meu lindo vestido que agora estava arruinado.

— E...?

— E ele disse que era a sua cara ir com o uniforme de garçonete para a festa e que você não tinha mudado nada.

Suspirei e olhei pela janela, sem esperança de um dia ter uma chance com Michael.

— Que ótimo.

— Mas eu disse para ele que você está totalmente diferente.

Olhei para Wes no escuro do carro.

— Sério?

— Aham. Falei que agora você canta menos e que os caras da escola te acham *gata*.

Isso aqueceu meu coração esquisitinho.

— Os caras da escola me acham gata?

— Provavelmente. Quer dizer, você não é feia, então é possível. Sei lá. — Wes manteve os olhos na pista e pareceu irritado. — Não costumo falar sobre você fora do contexto "Adivinha o que a tonta da minha vizinha fez"... Então, na verdade, não tenho ideia. Eu só estava tentando mudar a impressão que ele tem de você.

Revirei os olhos e fiquei ridiculamente chateada por aquilo ser uma invenção.

— Mas o problema é o seguinte. — Ele ligou a seta e diminuiu ao nos aproximarmos de um sinal amarelo. — Enquanto eu suava para convencê-lo de que você não era mais esquisita, Michael entendeu tudo errado e falou, tipo: "Então você gosta MESMO da Liz. Eu sabia."

— Ah, não.

Merda, merda, merda!

— Ah, sim. — O sinal ficou vermelho, e ele olhou para mim. — Ele acha que estamos a fim um do outro.

— *Não!* — Apoiei a cabeça no encosto e imaginei o rosto do Michael sorrindo e observando nós dois. Ele achava que eu estava a fim do Wes, e a culpa era toda minha. *Eu* comecei o boato, minha nossa. — Ele nunca vai me convidar para o baile se acha que você gosta de mim.

— Provavelmente não.

— Aff.

Pisquei rápido. Não queria ficar emotiva, mas não consegui evitar ao imaginar o rosto de Michael. Ele deveria ser meu destino, caramba, e agora estaria nas garras da Laney antes que eu conseguisse um beijo de levantar o pezinho.

E *ainda por cima* vomitaram em mim.

— Ele comentou algo sobre você quando estávamos indo embora, se isso faz você se sentir melhor.

— O quê? Quando? O que ele disse?

Wes virou a esquina e acelerou.

— Quando falei que estávamos indo embora, ele disse: "Eu não acredito que a pequena Liz tem uma tatuagem."

Arfei.

— Bem, em que tom ele disse isso?

Ele olhou para mim.

— É sério?

— Só quero saber se foi um tom de nojo, ou tipo... como quem meio que acha legal?

Wes manteve os olhos na rua.

— Ele definitivamente não estava com nojo.

— Bem, pelo menos isso.

Olhei pela janela e vi as luzes da nossa vizinhança se aproximando. *O que eu vou fazer?* Se fosse outro cara, talvez eu tivesse desistido e encarado o projétil de vômito como um sinal do universo.

Mas era Michael Young. Eu não podia desistir.

Para falar a verdade, só de pensar em desistir meu coração se apertava.

Tinha que ter um jeito.

Mordi o lábio e ponderei. Quer dizer, *teoricamente*, seja qual for o boato que eu mesma lancei sobre Wes, Michael pareceu *interessado* quando viu a tatuagem. Não era muito, mas era alguma coisa, né? Provava que era *possível* mudar a opinião dele sobre eu ser *"esquisitinha"*.

Eu só precisava de uma chance para que ele visse *tudo* o que havia mudado em mim.

Senti a esperança voltar a borbulhar. Quer dizer, Michael não demoraria tanto para abrir os olhos se eu tivesse um tempinho com ele, certo? Um tempinho e talvez uma ajudinha.

Hummm.

—Você está muito quieta, Buxbaum. Assim fico com medo do que está pensando.

— Wesley. — Virei para ele com um sorriso vitorioso. — Cara. Tive a melhor ideia de TODAS.

— Que Deus me ajude. — Ele estacionou na Vaga, tirou a chave da ignição e abriu um meio sorriso. — Qual é sua ideia terrível?

— Olha — comecei, olhando para as mãos e sem fazer menção de sair do carro. — Ouça antes de dizer não.

— De novo isso? Você está me assustando.

— Shh. — Respirei fundo. — E se as pessoas acharem que estamos namorando, mas só durante, sei lá, uma semana?

Senti meu rosto esquentar. Esperava que Wes tirasse sarro de mim, mas ele ficou apenas me encarando com os olhos semicerrados por um tempo.

— O que isso resolveria? — perguntou ele.

— Ainda estou pensando, então tenha paciência. Se a gente fingisse ser meio a fim um do outro por uma semana, já ajudaria Michael a perceber que não sou mais a pequena Liz. Ele já acha que estamos juntos, então por que não usar isso para mostrar a ele que sou uma opção romântica viável?

Wes tamborilou os dedos no volante.

— Por que isso é tão importante para você?

Pisquei e cocei a sobrancelha com o indicador. Como eu poderia responder a essa pergunta? Como eu poderia dizer a ele que tinha certeza de que o universo tinha enviado Michael de volta para mim?

Odiei o fato de minha voz ter saído trêmula e insegura quando respondi:

— Para falar a verdade, não faço ideia. Só sei que por algum motivo é muito, muito importante. Isso parece bobagem?

Ele ficou olhando o para-brisa com uma expressão séria que não era comum. Depois de alguns segundos, me perguntei se ele não tinha ouvido, mas então Wes respondeu:

— Não parece, não.

— Mesmo?

— Mesmo. — Ele pigarreou e virou de frente para mim, o sorriso sarcástico estava de volta. — Agora, o que eu ganho com isso se concordar? Além da alegria de te ajudar com o cara com quem você quer mandar ver, lógico.

— Nojento. — Foi minha vez de pigarrear, e fiquei satisfeita ao perceber que ele tinha voltado a ser o espertinho que eu conhecia. — Pode ficar com a Vaga mais uma semana.

— Não parece o bastante. Quer dizer, você quer que eu saia com você de novo?

— Olha, isso ajudaria.

Coloquei o cabelo atrás da orelha e fiquei incomodada com o silêncio absoluto no carro.

Wes cruzou os braços, formando um sorrisinho presunçoso de satisfação.

— Já sei. Tenho um plano brilhante.

— Duvido.

— Shhh.

Ele estendeu a mão, que cheirava a sabonete, e cobriu meu rosto por um segundo antes de voltar a relaxar no banco do motorista.

— Eu vou fingir que estou tentando ficar com você, embora você não esteja tão a fim assim de mim.

— Tá...?

— Assim eu ajudo você a ficar com o Michael, já que vou exaltar suas muitas virtudes para ele.

Embora eu soubesse que devia ser uma pegadinha, era divertido ver Wes envolvido com a ideia.

— O que você ganha com isso? — perguntei.

— *Se* você acabar conseguindo um convite para o baile como resultado da minha ajuda, eu fico com a Vaga para sempre.

Segurei a maçaneta.

— *Para sempre?* Sem chance.

—Você não está me ouvindo. Pretendo usar todos os recursos para conseguir que ele vá ao baile com você. Nosso acordo atual envolvia apenas levar você comigo a uma festa. Estou falando sobre acesso a informações privilegiadas, ajuda com o Michael, dicas úteis, conselhos de moda e tudo mais.

— Conselhos de moda?

Bufei.

— Isso mesmo, conselhos de moda. E tudo mais. Por exemplo, se vai a uma festa e quer que o Michael ache você gata, precisa se vestir de acordo, não como uma Doris Day garçonete.

— Uma Doris Day garçonete parece um visual excelente, para sua informação. Mas, pra ser sincera, estou surpresa que você saiba quem é Doris Day.

— Como assim? Minha avó gosta de *Confidências à meia-noite*.

Eu amava esse filme. Talvez ainda houvesse esperança para Wes.

— Ela também gosta de pé de porco em conserva e tenta fugir da casa de repouso — continuou ele.

Ah. Eu estava mesmo estranhando.

Ele rodou a chave do carro no dedo.

— E aí...? Está dentro?

Respirei fundo. Se ele conseguisse me ajudar com Michael, eu daria a Vaga, a lua, as estrelas e talvez até um rim.

Inspirei fundo e respondi:

— Estou dentro.

— Boa garota — disse ele.

Wes saiu do carro, bateu a porta e chegou ao meu lado no momento em que eu estava fechando a minha. Em seguida, se inclinou um pouco e murmurou:

— A propósito, vou amar minha Vaga Eterna.

Revirei os olhos. Ele não tem jeito.

— Não precisa me levar até a porta, Wes.

Mesmo assim, ele pegou a sacola da minha mão.

— Ah, vai! Não é todo dia que tenho a chance de carregar uma sacola com as roupas vomitadas de uma garota até a porta dela.

— Verdade. — Isso me fez sorrir, quase rir. — Mas espero poder segurar minha calça sem sua ajuda.

— Duvido... eu literalmente precisei te acobertar.

Ele me acompanhou até minha casa, e senti o cheiro bom e fresco de sua colônia. Um perfumista provavelmente diria que tinha "notas de pinho", mas quase tropecei ao perceber que eu reconhecia aquele cheiro como sendo dele. O cheiro do Wes, puro e simplesmente. Mas... quando *essa* informação se cristalizou? Devo ter percebido sem querer durante as brigas pela Vaga, ou talvez ele usasse aquela fragrância desde a puberdade.

Quando chegamos à varanda e Wes me entregou a sacola, olhei para o rosto dele e fui tomada pela sensação de que estava acordando de um sonho ou algo parecido. Que sentido havia em voltar de uma festa na mansão de um dos populares e Wes Bennett estar na minha varanda sem que estivéssemos brigando?

Só que o mais surreal — de longe — era que aquela cena não parecia estranha. Parecia o início de alguma coisa.

— Obrigada pelas roupas e... bem, por tudo. Você foi muito mais legal do que eu esperava — revelei.

— É óbvio que fui.

Ele deu um sorriso, um diferente de todos os outros até então. Era um sorriso doce, genuíno como os que ele ofereceu aos amigos na festa.

Até gostei do jeito que Wes me olhou.

— Não esqueça de lavar o uniforme sujo antes do próximo expediente — implicou ele. — Imagino que *aquela* lanchonete provavelmente se orgulhe bastante da aparência dos funcionários.

Retribuí o sorriso.

— Eu mato você se contar isso a alguém.

— Minha boca é um túmulo, Libby.

Na manhã seguinte, no trabalho, me senti otimista com a festa ao repassá-la em minha cabeça. Quer dizer, sim, vomitaram em mim, o Cara Ideal pensou que meu vestido lindo fosse um uniforme e, ah, é, ele achava que eu era "esquisitinha" (torci para que esse fosse um termo que Wes inventou, não algo que Michael disse), mas esses eram só os aspectos negativos.

Pois é, minha natureza otimista era escandalosamente irrealista.

Michael pareceu interessado em ir ao baile, então eu ainda tinha uma chance. Ainda mais com Wes ajudando a destacar a minha versão que não é nem um pouco esquisita: a Liz que um dia foi lagarta, mas agora é uma linda borboleta.

— Jeff? — chamei em voz alta.

Um cliente grisalho com suspensório e tênis vermelho veio em minha direção segurando dois discos. Ele parou em frente ao balcão e estendeu um recibo de compra. Conferi o pedaço de papel.

— Podemos oferecer vinte e quatro dólares pelos seus álbuns — informei.

As sobrancelhas grossas do senhor se contraíram como duas lagartas e seus lábios formaram uma linha reta.

— Vinte e quatro dólares? Só um desses discos do Humperdinck vale isso sozinho.

— Provavelmente tem razão — concordei, com uma vontade louca de revirar os olhos.

Os caras dos discos antigos eram os piores. Eles sempre sabiam quanto seus LPs valiam para os fãs, e sempre discutiam quando eu oferecia metade do valor que de fato a loja conseguiria vender.

— Mas a loja vai conseguir apenas uma fração desse valor — expliquei. — Você pode ficar com o disco, lógico, se acha que é melhor vender pela internet.

Jeff ficou me olhando em silêncio. Permaneceu ali parado, com os olhos fixos em mim, como se encarar com determinação me fizesse encolher e jogar dinheiro para ele. Trabalhava no Sebo do Dick há três anos, e só de olhar para o cliente ao entrar na loja eu já sabia se ele tentaria negociar.

Encarei de volta, com um sorriso, e esperei até que ele ficasse cansado do joguinho de Macho Alfa. Uns vinte segundos se passaram até que ele disse, por fim:

— Acho que não preciso de dois. Vou aceitar sua oferta.

Eu sabia que aceitaria.

Estava registrando a compra quando o sino da porta soou.

— Bom dia — cumprimentei, sem tirar os olhos da caixa registradora.

— Pode me dizer onde ficam os livros sobre peido?

Levantei a cabeça e ali estava Wes, com uma expressão séria, e o Velho Jeff virou em sua direção.

— O quê?

Tive que contorcer o rosto para não rir.

Eu não ia sorrir para ele depois daquela criancice. Pelo menos não na frente do cliente.

Wes estava com bermuda de basquete e casaco moletom com uma frase que fazia referência à música "Kung Fu Fighting", de Carl Douglas. Seu cabelo escuro estava arrepiado na frente, como se ele tivesse tomado banho e passado a mão em vez de pentear. Eu não sabia quando ele tinha ficado tão esguio e malhado, mas, para ser sincera, era atraente.

Quer dizer, atraente para quem gostava de caras como o Wes.

— Livros sobre *peido*. Olá? — repetiu ele, impaciente, como se eu é que estivesse agindo de um jeito estranho. — Preciso de um alívio, senhora. Onde ficam os livros sobre emergências gastrointestinais?

Entreguei o dinheiro e a nota fiscal ao Velho Jeff.

— Muito obrigada. Tenha um ótimo dia.

Ele resmungou alguma coisa e guardou o dinheiro na carteira antes de sair da loja. Olhei para Wes e balancei a cabeça.

— Qual é o seu problema?

Ele deu de ombros.

— Você não me acha engraçado?

— Não, não é isso. O que está fazendo aqui?

— Eu gosto de livros e… — Ele olhou ao redor. — Discos.

— Ah, é mesmo? Qual é o seu disco favorito?

Wes apontou para o álbum que eu tinha acabado de comprar do Velho Jeff.

— Esse aí. Engelbert Humperdinck.

— Jura?

— Aham. Ninguém rima como ele. Eu poderia ficar o dia todo ouvindo Engelbert, ou, como gosto de chamá-lo, o Ezão.

— Sério, o que está fazendo aqui?

Ele deu um passo à frente, se aproximando do balcão.

— Preciso falar com você. E sua madrasta contou que estaria aqui.

Madrasta.

Seria normal que eu pensasse em Helena como minha madrasta e a chamasse assim, mas por algum motivo nunca consegui. Era "meu pai e Helena" ou "a esposa do meu pai". Já fazia anos que eu morava com ela, mas a mulher ainda era só Helena para mim.

— O que aconteceu?

— Michael me mandou mensagem hoje de manhã.

— Mandou?

Fiquei boquiaberta e soltei um gritinho que deveria ter me deixado envergonhada, mas não fiquei porque era só o Wes. Bati palmas.

— E aí, o que ele disse? Ele falou de mim? O que ele disse? — perguntei, ansiosa.

Wes deu um sorrisinho de lado e balançou a cabeça como se eu fosse uma criança cheia de energia depois de comer muito açúcar.

— Então, a gente vai a um jogo hoje com o pessoal.

— Um jogo que envolve *bola* e talvez um *baile*?

Selecionei a opção três dólares na máquina etiquetadora e comecei a etiquetar os livros em liquidação. Eu tinha combinado com a Joss de comprar nossos vestidos naquele dia, ainda mais porque precisava de uma oportunidade para falar sobre a festa antes que ela ficasse sabendo do episódio com vômito segunda-feira na escola. Se eu pudesse acalmá-la com o vestido, talvez ela não me enchesse por causa da festa.

— Basquete, idiota — respondeu ele.

— Como eu saberia disso?

— Porque é temporada de basquete e estamos nas eliminatórias, então...

Dei de ombros e continuei etiquetando, o que o fez sorrir.

— *Enfim*, eu, o Michael e uns caras vamos, e achei que pudesse ser um jeito interessante de você sair com a gente sem outras garotas chamando a atenção.

Parei de etiquetar.

— Está insinuando que sou invisível perto de outras garotas? Sério?

— Não. Minha nossa, como você é careta. Eu...

— Não sou, não.

— Não é?

Larguei a etiquetadora e coloquei as mãos na cintura.

— Não, com certeza não sou.

Wes levantou um canto dos lábios.

—Você está de vestido em um sebo, sua agenda é organizada de um jeito assustador e todas as etiquetas de preço estão perfeitamente alinhadas. Ca-re-ta.

Olhei para ele com os olhos semicerrados enquanto fechava minha agenda, organizada por cores e adesivos.

— Estou de saia e blusa, não de vestido.

Eu *amava* aquela saia xadrez, o cardigã com babados e o sapato boneca de salto quadrado de couro quase sem uso e nunca vomitado.

— Dá na mesma. Quando está todo mundo de calça jeans, você está de saia.

Revirei os olhos.

— Gostar de vestidos e ser organizada não significa ser careta.

— Óbvio que não.

Peguei a etiquetadora e comecei a etiquetar mais rápido, irritada por ele parecer desdenhar de tudo o que me definia.

— Então termine logo de falar sobre o jogo de basquete antes que eu te dê um tapa.

— É só isso. Se for com a gente, vai conseguir mostrar quanto é divertida.

Parei mais uma vez de etiquetar e imaginei Michael e eu a caminho do jogo, perdidos em sorrisos e conversas profundas no banco de trás do carro.

— Um momento divertido com a Liz, é?

— Que Deus nos ajude — disse Wes.

Passei o dedo em cima da etiquetadora e indaguei:

— Não seria estranho você me levar?

Ele deu de ombros.

— Não. É tranquilo.

— Então, hum, tá. — Eu me endireitei e larguei a etiquetadora mais uma vez, animada com a oportunidade inesperada. — Com certeza. Conte comigo.

— Tem uma questão, Liz. — Ele tirou um molho de chaves do bolso e girou-o no dedo. — Não fique irritada comigo por dizer isso, mas eu gostaria de ajudar você com o visual.

— Como é que é? — Inclinei a cabeça e não consegui acreditar que *Wes* tinha dito aquilo para *mim*. — Acho que sei me virar, mas obrigada.

— Sério, você precisa me ouvir.

— Sobre moda não preciso, não. Sem ofensa.

— Me ofendi um pouco, mas não importa. O que importa é que ninguém vai acreditar que você só quis ir assistir a um jogo de basquete se aparecer com vestido de babados e sapatilha florida.

Soprei a franja que tinha caído em meus olhos.

— Bennett... eu tenho uma calça jeans, sabia?

— Estou surpreso — respondeu Wes.

Ele colocou as mãos sobre o balcão e se apoiou nos braços. Seu rosto ficou mais próximo, e me distraí com as sardas que nunca tinha percebido e os cílios compridos perfeitamente curvados.

— Mas aposto que nem é uma calça normal — continuou Wes. — Deve ser aquela calça da moda com uma cintura esquisita, né? Ou com vincos marcados a ferro e punho?

— Não.

— Olha — disse ele, soltando um suspiro como se aquilo fosse importante —, acho que se você estiver *levando a sério* essa coisa do Michael, é melhor expandir seu guarda-roupa.

— Está de brincadeira, moletom de kung fu?

Wes abriu um sorriso como se eu tivesse acabado de elogiar sua roupa, e passou a mão sobre o tecido do moletom.

—Veja bem, eu sei o que as garotas da escola vestem. Garotas como Laney Morgan... se lembra dela?

Como se eu pudesse esquecer. Pele perfeita, número satisfatório de seguidores no Instagram, histórico interessante de namorados e uma mãe amorosa. Invejável e inesquecível.

— Você está rangendo os dentes, Liz?

Relaxei a mandíbula.

— Não. Continue sua divagação.

— Se quer conquistá-lo, precisa parar de ser teimosa e me deixar ajudar você.

— É que eu não acho que você seja capaz de me ajudar.

— A conseguir essa vitória ou a escolher suas roupas?

— As roupas, com certeza.

Estendi a mão e peguei uma pilha de livros na última prateleira do carrinho organizador. De repente, uma dúvida se instalou. Wes estava falando como se estivéssemos oficialmente *planejando* a coisa toda. O que é que eu estava fazendo, afinal de contas? Tentando remontar minha versão de *Ela é demais*?

Para ser sincera, no entanto, uma pequena parte de mim que amava as transformações das comédias românticas ficou um pouco intrigada.

Mas eu gostava de mim mesma. Das minhas roupas.

Eu não era uma esquisitinha, e não precisava da ajuda do Wes no que dizia respeito à moda.

— Olha só... — Ele pegou um pedaço de papel no balcão. — E se a gente der uma passada no shopping e eu te mostrar algumas roupas que são legais? Você vai estar comigo, então não vai precisar comprar nada de que não gosta. Mas não faz mal parecer de fato uma estudante de ensino médio ao tentar conquistar seu amor que ressurgiu, né? Nada muito ousado, só um visual que não faça você parecer uma bibliotecária.

Eu com certeza estava perdendo a cabeça, porque de repente não parecia má ideia ir com Wes e ver o que ele achava que eu deveria vestir. Eu não ia mudar minha aparência por um garoto (que se dane esse pensamento!), mas não seria ruim se Wes sugerisse uma roupa de que eu gostasse *e ainda por cima* que ele achasse que me faria parecer menos careta, seria?

— Estou sem grana no momento, então não posso ser a garota gata e *rica*. Tem como conseguir um visual "garota meio sem grana", mas ainda assim com certo nível de atração?

Wes abriu um sorriso discreto mas empolgado, o sorriso de quem tinha acabado de derrotar alguém.

— Deixe comigo, Buxbaum... Confie em mim.

Assim que ele saiu, mandei mensagem para Joss.

Eu: Aff... Vou ter que trabalhar dois turnos. Podemos comprar os vestidos amanhã? DESCULPA.

Eu me senti uma amiga horrível. Sabia que precisava parar de adiar a compra do vestido e ir de uma vez, mas estava difícil me obrigar.

Talvez no dia seguinte.

CAPÍTULO CINCO

"Só porque uma garota bonita gosta das mesmas porcarias bizarras que você, isso não a torna sua alma gêmea."

— *(500) Dias com ela*

— Sério, Wes?

Dei uma olhada na loja e foi impossível não me sentir culpada. Quer dizer, tudo bem não ir fazer compras com sua melhor amiga para fazer outra coisa. Mas cancelar o compromisso com a melhor amiga para ir fazer compras com outra pessoa... Eu sentia que estava ultrapassando todos os limites.

—Você é terrível.

Wes pegou uma blusa vermelha em um dos cabideiros e jogou no carrinho.

— Terrivelmente esperto. Agora você só precisa ir ao provador uma única vez.

Olhei para o carrinho cheio e me perguntei se ele sabia que só era permitido levar seis itens. Não falei nada, no entanto, porque Wes estava encarando aquilo como uma missão. Ele foi me buscar no sebo quando meu expediente acabou, me apressou pelos dois quarteirões até o shopping e quase tirou meu braço do lugar toda vez que eu não acompanhava seu ritmo acelerado.

Pelo jeito, Wes odiava fazer compras.

Estávamos na Devlish, a Franquia Mundial das Estudantes Estilosas que eu em geral evitava. Minha praia era comprar roupas vintage pela internet ou vasculhar brechós atrás das peças retrô perfeitas; a Devlish não fazia meu estilo. Wes perguntou meu tamanho quando entramos na loja de três andares, e desde então não parou de jogar itens no carrinho como se estivesse em uma espécie de reality show de corrida de compras.

Por fim, fizemos uma pausa no meio de um dos corredores, entre os vestidos reveladores de paetês e as roupas sociais. Wes analisou o conteúdo do carrinho, levantando alguns itens para reavaliá-los, assentindo ou balançando a cabeça, pensativo.

— Acho que talvez seja o suficiente.

Tentei não parecer sarcástica ao responder:

— É provável.

Ele apontou para mim.

— Mas conheço você bem o bastante para saber que é minha única chance — declarou ele.

— É verdade.

Wes tinha pegado calças jeans, camisetas, umas blusas muito fofas, outras nem tanto; ele definitivamente queria garantir o sucesso.

— Mas por que tanto branco? — perguntei.

Ele empurrou o carrinho em direção a uma prateleira enorme de camisas dobradas.

— Ruivas ficam bem de branco — explicou ele. — Você não devia saber disso?

Concordei, tentando não dar risada da confiança que ele tinha nas próprias crenças de moda.

— Não sabia, não.

Wes pegou um punhado de camisas e acrescentou à nossa pilha.

— Branco e verde, cara. São suas cores coringa.

Não pude deixar de rir. *Cara*.

— Anotado.

Ele parou de se comportar como um maníaco por compras por um instante e sorriu para mim, o olhar caloroso percorrendo meu rosto. Aquilo me fez lembrar da maneira como Rhett olhou para Scarlett em *E o vento levou...* quando tentou amarrar o chapéu novo para ela. Era um olhar que admitia que ele não tinha ideia do que estava fazendo, e que sabia que estava parecendo um bobo.

Mas Wes não se importava. Ele estava se divertindo.

Era estranho, mas parte de mim acreditava que isso pudesse ser verdade. Não que ele *gostasse* de mim, mas eu sentia que ele gostava dos nossos confrontos. Para falar a verdade, eu também gostava, mas só quando ele não dizia coisas que me faziam querer esganá-lo.

Wes estendeu o braço e pegou uma camisa de flanela xadrez. Não ia funcionar para a primavera, mas eu não disse nada. Só coloquei o cabelo atrás da orelha e deixei que ele terminasse. Não deixei de perceber que nossas compras *à la* transformação dos filmes estavam saindo *exatamente* como eu tinha imaginado, porém estava mais para *A verdade nua e crua* do que para *Ela é demais*. Parecia a cena em que Mike leva Abby para fazer compras, o que tornava tudo quase engraçado, mas Wes não era o protagonista e eu não ia me apaixonar por ele.

— Acha que devemos ir para o provador? — perguntou ele.

— Ah, finalmente você terminou. Vamos.

Ele foi em direção ao provador, usando seu peso para empurrar o carrinho. Fiquei um pouco impressionada com o foco dele: Wes não tinha olhado para ninguém desde que entramos na loja, e havia *muitas* garotas lá. Garotas populares que faziam exatamente o tipo dele.

Mas Wes só queria saber das roupas.

— Liz?

Levantei a cabeça e — *minha nossa* — ali estava Joss, saindo do provador.

JOSS? *Droga, droga, droga.* Caramba, quais eram as chances? Quando ela me olhou confusa, percebi que não havia onde me esconder nem onde esconder Wes.

— Achei que você estivesse trabalhando. — Ela se aproximou e olhou para Wes. — Dois turnos, não era?

Merda. Eu me senti como se tivesse sido flagrada traindo um namorado, e quis desaparecer.

Só que, ao mesmo tempo, olhei para minha melhor amiga e percebi que preferia aquela tarde sem sentido com Wes a fazer compras com ela. Com Wes não havia laços, não havia nada doloroso. Comprar o vestido para o baile, por outro lado, tinha várias camadas de melancolia que me faziam sentir muitas coisas que eu não queria.

Em primeiro lugar, ver Joss e a mãe procurando o vestido juntas só me faria pensar no fato de que eu não tinha mais minha mãe para fazer compras comigo. Segundo, o evento para o qual compraríamos os vestidos iria destacar ainda mais que minha mãe não estaria presente para me ajudar a me arrumar ou tirar muitas fotos. E por último, lógico, o vestido em si. Minha mãe era apaixonada por roupas elegantes, e experimentar vestidos com ela seria um desfile de moda épico, com direito a álbum de fotos e combinações de joias.

— Saí mais cedo — expliquei.

Eu era uma pessoa horrível. Vi Joss olhar para o carrinho.

— E quando cheguei em casa o carro do Wes estava enguiçado — continuei —, então ele pediu uma carona até o shopping. Ele vai comprar um presente para a mãe.

O que estava acontecendo? Era assustador o modo como as mentiras brotavam dos meus lábios.

— Eu sei falar, Buxbaum. Minha nossa! — exclamou Wes, me lançando um olhar irritado.

Em seguida, ele balançou a cabeça para Joss enquanto eu sentia meu coração acelerar.

— Tem alguma ideia do que eu poderia comprar de aniversário para minha mãe? — perguntou Wes. — Liz encheu um carrinho de roupas, mas não sei...

— Se eu fosse você, confiaria nela. Ninguém sabe comprar presentes como a Liz.

— Tem certeza? — Ele me olhou de lado. — Porque ela está usando uma saia xadrez, Joss.

Joss deu uma risada, e senti que estava tudo bem.

— Ela tem um estilo diferente, mas é por escolha — disse ela. — Você está em boas mãos.

— Se você diz...

Joss arrumou a camisa que estava pendurada no braço.

— Me liga mais tarde, Liz. Quero comprar o vestido amanhã, e juro que vou ficar brava de verdade se você me ignorar de novo.

— Pode deixar.

— Promete?

Fiquei tão feliz por ela não estar irritada por eu fazer compras com Wes que respondi, sincera:

— Prometo.

Ela se despediu e foi em direção ao caixa.

— Seu nariz vai crescer *tanto* — disse Wes assim que Joss estava longe o bastante para não ouvir.

— Cala a boca.

— Achei que vocês fossem melhores amigas.

— Nós somos — retruquei, revirando os olhos e fazendo um gesto para que ele empurrasse o carrinho em direção aos provadores. — É complicado.

Ele continuou parado.

— Por quê? — questionou ele.

— Como assim?

Minha vontade era empurrá-lo e obrigar aquele corpo enorme a se mexer, porque Wes estava imóvel.

— Por que é complicado?

O interesse pareceu genuíno.

Será que Wes se importava mesmo?

Soltei um suspiro e quase um gemido, passando a mão no cabelo. Parte de mim queria contar tudo, mas Wes não entenderia minha dor melhor do que Joss.

— Não sei. Às vezes guardo as coisas para mim mesma e isso gera tensão.

Wes inclinou a cabeça.

— Está tudo bem? Quer dizer, você está bem?

A expressão dele era de... sei lá, uma preocupação gentil? Era um pouco desconcertante ver quanto ele parecia mesmo preocupado, e algo dentro de mim não detestou aquilo. Levantei uma das mãos.

—Vai ficar tudo bem. E obrigada por entrar na onda.

— Conta comigo, Buxbaum.

Ele ficou me fitando por um tempo, como se estivesse esperando por mais. Por fim, piscou e se apoiou no carrinho.

—Você está no meu time agora.

— Deus me ajude.

Finalmente Wes voltou a empurrar o carrinho e se jogou em um dos assentos do sofá de espera, esticando as pernas e cruzando os braços.

— O que você está fazendo? — indaguei.

Ele estreitou os olhos.

— Estou sentado.

— Mas por quê? Não vou fazer um desfile para você.

— Ah, Liz, fala sério. Se eu sou o responsável pela sua transformação, preciso ao menos...

— Ai, minha nossa! Isso *não* é uma transformação, Wes. Você está falando sério?

Às vezes ele era mais que irritante.

— Posso até considerar sua opinião, mas não sou patética e não preciso que um cara como você me transforme, Wes Bennett — expliquei.

Ele me olhou com uma expressão travessa.

— Acho que Michael tinha razão, você é mesmo tensa.

— E você é impossível. Por favor, saia daqui.

— Como você vai saber se ficou bom se eu não estiver aqui?

— Eu enxergo bem.

— Mas você enxergou potencial num uniforme de garçonete para uma festa, lembra?

— Aquele vestido era lindo.

— Discutível. E o tempo verbal significa que não deu para recuperar?

— Não, tinha vômito até nos bolsos. Eu me despedi dele ontem à noite.

Wes abriu um sorrisinho sarcástico e os cantos de seus olhos escuros se enrugaram.

— Olha, sinto muito. Era um vestido feio, mas não merecia ir dessa para a melhor.

Revirei os olhos, e a atendente dos provadores apareceu.

— Quantas peças?

— Algumas.

Wes resmungou.

— Quantas posso levar de uma vez? — perguntei.

— Oito.

— Só oito? — indagou Wes, a voz alta demais para o espaço pequeno onde ficavam os provadores. — Vai demorar uma eternidade.

Ignorei o comentário e levei oito peças até uma cabine. A terceira blusa que experimentei, uma branca larguinha que deixava um ombro de fora de um jeito que ficava lindo com uma regata por baixo, era até bem bonita. Combinei com uma calça jeans desbotada toda rasgada, e fiquei feliz por Wes ter sugerido aquela peça.

Ele conseguiu encontrar algo da moda e de que eu gostava; era inacreditável.

Ao colocar um suéter verde-esmeralda, ouvi Wes reclamar:

— Pode se trocar um pouco mais rápido? Estou quase dormindo aqui.

—Você não quer comprar alguma coisa enquanto espera? Acho que vi uma promoção de fantasias de atletas detestáveis nos fundos.

— Ai. — Ele assoviou. —Você é tão má.

— Em dois minutos eu termino.

— Sério?

Ele pareceu chocado.

— Sério.

— Mas você ainda está nas oito primeiras.

Tirei o suéter e vesti minha camisa. Depois, calcei o sapato e arrumei o cabelo enquanto observava meu reflexo no espelho.

— Já consegui o que precisava, não preciso experimentar mais roupas.

Wes estava desconfiado quando saí, como se não acreditasse em minha resposta, mas, quando chegamos ao caixa, pareceu aprovar os itens que escolhi.

— Ainda não acredito que estou aceitando seus conselhos de moda. Sinto como se tivesse chegado ao fundo do poço.

Entreguei o cartão de crédito para a pessoa que estava no caixa e olhei para a pequena pilha de roupas no balcão.

Apontei para a caixa de sapatos que estava ao lado das roupas.

— Não é meu.

— Tenho muito bom gosto. Sou praticamente sua fada madrinha. — Wes apontou para o sapato. — E essa é a minha contribuição.

— O quê?

Ele apoiou um dos braços no balcão e deu um sorriso que dizia "Viu com o que eu tenho que lidar?".

— Eu sei que você não tem um All Star, Libby, e definitivamente precisa de um.

—Você está me dando um tênis?

— Não é um tênis qualquer. É um All Star.

Olhei para seu pequeno sorriso cômico e não soube como reagir. Decidi estender a mão e abrir a caixa de sapatos.

Wes Bennett tinha me dado um tênis.

Eu nunca tinha ganhado um presente de nenhum garoto, e ali estava Wes, meu inimigo e vizinho, gastando dinheiro porque achava que eu precisava de um All Star. Toquei a lona branca.

— Quando você pegou os tênis?

— Quando você estava no provador. — Ele sorriu com uma expressão gentil. — Pedi a Claire que buscasse para mim.

— Quem é Claire?

—A atendente do provador. Fica esperta, Liz.

A pessoa no caixa me entregou a nota fiscal e a sacola, mas eu ainda não sabia muito bem como reagir. Aquele gesto era legal, atencioso e não tinha *nada a ver* com Wes.

— É... Obrigada pelo tênis. Eu...

— Para de puxar meu saco, Buxbaum. — Ele deu um sorriso tão largo que fez seus olhos se enrugarem. — Que vergonha.

Saímos da loja e, antes de sair do shopping, fiz Wes entrar comigo na minha loja favorita. Era como uma butique vintage com preços de loja de departamento, em especial vestidos, saias e acessórios delicados.

— Caramba, parece uma versão gigante do seu guarda-roupa — observou Wes.

Sabia que ele estava me provocando.

— Obrigada — respondi, enquanto ia até a seção de liquidação, aos fundos.

— Quis dizer que parece um pesadelo.
Fingi que não ouvi e comecei a vasculhar os cabides.
— Um pesadelo de verdade — continuou Wes. — Com monstros, duendes e vestidos horrorosos.
— Shhh. Estou tentando fazer compras.
Encontrei uma prateleira de promoções e comecei a dar uma olhada nos itens. Wes estava apoiado na parede, mexendo no celular. Parte de mim ficou se perguntando se aquelas provocações infindáveis eram o jeito dele de flertar. Quer dizer, se fosse outro cara, com certeza seria, mas era Wes. Ele sempre implicou comigo e me atormentou, então por que eu encararia aquilo de outro jeito?
Era só o jeito dele.
— Uau. Aquele vestido está gritando Liz Buxbaum.
— O quê?
Levantei a cabeça, e Wes estava apontando para um manequim.
— Aquele vestido ali. É a sua cara.
Segui seu dedo até o manequim e fiquei estupefata. Porque, para ser sincera, ele não estava apontando para qualquer manequim. Era o *meu* manequim, o que estava com *meu* vestido com bainha estampada, pelo qual me apaixonei no mesmo instante que chegou, duas semanas atrás.
O vestido que eu admirei pela loja on-line mais de vinte vezes.
Era uma peça cara, então eu estava focando em esperar até que pudesse pedir que meu pai me desse de aniversário. Mas Wes tinha olhado e achado *a minha cara*... Isso com certeza significava alguma coisa. E me deixou feliz.
— Na verdade, eu amo esse vestido.
— Viu só? Sou uma fada madrinha, tenho uma intuição aguçada.
Ajeitei a alça da minha bolsa no ombro.
—Vamos antes que eu vomite no seu uniforme.

Assim que entrei no carro dele, meu celular vibrou. Era uma notificação avisando que o novo álbum da Insipid Creation tinha acabado de ser enviado. Eu devo ter feito algum som de entusiasmo, porque Wes perguntou:

— O que foi?

— Nada de mais. Vi que o LP que comprei na pré-venda acabou de ser enviado.

— LP, vovó? — Wes colocou a chave na ignição. — Você não ouve música por *streaming*, como os jovens de hoje em dia?

Bati a porta do carro.

— É óbvio que sim, mas algumas músicas foram feitas para serem ouvidas em vinil.

Ele olhou para mim e ligou o carro, então coloquei o cinto de segurança.

— Você sempre gostou tanto assim de música? Quer dizer, acho que sempre vejo você de fones de ouvido.

— Acho que sim. — Enfiei o celular na bolsa e olhei pela janela. — Minha mãe me matriculou numa escola de música quando eu tinha quatro anos, para aprender piano, e eu me apaixonei. Ela sempre inventava um jogo em que criávamos trilhas sonoras para tudo.

— Sério?

Wes olhou por cima do ombro antes de sair de ré da vaga.

— Sério. A gente passava horas e horas escolhendo as músicas perfeitas para acompanhar qualquer que fosse a situação.

Dizer isso em voz alta no carro do Wes me fez perceber que nunca tinha contado aquilo para ninguém. Era uma memória só dela e minha, e sempre achei muito triste eu ser a única pessoa no mundo a guardá-la.

Até aquele momento, pelo menos.

Abri um sorriso, mas minha voz pareceu a de um sapo quando continuei:

— Inventei uma trilha sonora para o acampamento de verão, uma para as férias de fim de ano, para as aulas de natação que duraram seis semanas terríveis e infindáveis; para toda e qualquer situação valia a pena criar uma playlist.

Wes desviou o olhar da rua tempo o suficiente para me dar uma olhadinha, e foi como se ele tivesse percebido que eu não queria mais falar sobre minha mãe.

— Então era isso! — exclamou ele, seus lábios se curvando em um sorriso. — Você criou uma trilha sonora para você e Michael.

— O quê? — Eu me revirei um pouco no banco e senti que meu rosto ficou vermelho na hora. — Do que você está falando?

Como é que ele sabia daquilo?

— Relaxe, srta. Apaixonada... seu segredo está seguro comigo.

— Não faço a menor ideia do que você...

— Eu vi o papel. — Wes parecia estar contendo uma risada, mas seu rosto inteiro sorria. — Eu vi, então não adianta negar. Estava em cima da sua agenda hoje de manhã e dizia "Trilha sonora M&L". Nossa, Buxbaum, que fofo!

Ri, embora estivesse morrendo de vergonha.

— Cala a boca, Wes.

— Quais músicas você colocou?

— Sério?

— Aham, quero saber. São músicas de tirar o fôlego, tipo Ginuwine e Nine Inch Nails, ou músicas românticas cafonas? Você colocou Taylor Swift na lista?

— Desde quando Nine Inch Nails é de tirar o fôlego? — perguntei.

— Eu é que estou fazendo as perguntas.

Soltei um suspiro e olhei pela janela.

— Bem, se vamos criar uma trilha sonora *nossa*...

— Odeio você — declarei.

— Ah, fala sério.

—Você não tem nada melhor do que *isso* para fazer?

Fiz um gesto indicando nós dois, implicando, mas também interessada na resposta. Será que tudo aquilo era só pela Vaga mesmo, ou era um pouquinho por minha causa?

— Sério mesmo? — perguntei.

— Óbvio que tenho, mas eu venderia minha avó pela Vaga. *Isso* — disse ele, imitando o gesto — é só para deixar o carro do Wessy mais perto do Wessy.

Eis minha resposta:

— Que apelido *ridículo*.

Mantive o olhar fixo no para-brisa.

— Então, voltando à Trilha sonora W&L. Quais músicas devemos incluir? — perguntou Wes, e eu consegui ouvir o sorrisinho em sua voz.

—Você é um idiota.

— Não conheço essa música, mas você que é a especialista aqui, não eu. Na verdade, eu estava pensando em "My Heart Will Go On", a música tema de *Titanic*.

— *Se* a gente fosse criar uma trilha sonora — comecei, apontando para o rosto dele —, seria sobre a guerra pela Vaga. Mas não vamos.

— Ah, sim, a guerra pela Vaga.

Wes ligou a seta e parou no sinal vermelho.

— Que música acompanharia essa batalha gloriosa? — indagou ele.

— Nenhuma música de *Titanic*.

—Tá, então…?

— Humm…

Fechei os olhos e pensei, sem me preocupar se Wes estava sendo sarcástico. Criar playlists era meu passatempo favorito no mundo inteiro.

— Primeiro precisamos decidir se queremos que a trilha sonora seja um acompanhamento para a trama ou um contraste entre a música e a cena.

Wes não respondeu e, quando abri os olhos, estava olhando para mim. Ele engoliu em seco.

— Contraste, com certeza — respondeu ele.

— Beleza.

Ignorei aquilo e continuei a pensar.

— Então — comecei —, para o dia em que você encheu meu para-brisa de fita adesiva feito um idiota, eu escolheria algo que celebrasse você. Sabe, porque você foi absolutamente indigno de celebração.

— "Isn't She Lovely", do Stevie Wonder? — sugeriu ele.

— Ah... eu gosto dessa.

Cantarolei o início da música.

— Ou então... — disse, pensativa. — Os Rose Pigeons têm uma música chamada "He's So Pretty, It Hurts My Eyes", que fala sobre um cara gentil e incrível. É um contraste perfeito com seu personagem na guerra pela Vaga, não é?

— Fiz o que tinha que fazer. No amor e na Vaga, vale tudo.

Quando ele parou em frente ao sebo para que eu pegasse meu carro, agradeci e peguei as sacolas de compras. Wes disse que mandaria uma mensagem para Michael avisando que eu também ia, e que falaria bem de mim. Eu queria ajudá-lo a escolher os adjetivos perfeitos, mas me segurei. Saí do carro e, quando estava prestes a fechar a porta, Wes disse:

— Talvez você devesse alisar o cabelo.

— Desculpe... achei que você tinha dito alguma coisa sobre como eu deveria arrumar o cabelo...

Sabia que ele estava tentando me ajudar a conquistar Michael, mas será que Wes percebia que eu ficava mal quando ele agia como se meu estilo fosse uma piada? Eu estava muito satisfeita com minhas escolhas de moda, me vestia apenas para mim mesma, mas... não era legal saber que Wes não gostava daquilo.

Eu estava com o cabelo trançado naquele momento e, embora isso não fosse descolado por si só, meu cabelo não era superlongo e quase nunca tinha visto uma escova.

— Como não deve ter sido isso... O que você falou mesmo?

Wes levantou uma das mãos.

— Não quis dizer isso. É que em vez de só trocar de roupa, você devia se jogar de cabeça no personagem "garota gata". Michael ainda pensa em você como a Pequena Liz, mas se você de repente parecer o tipo de garota com quem ele namoraria, pode ser um bom começo.

Ainda não estava gostando da ideia, mas Wes tinha um pouco de razão.

— Então, qual é o plano?

— Eu te busco por volta das cinco.

— Beleza.

— Vá com o All Star.

— Você não manda em mim.

Respondi com um biquinho infantil, mas ainda estava confusa quanto ao motivo pelo qual ele tinha me dado o tênis. Paguei por todas as outras coisas que Wes escolheu para o guarda-roupa da "nova Liz". Então por que ele se deu ao trabalho de comprar o tênis?

Wes juntou as mãos enormes como se estivesse rezando.

— Será que você pode, *por favorzinho*, ir com o All Star?

— Quem sabe?

CAPÍTULO SEIS

"Parece que eu estou chapado quando estou com você.
Não que eu use drogas... A não ser que você use drogas,
aí eu diria que uso drogas sempre. Todas as drogas."

— *Scott Pilgrim contra o mundo*

Às 16h45, amarrei o All Star — que, eu precisava admitir, ficou bem bonito com aquela roupa mais esportiva — e desci as escadas. O tênis era confortável, e algo nele me deixava com uma sensação leve, mas eu não ia perder tempo tentando descobrir o que era.

Meu pai tinha levado meu avô para jogar golfe, então a casa estava silenciosa. Helena estava por ali, mas eu não sabia exatamente onde.

A campainha tocou, e fiquei sem acreditar. Wes tinha chegado mais cedo?

Fui até a porta, mas, quando abri, era Jocelyn.

— Ah, oi. — Tenho certeza de que meu rosto entregou o choque ao vê-la, mas tentei não parecer assustada. — O que está fazendo aqui?

Joss ficou boquiaberta por um instante e me olhou de cima a baixo.

— Nossa, quem fez isso com você?

Olhei para minhas roupas.

— É...

— Quero beijar essa pessoa! Você está incrível!

Joss entrou, e minha mente começou a girar quando fechei a porta. Eu ainda não tinha contado sobre a festa, o jogo, Michael, Wes ou qualquer outra coisa questionável que eu estava fazendo. E Wes ia chegar a qualquer momento.

Merda.

—Você comprou essa roupa quando estava com Wes?

Ela estava sorrindo, então não parecia brava comigo. Ainda.

— Pois é... Aquele idiota conseguiu encontrar algumas coisas bonitas. — Meu rosto estava quente e eu me sentia culpada. Eu era uma amiga terrível. —Vai entender, né?

— Ah! Oi, Joss.

Helena saiu da cozinha parecendo muito mais descolada que eu, com uma calça jeans e camiseta de hóquei.

— Achei mesmo que tinha ouvido a campainha — continuou ela. —Você quer um picolé?

Minha nossa, Wes ia chegar a qualquer momento com aquela boca grande. *Nada de picolé!*

— Não, obrigada... Não posso ficar, estou indo buscar minha irmã no futebol. É que a Liz não respondeu minhas mensagens, então resolvi passar aqui.

Droga.

Helena sorriu e disse:

— Ela é péssima, né?

Jocelyn sorriu para Helena, mas também me lançou um olhar.

— Aham.

— Eu, hum... Eu também estou de saída. — Engoli em seco e desejei conseguir tirá-la logo dali. —Tenho uns cinco minutos.

— Aonde você vai? — indagou Helena.

As duas ficaram paradas olhando para mim enquanto eu tentava pensar em alguma desculpa.

— É... Wes, o vizinho, vai a um jogo de basquete e ele... bem, ele me convidou. Quer dizer, não é nada de mais... Eu estava entediada e isso pareceu menos pior, sabe? Não quero ir, mas disse que iria. Então...

As sobrancelhas de Jocelyn se ergueram.

— *Você* vai a um jogo de basquete? — questionou ela, como se eu tivesse acabado de revelar que na verdade era um dinossauro. — Com Wes Bennett?

Helena cruzou os braços.

—Você não denunciou Wes esses dias?

— Não, eu, hum, eu disse que *quase* denunciei. — Soltei uma gargalhada falsa terrível e dei de ombros. — Pra falar a verdade, não sei por que eu disse que iria com ele.

Eu sabia exatamente por quê.

— Bennett te obrigou a comprar esse All Star, também? — Jocelyn estava olhando para meu tênis. — Porque você *odeia* esse tipo de tênis.

Era verdade. Sempre achei os tênis de cano alto da Converse feios e desconfortáveis. Mas agora eu estava sentindo uma afinidade estranha por eles, o que põe minha própria força moral em xeque.

— Estava em liquidação, então achei que não faria diferença. — Mais uma gargalhada horrível. — Por que não comprar um All Star, né?

Jocelyn sacudiu a cabeça levemente, como se não estivesse entendendo a situação.

Pois é, amiga. Eu também não estou entendendo.

— Enfim, *pessoa que eu não conheço mais*, só passei aqui porque minha mãe precisa saber qual dia da semana que vem vamos comprar os vestidos.

Ironicamente, depois que concordei em ir comprar o vestido, a mãe da Jocelyn teve que remarcar. De início, fiquei aliviada por adiar mais um pouco, mas agora parecia que o universo estava me torturando. Àquela altura, eu só queria que um vestido de baile surgisse em meu armário para parar de ouvir as palavras "comprar os vestidos".

— Ah... Eu amo comprar vestidos. — Helena inclinou a cabeça. — Quase nunca uso porque sentar de pernas fechadas é uma droga, mas toda primavera fico a fim de comprar araras e mais araras de vestidos florais.

— A gente vai comprar vestidos para o baile — explicou Jocelyn, sem parar de encarar minhas roupas. — Liz e eu vamos juntas, e minha mãe se ofereceu para nos levar.

— Ah... — disse Helena.

Ela piscou e olhou para mim, e eu me senti um monstro. Helena comentou várias vezes que eu devia ir ao baile porque caso contrário acabaria me arrependendo, e também disse várias vezes que me levaria para comprar o vestido e que poderíamos "passar o dia juntas".

Ela achou que seria *muito* divertido.

Mas desde aquela conversa já tinha passado, tipo, um mês, e eu meio que tinha esquecido.

Só "meio".

Imaginar Helena fazendo as coisas que minha mãe deveria fazer comigo era complicado, e na maior parte do tempo eu ignorava esses sentimentos difíceis até que sumissem.

Ou até que algo assim acontecesse.

— Olha, tenho certeza de que vocês vão se divertir muito — garantiu Helena, com um olhar triste. — Só não comprem nada muito revelador, tá?

Jocelyn deu um sorrisinho.

—Vamos nos esforçar, mas não prometemos nada.

A campainha tocou. Daquela vez tinha que ser o Wes, né? Então fiquei enjoada quando as duas olharam para mim.

Passei entre elas e fui em direção à porta.

— Deve ser o Wes.

Segurei a maçaneta e me preparei. Qual era a probabilidade de Wes ficar de boca fechada e não me entregar para Jocelyn e Helena sobre o acordo?

Abri a porta e tentei explicar a situação só com os olhos. Esperava que meu olhar estivesse dizendo "Não piore as coisas", mas provavelmente só pareceu um tique.

— Oi — cumprimentei.

Wes estava sorrindo, mas, ao olhar para mim, seu sorriso ficou esquisito. Parecia o sorriso de alguém que tinha acabado de descobrir alguma coisa.

Então seu sorriso se alargou, e ele declarou:

—Você é uma boa ouvinte.

Bati a porta na cara dele.

— Hã? — questionou Joss, franzindo os lábios.

Helena franziu as sobrancelhas.

— O que vocês estão fazendo? — indagou ela.

Soltando um suspiro, abri a porta de novo e ergui uma das mãos.

— Fica quieto. Sério. Será que você pode ficar em silêncio até a gente entrar no carro? Ou talvez, sei lá, para sempre?

— Oi, Wes. — Helena acenou. — Então você conseguiu falar com a Liz hoje de manhã?

Wes me lançou um olhar que era equivalente a mostrar a língua e sorriu para Helena.

— Falei, sim... Obrigado. Acho que ela não curtiu muito minha presença no trabalho dela, mas eu fui mesmo assim.

Jocelyn inclinou a cabeça.

— Então você foi até o trabalho da Liz convidá-la para ir ao jogo hoje?

— Isso mesmo.

Uma observação: Wes tinha se tornado um cara bem atraente. Quer dizer, ele não fazia meu tipo, mas a camiseta desbotada que ele estava usando mostrava um bíceps malhado. Combinando os músculos com o sorriso travesso e os olhos escuros pequenos, ele era bem bonito.

Só não fazia meu estilo.

— Liz? — Joss me lançou um olhar sério. — Pode ir comigo até o banheiro um pouquinho?

Sem chance.

— Tenho que ir, na verdade, mas quan...

— Eu espero. — Wes entrou na casa e girou a chave do carro no dedo. — Sem pressa.

Jocelyn agarrou meu cotovelo e me puxou até o banheiro minúsculo que ficava ao lado da cozinha. Assim que a porta se fechou, ela questionou:

— O carro do Wes não enguiçou hoje cedo?

— O quê?

Ela soltou um suspiro.

— Você disse que ele pegou carona até o shopping porque o carro dele tinha enguiçado. Mas Helena acabou de falar que ele foi até o sebo atrás de você.

Puta merda. Helena disse isso mesmo? Wes me deixou tão distraída que eu não ouvi nada? *Drogaaaaa.* Pigarreei.

— Não, o carro dele enguiçou *lá* no sebo.

— Não foi isso que você disse no shopping — insistiu ela.

Como é que eu ia lembrar o que tinha dito para cada pessoa? Mentir não era só injusto, também era muito difícil.

— Foi, sim.

Ela soltou mais um suspiro.

— Que seja. A questão é que você está prestes a ter um encontro com Wes Bennett, amiga.

— Na verdade, está mais para...

— Nada disso. — Joss balançou a cabeça. — Para alguém que ama tanto romances, você é meio sem-noção. Presta atenção. Wes veio até a sua casa hoje de manhã, e como você não estava aqui ele foi até o seu trabalho só para te convidar para ir ao jogo. Mesmo ele sabendo que você não curte esportes.

Ah, não... *não, não, não.* Ela estava entendendo tudo errado. E eu estaria ferrada se ela ouvisse o boato que *eu* mesma, sabe, *inventei* na festa e não tive coragem de contar para minha melhor amiga.

— Olha...

—Você sabe que é verdade. E ele fingiu precisar de ajuda. É um *encontro*, Liz. Um encontro.

Queria contar a ela o que realmente estava acontecendo, mas eu era uma covarde. Sabia que ela ia achar que sou obcecada pelo Michael, e não queria ouvir isso. E de qualquer forma, eu preferia a descrição do Wes: Michael era meu amor que ressurgiu.

— Não é um encontro, mas concordo que tem potencial para ser um — respondi.

Finalmente algo que não era mentira. Tinha *mesmo* potencial para ser um. Mas não com Wes.

— E você quer isso?

Se eu falasse de um garoto de um jeito que pudesse ser mal interpretado, bem, não seria *minha* culpa, seria? Dei de ombros.

— Não sei. Quer dizer, às vezes ele é lindo e divertido, sabe?

— Bem, é óbvio que eu sei... Todo mundo ama o Wes. Mas eu achava que você *odiasse* ele.

Será que aquilo era verdade? Todo mundo amava o Wes? Quer dizer, parecia que as pessoas da festa adoravam ele, mas não imaginei que aquilo se estendesse para além de seu círculo social. Eu era vizinha dele e a gente estudava na mesma escola. Seria possível que todos o amassem sem que eu tivesse percebido?

— Ah, eu odeio. Mas às vezes odiar Wes é divertido. Então...

Aquilo a fez rir e abrir a porta.

— Não entendi nada, e vamos ter que conversar sobre esse seu novo visual amanhã, mas só queria ter certeza de que você não está enrolando o Wesley.

Quando chegamos à porta, Helena estava fazendo Wes rir, compartilhando sua opinião sobre o reality de namoro que tinha terminado de assistir na noite anterior.

— Quer dizer, ela usou estas palavras: "Quero um homem que coloque pétalas de rosas na minha cama todas as noites se ele achar que isso vai me fazer feliz." Se isso não é um sinal de alerta, eu não sei o que é.

— Quem ia querer uma coisa dessas, né? — Wes deu a Helena seu melhor sorriso. — Alguém vai ter que limpar a bagunça.

— Obrigada, Wes. — Helena ergueu um braço em reconhecimento à sua compaixão. — E a pessoa não teria que tirar as pétalas da cama antes de deitar? Ninguém quer pétalas de flores grudando em suas partes íntimas, não é mesmo?

— Eu é que não quero — respondeu Wes.

Joss gargalhou, e Wes também estava rindo; quer dizer, foi *mesmo* bem engraçado. Mas Helena estava tirando o foco do significado romântico de propósito. É, talvez fosse um pouco brega, mas um gesto grandioso tinha seu valor.

Minha mãe teria entendido o romantismo naquela fala.

— Está pronta, Buxbaum? — perguntou Wes.

Ele se virou para mim, e meu rosto ficou quente quando seus olhos percorreram meu cabelo e minhas roupas. Eu *odiava* o fato de minha pele sempre mostrar ao mundo o que eu estava sentindo, e queria muito que tivesse um jeito de diminuir o calor que eu sentia nas bochechas.

Infelizmente, eu não tinha essa sorte.

— Você parece pronta para tentar umas cestas — comentou ele, levantando a sobrancelha. — Mas não tenho certeza se conseguiria acertar.

— Acho que não — disse Jocelyn, se aproximando. — O que acha de uma aposta, Bennett? — sugeriu ela, baixinho.

— Vocês são muito engraçados — disse, sarcástica. — Rá, rá, rá, a Liz não sabe nada sobre esportes.

Abri a porta.

— Bem, eu vou ver o time soterrar umas bolas. Você vem, Wes? — indaguei.

— É *enterrar* — corrigiu Wes, olhando para Jocelyn e Helena de um jeito que as fez rir. — E já estou indo.

— Não esqueça que seu pai e eu vamos ao cinema hoje e voltaremos tarde — avisou Helena para mim.

— Tá.

Fechei a porta, preocupada com o que Joss estaria pensando agora.

— Nossa, você precisa dar uma segurada no charme, tá?

Wes ergueu as sobrancelhas.

— Como é que é?

— Tive que fazer a Joss achar que eu talvez goste de você, então vai com calma. Aquelas duas são seu público-alvo; elas caem direitinho no seu encanto. — Olhei séria e apontei para ele quando nos aproximamos do carro. — Então, eu imploro, dá uma segurada, ou elas vão me encher o saco para eu sair com você *pra valer*.

Wes abriu a porta para mim e se apoiou nela enquanto eu entrava.

— Isso seria um pesadelo, não é?

— Com certeza.

Ele bateu a porta, e eu coloquei o cinto enquanto ele dava a volta no carro. Wes entrou e deu a partida, e não pude deixar de perceber que seu cheiro estava muito, muito gostoso. Eu não conseguia parar de inspirar.

— É sabonete ou desodorante?

Sua mão enorme pousou no câmbio, e suas sobrancelhas se franziram quando ele olhou para mim.

— O quê?

— Seu cheiro está muito gostoso, mas não é o de sempre.

Wes ficou olhando para mim em vez de sair com o carro.

— O de sempre?

— Não aja como se eu estivesse falando algo estranho. Sua colônia de sempre tem um cheiro de... pinho, mas hoje seu cheiro parece mais... sei lá... apimentado.

A imagem do Wes sem camisa passando desodorante surgiu na minha cabeça, então pigarreei, afastando-a.

Ele deu uma risada e sua voz saiu meio rouca:

— Caramba, Liz Buxbaum conhece meu cheiro.

— Quer saber? Deixa pra lá.

Fiquei feliz quando Wes arrancou o carro, porque, se olhasse para mim, eu tinha certeza de que perceberia minhas bochechas coradas.

— Você tem cheiro de bunda — declarei.

Isso fez Wes gargalhar.

— Uma bunda apimentada com um toque de pinho, né?

— Engraçadíssimo.

Liguei o rádio na esperança de que o fizesse mudar de assunto. Pelo jeito deu certo, porque ele disse:

— Não acredito que você está usando as roupas. — Ele ligou a seta e diminuiu a velocidade na esquina. — Eu esperava encontrá-la com um vestido de vovó.

— Elas custaram dinheiro... é lógico que vou usar.

Ele deu uma olhada nas minhas roupas e depois voltou a olhar para a rua.

O que foi isso? Brinquei com um dos fios da calça jeans rasgada e me perguntei o que Wes estaria pensando. Não que eu estivesse sedenta por um elogio vindo de Wes Bennett — não estava *mesmo* —, mas não dá para encarar a roupa de alguém e não fazer nenhum comentário, né?

Aquilo foi perturbador. Será que eu não estava bonita?

Puxei os fios soltos.

— Acho que eu te devo um agradecimento. Não por tentar fazer uma *transformação*, seu idiota, mas po...

— Vejo que ainda não superou isso.

— Porque eu gosto dessa roupa. Nunca teria olhado para ela, mas gosto.

— Viu só? Eu sou bom ni...

— Não. — Inclinei o tronco para a frente e comecei a procurar uma estação de rádio. — Esse é o único elogio que vai conseguir de mim hoje. A não ser que queira que eu vomite, como sua amiga loira.

— Não, obrigado.

Olhei para o banco traseiro, vazio.

— Onde estão "os caras"?

— Na casa do Adam. Vai todo mundo na van dele, e ele vai dirigir.

De repente, senti meu estômago revirar de nervosismo. Não conhecer os amigos dele já era bem estressante, mas pensar em sentar no banco traseiro de uma van com Michael despertou todas as minhas preocupações.

Porque eu queria, queria *muito*, que ele percebesse que eu não era mais a Pequena Liz.

— Todos são muito tranquilos, não se preocupe.

Parecia que Wes tinha lido meus pensamentos, mas antes que eu pudesse pensar demais nisso, ele soltou:

— Ahh... eu gosto dessa música.

— Eu também.

Fiquei surpresa por Wes e eu concordarmos com alguma coisa. Era "Paradise", do Bazzi, que era bem antiga e pop. Mas era dessas músicas que mexem com a gente, como se, junto das notas, também recebêssemos uma dose saudável de luz solar que beija nossos ombros conforme caminhamos ao entardecer.

O celular dele vibrou, e nós dois olhamos para o aparelho, que estava no porta-copos. A barra de notificações dizia "Michael Young".

— Parece que seu garoto mandou mensagem.

— Ai, minha nossa...

Imaginei o rosto do Michael, e meu coração acelerou.

— Pode olhar pra mim? Não mexo no celular enquanto estou dirigindo.

— Que responsável — observei, pegando o iPhone.

Segurar o celular do Wes pareceu íntimo demais, como se eu tivesse um registro de sua vida social em minhas mãos. Eu me perguntei quem eram seus contatos favoritos, para quem ele mandava mensagens com frequência e — socorro — que fotos havia no rolo da câmera.

— Na verdade, não. Só odeio a ideia de morrer ou ir preso.

— Compreensível. Mas tenho que admitir, estou fascinada com a tranquilidade com que você deixa que alguém pegue seu celular.

— Não tenho segredos — respondeu ele, e me perguntei se era verdade.

— Senha, por favor.

A tela de bloqueio era uma foto do cachorro dele, Otis, que era uma fofura. Wes tinha aquele golden retriever velho desde sempre.

— Zero, cinco, zero, quatro, dois, um.

— Obrigada.

Abri as mensagens e vi o que Michael tinha mandado.

Michael: E aí? Convenceu a Liz a vir?

— Puta merda... Ele perguntou se eu vou! — Abaixei o volume do rádio. — Isso quer dizer que ele espera que sim? — perguntei, animada.

— Como ele mandou mensagem para *mim* — resmungou ele, me olhando de lado com a mandíbula tensionada —, vou chutar que não.

Não gostei daquela resposta.

— Pode ser que sim. Você não sabe.

— Parece que ele só está contando quem vai, Liz — disse Wes, em seguida olhou para mim e apontou para o celular. — Quer responder?

— Sério?

Ele deu de ombros.

— Por que não?

Respirei fundo.

— Hum, tá. É, hã…

— Você é patética — declarou Wes, entrando em uma rua arborizada. — Acho que uma resposta boa seria "Sim", você não acha?

Falei as palavras em voz alta enquanto escrevia:

— Sim. Estamos quase chegando.

Cliquei em enviar.

Eu estava quase devolvendo o celular do Wes para o porta--copos quando ele vibrou em minhas mãos.

Michael: Que fofo. Vou falar bem de você.

Wes: Maravilha, cara.

Olhei para Wes e digitei outra mensagem.

Wes: Aliás, eu amo seu cabelo. Vc tem que me dizer que produto usa.

Mordi os lábios para segurar o riso.

Michael: Tá de brincadeira, né?

Olhei para Wes de novo antes de acrescentar, depressa: **Tô falando sério. Você é meu herói capilar. Até daqui a pouco.**

Coloquei o celular no porta-copos e sorri para Wes quando ele parou em frente a uma casa e me encarou.

— Chegamos — anunciou ele, estacionando, os olhos viajando até meu cabelo antes de voltar ao meu rosto. — Pronta?

— Pronta como um peixe que caiu na rede.

— Sabe que o ditado não é assim, né?

— Aham. — Às vezes eu esquecia que as pessoas não estavam dentro da minha cabeça. — Gosto de brincar com ditados.

O canto de sua boca se curvou.

— Como você é rebelde, Elizabeth.

Revirei os olhos e saí do carro.

Não fomos até a entrada do lugar. Segui Wes, que deu a volta na casa e abriu o portão lateral.

Ele parou de repente, ocasionando um encontrão.

— Nossa, Wes. — Eu fiquei muito constrangida ao bater o peito em suas costas. — O que está fazendo?

Ele se virou e olhou para mim com um sorrisinho discreto. Alguma coisa naquele sorriso, a maneira como não só mostrava seus dentes perfeitos, mas também permitia que seus olhos escuros brilhassem, fazia com que fosse impossível não retribuir.

— Eu só quero lembrar que Michael acha que estou tentando te conquistar. Então, se ele não parecer a fim de você, não leve para o pessoal. Ele é um cara legal, então provavelmente vai manter distância até descobrir que não vamos ficar juntos. Beleza?

Eu não sabia se era a brisa leve ou o fato de ele estar tão perto, mas sua colônia (ou desodorante, Wes não respondeu minha pergunta) sempre encontrava meu nariz e me deixava muito feliz. Respirei fundo e coloquei o cabelo atrás da orelha.

— Está tentando me tranquilizar?

Seus olhos ficaram semicerrados como se ele quisesse sorrir, mas em vez disso Wes apenas balançou a cabeça.

— Não. No que diz respeito a suas emoções, você está por sua conta e risco. Eu só estou nessa pela Vaga Eterna.

Um sorriso tomou conta dos meus lábios, independentemente da minha vontade.

— Tá, ótimo.

Ele bagunçou meu cabelo como se eu fosse uma criança — que idiota! — e foi em direção à garagem nos fundos. O toque repentino foi chocante, familiar e estranho ao mesmo tempo, e demorei um pouco para me recuperar. Vi três pessoas em pé perto da porta, então arrumei o cabelo com os dedos depressa. Fui atrás dele, o coração disparando conforme um nervosismo do tipo "não conheço essas pessoas" tomava conta de mim.

Respirei fundo e vi Michael. Ele estava conversando escorado em uma van prata enferrujada, de calça jeans e uma jaqueta preta de poliéster que destacava seus olhos azul-bebê. *Tão, tão lindo.*

— Não fique nervosa — sussurrou Wes.

Ele me cutucou com o ombro antes de me apresentar aos amigos.

— Este é o Noah, este é o Adam e você já conhece o Michael.

— Oi — cumprimentei, o rosto queimando quando todos olharam para mim.

Eu era péssima com nomes, mas apelidos ajudavam. Memorizei o Sorrisinho Pretencioso (Noah), o Camisa Havaiana (Adam) e o Cara Ideal da Bundinha Perfeita (Michael, lógico). Todos foram bastante simpáticos. O Camisa Havaiana comentou que se lembrava de mim do ensino fundamental, porque estudamos na mesma sala, e ele e Noah começaram a falar sobre como a sra. Brand era legal nas aulas de Literatura do sétimo ano.

Tudo isso era muito sem graça, então passei a ignorá-los e tentei olhar para qualquer lugar que não fosse o Michael. Tentei e fracassei. Por mais que eu tentasse convencer meu cérebro, meus olhos continuavam procurando por ele e passeando por seu belo rosto.

Wes estava de olho em mim, e quando nossos olhares se cruzaram ele balançou a cabeça.

O que me fez mostrar a língua.

O Sorrisinho Pretencioso inclinou a cabeça — ele com certeza viu a cena —, mas Wes me salvou:

— A gente vai ou não? — indagou ele.

Entramos na van, e quando eu estava prestes a sentar na fileira do meio, Wes me empurrou para o fundo.

— Confia em mim — murmurou ele.

Ele deu a volta por mim e se jogou no assento da janela à esquerda, deixando livre o lugar entre ele e Michael. Olhei para Wes enquanto ia até o assento, e ele ergueu a sobrancelha como quem diz "Vai com tudo", e senti meu nariz quente, tudo isso enquanto Adam pisava no acelerador.

Wes começou a conversar com os caras que estavam no banco da frente, inclinando o corpo para falar por cima da segunda fileira, meio que dando um *pouquinho* de privacidade para mim e Michael. Pigarreei e não consegui deixar de reparar quanto a perna dele estava perto da minha. *O que fazer?* Minha mente estava totalmente vazia e meu coração congelou completamente assim que minha boca travou.

Hora do óbito: 17h05.

Todas as vezes que imaginei nossos primeiros momentos mágicos, nunca pensei que ficaria olhando para meus joelhos, constrangida, totalmente em silêncio, torcendo para que aquele cheiro de mofo dentro do carro não estivesse de alguma forma saindo de mim, enquanto tocava uma música horrível do Florida Georgia Line nos alto-falantes atrás de nossa cabeça.

Michael estava olhando para o celular, e eu sabia que meu tempo estava acabando. *Diga alguma coisa inteligente, Liz.* Abri a boca e quase comentei algo sobre a festa, mas voltei a fechá-la ao perceber que era uma péssima ideia fazer Michael se lembrar da cena do vômito — e, de quebra, recapitular a imagem de uma Liz vomitada.

Minha nossa... Diga alguma coisa, sua ridícula!
Então...
— Liz.

Olhei depressa para o rosto de Michael, mas encará-lo fez com que meu estômago embrulhasse, portanto foquei no zíper de sua jaqueta para me acalmar. Embora meu rosto estivesse em chamas e eu tivesse quase certeza de que havia gotículas de suor na ponta de meu nariz, tentei parecer alegre e provocante ao dizer:

— Michael.

Ele sorriu.

— Posso falar uma coisa?

Meu Deus.

O que ele ia dizer? O que ele poderia dizer, considerando que fazia poucos dias que estava de volta? Eu me preparei para uma confissão de que meu perfume o deixava enjoado ou que tinha alguma coisa nojenta escorrendo de meu nariz.

— Aham.

Ele olhou meu cabelo por um instante e depois me encarou.

— Você está muito parecida com sua mãe — disse ele.

Será que é possível sentir o próprio coração parar? Provavelmente não, mas senti um aperto no peito ao me lembrar do rosto da minha mãe e perceber que Michael ainda se lembrava dela também.

Ainda conseguia se lembrar *do rosto* dela. Precisei piscar várias vezes para manter a compostura, porque aquele era o elogio mais importante que eu já tinha ouvido em toda a minha vida.

— Você acha mesmo? — perguntei, a voz um pouco rouca.

— Acho.

Michael sorriu para mim, mas pareceu um pouco inseguro, da mesma maneira que as pessoas ficavam quando se perguntavam se fizeram algo de errado ao mencionar minha mãe.

— Sinto muito por... É... Hum...
— Obrigada, Michael.
Cruzei as pernas, virando um pouco para ficar mais de frente para ele. A verdade era que eu gostava de falar sobre minha mãe. Citá-la em uma conversa casual e soltar palavras sobre ela no universo era como manter um pedacinho dela comigo, embora já fizesse tempo que ela havia morrido.
— Ela sempre gostou de você — revelei. — Quer dizer, devia ser porque você era a única criança que não se escondia embaixo do bebedouro de pássaros e pisoteava as margaridas dela quando brincávamos de esconde-esconde, mas continua sendo válido.
Os olhos azuis de Michael me sugaram quando ele sorriu e soltou uma risada incrivelmente agradável.
—Vou aceitar o elogio. Esse é o significado da sua tatuagem? São as margaridas da sua mãe?
Senti meu coração parar mais uma vez naquele instante, e só consegui assentir enquanto lágrimas de felicidade surgiam nos cantos dos meus olhos. Virei a cabeça para o outro lado, piscando rápido algumas vezes. Ele tinha visto minha tatuagem e tinha *entendido* sem que eu explicasse. Talvez não soubesse que minha mãe adorava o diálogo do filme *Mens@gem para você* sobre as margaridas serem as flores mais amigáveis, mas elas fizeram Michael pensar em minha mãe.
Wes olhou para mim e franziu as sobrancelhas ao fazer menção de falar alguma coisa, mas só balancei a cabeça. Por algum motivo, a van começou a desacelerar embora tivéssemos saído havia poucos minutos.
— Por que estamos parando? — questionou Wes ao Adam.
— Aqui é a casa da Laney.
Minha cabeça virou para a esquerda, e vi Laney através da janela, saindo de uma casa branca e grande em estilo colonial. Ela desceu os degraus saltitando, com seu uniforme de líder de

torcida, um collant preto purpurinado que teria destacado todos os meus defeitos, mas que nela ficava impecável. Meu estômago embrulhou quando a vi abrir a porta de correr da van.

Então era por isso que tinha um assento vago.

Meu momento com Michael e as lembranças felizes da minha mãe desapareceram quando Laney entrou no veículo e fechou a porta. Foi Michael quem a convidou? Será que ele queria que eu me sentasse em outro lugar para que ela se sentasse ali? Será que eles estavam em um encontro? Será que era um encontro duplo, sendo o outro casal eu e Wes?

— Muito obrigada por terem voltado por mim — agradeceu ela.

Laney se sentou no assento em frente a Michael, e seu perfume discreto flutuou até onde eu estava, um lembrete de que era maravilhosa até nos mínimos detalhes. Ela olhou para trás.

— Ah, oi, Liz... Não sabia que você vinha. Achei que não gostasse de esportes.

Forcei um sorriso, mas não senti que meus lábios acompanharam, já que eu fervia por dentro. Laney tinha razão, óbvio, mas por que imaginaria isso de mim? Só porque eu não usava jaquetas de couro idiotas? E eu tinha quase certeza de que ela não tinha falado aquilo na frente do Michael por acaso.

— Pois é, mas estou aqui — respondi, tentando parecer despreocupada.

E *droga*... ela me fez esquecer de ver como era a casa do Michael.

Ela se virou para os garotos que estavam na frente da van.

— Olha, eu jamais teria conseguido ficar pronta na hora que Michael saiu — comentou ela —, mas em minha defesa ele não teve que se maquiar e se enfiar em um figurino.

Obviamente, todos riram quando Laney começou um discurso fofo sobre tudo o que precisava fazer para ficar "pronta para dançar".

— Não sabia que ela vinha — explicou Wes, baixinho, o que me pegou de surpresa.

A boca dele estava tão próxima do meu ouvido que eu literalmente estremeci.

— Juro — garantiu ele.

Por mais que Wes tivesse dito aquilo sobre a Vaga Eterna, naquele momento não pude deixar de pensar que ele também estava me ajudando por uma bondade genuína. As palavras de Joss ecoaram em minha cabeça: *Todo mundo ama o Wes*.

Estava começando a entender por quê.

Eu me aproximei para que ele pudesse ouvir bem.

— Mas você tinha razão quanto àquela coisa de chamar a atenção — murmurei. — Estou invisível agora.

Ele me olhou como quem diz "Não está, não", mas eu não ia tentar me convencer do contrário. Laney tinha se virado e estava explicando o passo a passo de sua arrumação para Michael, e um leve enjoo se espalhou pelo meu estômago. Era injusto. Ela estava usando maquiagem pesada, uma roupa justa deslumbrante e um laço enorme no topo da cabeça. Era para ela estar parecendo a Rainha dos Palhaços.

Mas ela estava *linda*.

E a pior parte: ela era incrivelmente charmosa. De algum jeito, Laney conseguia esconder a alma sebosa e convencer todo mundo de que era um ser humano agradável.

Devia ser alguma bruxaria.

Não havia como competir com aquele show de perfeição, então desisti e peguei o celular para ler. Tinha começado um livro naquela manhã, então retomei de onde havia parado e tentei me entregar à alegria da autora Helen Hoang.

Joss mandou mensagem um minuto depois.

Joss: Oi. Você foi pra festa do Ryno?

Merda. Meu estômago revirou.

Eu: Wes me convidou de última hora, e foi um pesadelo. Eu ia te contar, mas a Helena interrompeu.

Joss: COMO ASSIM? Eu sempre te convido para as coisas.

Eu: Pensei em te convidar, mas você disse que as festas do Ryno eram uma criancice, então eu sabia que você não ia querer.

Joss: Só acho estranho você não ter me contado que ia. Do nada você parece estar escondendo as coisas.

Olhei para a frente, tentando encontrar uma desculpa, mas só fiquei com a impressão de que Laney estava fazendo lavagem cerebral em todos os garotos para que participassem do culto de adoração a ela. Nada para me salvar do fato de que eu estava sendo uma péssima amiga.

Eu: Só estava tentando te poupar de uma situação terrível.

Joss: Tanto faz. Eu preciso ir trabalhar.

Soltei um suspiro, dizendo a mim mesma que ia recompensá-la de alguma maneira, e voltei a ler.

Tinha avançado uns três parágrafos quando Wes perguntou:

— Posso ler com você? Estou entediado.

Olhei para ele de soslaio.

— Confia em mim, você não vai gostar.

— Pode calar a boca para que eu consiga ler? — provocou ele.

Quis sorrir, mas pigarreei.

— Foi mal.

Tentei voltar a ler, mas agora só conseguia pensar que ele também estava lendo cada parágrafo daquele livro romântico e sensual. Continuei lendo, mas as palavras pareciam diferentes, saltitando umas sobre as outras em um contexto excitante quando os personagens principais começaram uma conversa levemente sexual.

Bloqueei o celular quando eles entraram em um quarto juntos.

— Suas bochechas estão coradas — observou ele, baixinho, a voz rouca e irônica com uma risadinha contida. — Por que parou de ler?

Tossi e olhei para Wes, seus olhos escuros cheios de malícia. Ele deu um sorrisinho desconfiado.

— Está chacoalhando demais para ler — respondi.

— Ah, sim — disse Wes, assentindo devagar e abrindo um sorriso largo. —Você só parou de ler porque está chacoalhando.

— Posso ficar enjoada e vomitar em você se não tomar cuidado.

— Ah, Liz — lamentou Laney, se enfiando no espaço entre os dois bancos. — Fiquei sabendo... que a Ash vomitou em você. Que coisa horrível. Ela está *muuuuito* chateada.

Meu sorriso desapareceu quando Laney colocou a mão no peito e fez um biquinho empático. Será que ela falou aquilo de propósito apenas para me detonar? Dei de ombros.

— Será que é mesmo uma festa se ninguém vomita em você? — perguntei.

Ouvi Michael rir ao meu lado e senti que tinha vencido aquela batalha. Laney voltou a tagarelar, então coloquei meus fones de ouvido e deixei que Wicked Faces abafassem toda aquela bobeira. Antes de dar o play, ofereci um dos fones ao Wes. Ele aceitou, e ouvimos música em silêncio até entrar no estacionamento da escola.

Quando Adam estacionou, Laney finalmente falou algo que me deixou feliz. Ela abriu a porta de correr da van e disse:

— Obrigada mais uma vez pela carona, Adam. Vou encontrar o pessoal. E não esqueça: vou voltar de ônibus.

Ou seja: eu teria o jogo de basquete inteiro para conversar com Michael sem a distração de me preocupar com a volta para casa. Ninguém realmente *assiste* ao jogo nesses eventos, né?

Wes me devolveu o fone, mas, quando tentei olhar em seus olhos para comunicar o quanto eu estava animada com a novidade, ele pareceu ocupado demais mandando uma mensagem para alguém e não percebeu.

Acabei descobrindo que jogos de basquete são incrivelmente barulhentos.

Sentei entre Michael e Wes, e os outros garotos ficaram na fileira à frente. A banda estava à esquerda, e parecia infestada por um entusiasmo ensurdecedor. Eles tocavam um fluxo constante de melodias, a toda, e era impossível conversar. Parecia que a esperança de fazer Michael enxergar a verdadeira Liz teria que esperar até o final do jogo.

Eu meio que aceitei a situação só porque gostei da energia do ginásio. O lugar vibrava, como se cada pessoa ali estivesse prestes a explodir de tanto entusiasmo. O time estava se aquecendo, e a sensação era de que algo importante estava prestes a acontecer.

Bolas quicavam, alunos subiam os degraus da arquibancada procurando pelos amigos, os minutos passavam no placar gigantesco e líderes de torcida dançavam ao ritmo da banda. Olhei para Laney procurando erros, mas não identifiquei nenhum. Ela fazia cada um dos movimentos coreografados como se tivessem sido criados por ela, sem nunca deixar de sorrir enquanto chutava, girava e pulava em perfeita sincronia com as outras garotas.

Decepcionante.

Olhei para Michael, e felizmente ele estava conversando com um garoto ao lado dele.

Wes me cutucou com o ombro.

— Está se divertindo? — perguntou ele, meio que gritando em meu ouvido. — Um pouquinho que seja?

Ri no ouvido dele.

— A banda está tocando "Uptown Funk" pela terceira vez, então acho que tudo está caminhando para que seja especial.

Aquilo o fez sorrir. Wes se aproximou, mas seu olhar continuou fixo na quadra de basquete.

— Beleza, Buxbaum... Vamos deixar as coisas interessantes. Se aquele cara ali — disse ele, apontando para o número 51 do time da nossa escola — fizer mais pontos do que o 23 do outro time, você ganha cinquenta dólares.

— O quê? Por quê?

— Sem perguntas. Quer o dinheiro ou não?

— Hã, óbvio.

Eu de fato precisava do dinheiro para comprar o vestido de formatura.

— Mas e se ele não fizer mais pontos? — questionei.

— Você lava meu carro — sugeriu ele.

Eu me lembrei do carro dele.

— Seu carro parecia bem limpo. Qual é a pegadinha?

— Nenhuma.

Wes deu de ombros de leve e cruzou os braços compridos.

— Quer dizer — continuou ele —, posso *ou não* ter planos de me aventurar em uma estrada de terra em Springfield amanhã, mas eu não chamaria isso de pegadinha.

—Você é um trapaceiro.

Olhei para a expressão provocadora de Wes no instante em que a banda começou a tocar "Hit Me with Your Best Shot", de Pat Benatar.

— Fechado — declarei. — Como é o nome do 51?

— Matt Kirk.

Vi o número 51 acertar a cesta e virei para sorrir para Wes. Mas ele não estava olhando para a quadra — estava olhando para mim, com um sorrisinho malicioso que fez meu estômago meio que gorgolejar. Voltei a olhar para a quadra, esperando que Wes não tivesse percebido o que quer que tivesse sido aquele barulhinho. Então a campainha soou e me tirou daquele momento estranho.

★ ★ ★

— Não sabia que vocês gostavam tanto de basquete — comentou Michael.

Ele pareceu um pouco impressionado com meu interesse quando passamos pela lanchonete e atravessamos o corredor, atrás de Wes, Noah e Adam.

Eu devia um enorme agradecimento a Wes pela aposta de cinquenta dólares, porque não só despertou meu interesse pelo jogo a ponto de eu esquecer Laney e todo o resto, mas me valorizou aos olhos do Michael.

— Pois é, são as finais.

Sabia que Wes ia rir se me ouvisse naquele instante. Estávamos no intervalo, prestes a entrar escondidos na quadra de basquete para ficar tentando cestas enquanto não começava a nova partida. Quer dizer, todos menos eu.

— Então você é amiga do Matt?

— Quem?

Ele pareceu confuso, embora ainda estivesse sorrindo.

— O número 51. Você prestou *bastante* atenção nele.

Dã.

— Ah, é. O Matt. Somos... colegas.

Colegas? Sério? Fale alguma coisa interessante, Liz! Alguma coisa que te distancie da Pequena Liz. Pigarreei.

— A gente namorou um tempo — acrescentei —, mas decidimos que funcionamos melhor como amigos.

É, mentir definitivamente melhora tudo.

Para ser sincera, eu não sabia mais o que estava fazendo com tanta mentira. Sempre me considerei uma pessoa honesta, mas já tinha mentido para Joss, Helena e Michael. Quando aquilo ia parar?

Wes era a única pessoa para quem eu não andava mentindo, e isso porque eu não estava tentando agradá-lo ou impressioná-lo.

Ele *sabia* como as coisas estavam caóticas, então não havia por que mentir para Wes.

— É, eu entendo.

O ombro do Michael encostou no meu de um jeito descontraído, mas ao mesmo tempo proposital (eu tinha 99% de certeza). Tive quase a confirmação de que a mentira desnecessária tinha me ajudado.

— Isso já aconteceu comigo algumas vezes — disse ele.

—Vamos — chamou Noah, segurando a porta e fazendo um gesto indicando que nos apressássemos. —Venham antes que alguém nos veja.

Entramos atrás dele e chegamos na quadra de basquete. Adam achou uma bola ao lado do bebedouro, em um canto, enquanto os outros decidiam os times.

—Vai jogar, Buxbaum? — perguntou Wes.

Ele me olhou de um jeito que indicava que eu devia aceitar, mas eu sabia que minhas habilidades não me ajudariam.

—Vou só assistir, mas obrigada.

Tirei os fones de ouvido do bolso da frente — eu sempre carregava comigo pelo menos três fones — e abri o aplicativo de música no celular. Sentei com as pernas cruzadas e coloquei os fones, assistindo aos garotos jogarem.

Eles foram com tudo. Wes e Noah formavam um time; Michael e Adam, o outro. Noah falava besteira sem parar, e seu embate verbal contra Michael e Adam me fez rir, porque era brutal, arrogante e hilário.

Michael acertou algumas cestas, mas foi ofuscado por Wes, que parecia ser muito, muito bom no basquete.

Aquilo seria divertido.

Nunca criei uma trilha sonora para um evento esportivo — minhas playlists de corrida não contam —, mas sempre achei que havia uma magia especial nelas. Quer dizer, a trilha sonora do filme *Duelo de titãs* é extremamente boa. O curador montou uma obra-prima que mudou aquelas músicas para sempre para quem já assistiu ao filme.

Quem seria capaz de ouvir "Ain't No Mountain High Enough" sem imaginar Blue cantando no vestiário depois daquele treino infernal? E a música "Fire and Rain", do James Taylor, renasceu com o filme. Eu não conseguia lembrar o que imaginava quando ouvia essa música antes, mas depois de assistir ao filme ia sempre pensar no acidente de carro que deixou Bertier com paralisia.

Vi Noah driblar pela quadra. Ele fazia a bola quicar com a confiança de quem tinha certeza de que ninguém ia conseguir roubá-la. Inspirada, procurei algo forte, porque o jogo pedia barulho. Era uma cacofonia de vozes, grunhidos, tênis rangendo e passes.

Escolhi "Sabotage", do Beastie Boys. Não era uma ideia original, mas era perfeita. Fui aumentando o volume conforme o guitarrista Ad-Rock criava o pano de fundo perfeito para aquela cena pincelada por suor. Noah deu um sorrisinho presunçoso ao passar por Adam e, logo depois da primeira série de arranhadas no disco da música, deu um passo para trás e arremessou a bola, que fez um arco no ar antes de chegar à cesta. Sem encostar no aro.

So-so-so-so listen up 'cause you can't say nothin'

Michael passou a bola para Adam, que foi rápido e correu até o canto, mas Wes já estava lá com as mãos levantadas. Adam fez um passe para Michael, que driblou sob a cesta e simplesmente colocou a bola lá dentro, como se fosse fácil.

Listen all y'all it's a sabotage...

Adam passou a bola no mesmo instante em que o grito soou no meio da música, e eu fiquei elétrica, me sentindo viva como só acontecia quando escolhia a música *perfeita*. Se a vida fosse um filme, essa música seria a ideal para aquela cena.

Música fazia tudo ficar melhor.

Quando Noah fez uma cesta de três pontos e venceu a partida, eu endireitei o corpo e gritei. Mas estava comemorando minha própria vitória, não a deles.

Todos relaxaram assim que o jogo terminou, batendo papo e tentando fazer cestas. Escolhi "Feelin' Alright", do Joe Cocker, enquanto observava o espírito esportivo. Noah estava conversando bem alto com Adam e os dois davam risada, e Wes fazia um passo de dança péssimo ao lado deles, também rindo.

Havia certa doçura no modo como eles passaram de rivais de jogo a amigos, de adversários a simples adolescentes, no instante em que o apito metafórico deu fim ao jogo.

— Por que você está rindo?

Pulei de susto e minha mão voou até meu peito antes de arrancar os fones das orelhas.

Inclinei a cabeça em um ângulo estranho e vi Michael em pé ao meu lado, olhando para mim.

—Você me assustou!

— Desculpa.

Ele abriu um sorrisinho, e meu estômago deu uma cambalhota. Seu cabelo loiro estava com as pontinhas molhadas de suor, mas era como se o suor agisse como um gel, mantendo todos os fios no lugar.

—Você parecia tão feliz, sentada aí escutando música. Eu não devia ter incomodado — disse ele, com um olhar caloroso.

— Ah, não, tudo bem. — Ajeitei o cabelo atrás das orelhas. — Eu, hum, é que amo...

Eu com certeza não amava esportes, então ergui as mãos, gesticulando ao redor da quadra de basquete, na esperança de que aquilo fosse suficiente para me salvar de mais uma mentira.

— Quer tentar umas cestas?

Michael sorriu, e percebi que o cabelo dele era incrível *pra valer*. Ele poderia muito bem ser um herói capilar se isso existisse.

— Sou muito descoordenada — respondi.

Vi Wes em minha visão periférica e cometi o erro de virar a cabeça na direção dele. Ele fez um "valeu" com as duas mãos e abriu um sorrisinho cafona, erguendo as sobrancelhas.

Ah, fala sério.

Michael driblou a bola e incentivou:

— Não pode ser tão ruim assim.

Voltei a prestar atenção nele.

— Ah, *posso, sim* — retruquei.

—Vamos. — Ele parou de bater a bola e estendeu a mão para me ajudar a levantar. — Eu ajudo você.

Segurei a mão dele, e um calor disparou por cada molécula do meu corpo quando ele me levantou. Fui atrás de Michael, que foi driblando até a cesta e, assim que nos aproximamos dela, arremessou a bola e acertou. Peguei o rebote.

—Vamos ver como é seu arremesso — disse ele.

Naquele instante me dei conta de que podíamos estar prestes a ter um momento digno de filme. Dei um sorriso.

— Se prepare para a decepção — avisei.

De repente, "Paradise", do Bazzi, começou a tocar na minha cabeça.

This shit feel like Friday nights
This shit make me feel alive...

Joguei a bola e vi meu lance falhar miseravelmente. A bola caiu muitos, MUITOS metros longe da cesta. Quando comecei a rir, Michael apenas sorriu para mim, e sua expressão era tão encantadora que fiquei com vontade de escrever um poema.

Em vez disso, indaguei:

—Você está mordendo a bochecha para não rir?

Ele semicerrou os olhos.

—Você percebeu?

— Eu percebo tudo, jovem Michael.

Ele me lançou um olhar brincalhão.

— É o significado do meu sobrenome em inglês. Michael Young.

— Ah, é. Verdade — respondi.

— Bem...

Michael pegou a bola e fez um drible entre as pernas, dando um meio sorriso que me deixou um pouquinho tonta.

— Se é tão espertinha assim — começou ele —, deve saber que Wesley tem uma quedinha por você.

A música em minha cabeça parou com um arranhão de disco.

— Pff... Como assim? Não.

Desconversei. Embora eu soubesse que era essa a abordagem, me lembrei de Wes no dia em que ele arrastou um para-choque de caminhão velho e enferrujado até a Vaga só para que eu não estacionasse lá. Se Michael soubesse a metade da história...

— É sério, Liz.

Ele me passou a bola, e eu consegui pegar.

— Ele me contou — revelou Michael.

Eita. De repente a mentira não parecia mais tão fácil de manter quanto eu imaginava que seria. Wes já tinha falado com ele? O que eu devia responder? Fiz a bola quicar, me concentrando em não deixar que ela saísse do meu controle.

— Ah. É.... Eu *gosto* do Wes, mas só como amiga.

— Devia pensar melhor... ele é um cara legal.

Sorri para Michael, tentando não parecer uma boba apaixonada olhando para o garoto-propaganda de tudo que eu sempre quis.

— O Wes *não* é "um cara legal", Michael... Vai, ele é... — Parei de driblar. — Wes é divertido, imprevisível e cheio de gás. Tem boas qualidades, mas não é "um cara legal".

Enquanto dizia aquelas coisas, percebi que não era mais o que eu *sentia* pelo Wes. Aquilo foi o que sempre pensei dele, mas estava ficando evidente que ele tinha mudado ou eu sempre estive errada.

Michael assentiu com discrição, reconhecendo meu argumento.

— Mesmo assim.

Levantei a bola para tentar acertar a cesta, mas Michael veio atrás de mim e posicionou minhas mãos para que eu a segurasse de um jeito diferente. Parecia que a ponta de seus dedos queimava minha pele, e tive dificuldade de lembrar o que deveria fazer com os braços. Suas mãos bronzeadas estavam abertas sobre meus dedos pálidos com esmalte turquesa descascado e, apesar dessa imagem romântica, consegui soltar a bola e fazer a cesta.

— Você ensinou isso a ela, Young? Porque Liz não sabia fazer isso antes.

Virei de costas para a cesta e ali estava Wes, ao lado de Michael. Peguei a bola.

— Como você sabe?

— Eu sei de tudo, Buxbaum.

Revirei os olhos e driblei na outra direção.

— Posso até ter dado algumas dicas, mas foi a Pequena Liz quem arremessou.

Eu me encolhi ao ouvir Michael dizer aquilo.

— Aproveitando — continuou ele —, sobre meu cabelo...

Parei de driblar e olhei por cima do ombro. As sobrancelhas do Wes estavam arqueadas, como se ele estivesse ao mesmo tempo confuso e interessado em ouvir o que Michael estava prestes a dizer. Michael tocou a frente do cabelo.

— Uso pomada na frente, para ficar no lugar de um jeito mais natural, e um pouco de gel nas laterais — explicou ele.

— Entendi.

Os cantos da boca do Wes pareciam querer se erguer em um sorriso, mas percebi que ele não sabia dizer se Michael estava mesmo falando sobre o cabelo ou dando uma de espertinho.

— Seu cabelo provavelmente ficaria igual. Sério. É só deixar crescer e fazer um bom corte.

Quase ri quando vi a mudança na expressão do Wes ao perceber que Michael estava falando sério.

—Você acha mesmo? — perguntou Wes.

— Com certeza — respondeu Michael, dando um tapinha no ombro dele e abrindo um sorriso encantador. — Você pode ser seu próprio herói capilar.

Opa.

— É... Michael? — chamei.

Precisei interferir e acabar com aquela conversa.

— Oi? — disse ele.

Merda... Eu precisava dizer alguma coisa.

— É... você pensou sobre o baile? Se vai com alguém? Talvez uma amiga ou sei lá.

Ah, pelo amor da Nora Ephron, isso foi direto demais.

Pigarreei e continuei:

— E você, Wes... Você vai? Parece que muita gente não vai esse ano.

Michael estava olhando para mim, como se talvez pensasse em me convidar, e me senti animada.

— Ainda estou... — começou ele.

Naquele exato momento, ouvi Noah gritar:

— Cuidado!

Isso foi meio segundo antes de uma bola de basquete acertar meu rosto, fazendo com que eu caísse de bunda no chão.

★ ★ ★

— Desculpa *mesmo*.

Tentei olhar para Noah, mas não consegui vê-lo por causa da camiseta amassada sobre meu nariz e porque estava com a cabeça jogada para trás. As únicas coisas que eu via era a camiseta e o teto.

— Para de pedir desculpa. Está tudo bem.

Não estava tudo bem. Quer dizer, entre mim e Noah *estava tudo bem*, eu não tinha ficado brava com ele. Parece que ele estava de bobeira e tentou passar a bola com força para Adam, que não percebeu e saiu da frente no *pior* dos momentos.

Estava tudo indo tão bem com Michael antes de a bola acertar meu nariz. Em um instante tivemos um momento digno de cinema, no minuto seguinte tinha sangue em meu rosto.

E não podia ser só um nariz sangrando discretamente. Não. Não comigo, não na frente de Michael Young. No instante em que a bola me acertou, foi como se uma torneira tivesse sido aberta. Wes tirou a camiseta, enfiou-a em meu nariz e me ajudou a sentar enquanto Michael se agachava ao meu lado, perguntando se eu estava bem, com um olhar preocupado.

Minha camiseta branca nova estava *coberta* de sangue, e a calça jeans também estava toda respingada. Fiquei feliz por não ter um espelho; tinha certeza de que morreria de vergonha se pudesse me ver. Ninguém no mundo ficava atraente com sangue jorrando de um orifício. Ninguém.

Sentada ali, sangrando, não pude deixar de me perguntar se o universo estava me mandando um recado. Quer dizer, eu era mais otimista que a maioria das pessoas e acreditava em destino, mas estaria mentindo se dissesse que sinais de alerta não estavam sendo acionados.

Porque tanto o vômito quanto o sangue aconteceram exatamente quando eu estava tendo um momento significativo com Michael. Nas duas vezes, senti que estávamos estabelecendo uma conexão, e... *BUM*. Fluidos corporais.

— Continua tudo bem, Buxbaum? — indagou Wes.

Eu não conseguia vê-lo, mas sua voz grave me ajudou a relaxar. Provavelmente porque eu o conhecia melhor do que os outros garotos. Ele se sentou no chão ao meu lado depois de enfiar a camiseta na minha cara, e seu cheiro, combinado com aquele lado atencioso inesperado, me manteve calma.

— Noah, você quebrou a cara da garota.

— Se você tivesse pegado o passe, seu ridículo, a coitada da Liz não estaria na fila de transplante.

Eu estava começando a reconhecer a voz de cada um porque eles não paravam de falar.

— Como eu poderia pegar uma coisa que eu nem sabia que estava vindo? — indagou Adam.

— Era impossível não pegar! — exclamou Noah, bufando. — Todo mundo tem uma coisa chamada *reflexo*.

— Será que existe transplante de nariz? — Pareceu ser a voz do Adam de novo. — Só por curiosidade.

— Olha só! Adam fazendo perguntas pertinentes — implicou Michael, parecendo estar rindo e batendo a bola de basquete. — Isso com certeza é relevante agora.

Não vou mentir, foi um pouco assustador perceber o quanto Michael parecia relaxado enquanto eu estava quase me esvaindo em sangue.

— Não posso fazer nada se sou um cara curioso — declarou Adam.

—Você é um nerd — disse Noah, em um tom risonho.

— Ainda preciso de uma resposta — insistiu Adam.

— Acho que existe, sim — respondi, a voz soando estranha e abafada por causa da camiseta. — Uma mulher teve o rosto inteiro arrancado por um macaco e passou por um transplante de rosto.

— Sério? — indagou Adam, fascinado. — O rosto inteiro?

— Tenho quase certeza.

A conversa era uma boa distração da preocupação com possíveis danos ao meu nariz. Quer dizer, as pessoas que quebram o nariz não ficam com muito inchaço? Será que meu nariz estava quebrado?

Tentei apertar, e a dor quase me matou. *Droga.*

O rosto do Wes surgiu em meu campo de visão, e era a única coisa que eu conseguia ver além do teto da quadra de basquete.

—Você está bem?

Ele parecia muito preocupado, e por algum motivo me senti compelida a tranquilizá-lo. Tateei em busca da mão dele e apertei-a.

— Acho que está tudo bem. Assim que parar de sangrar deve ficar tudo bem.

— Ela é muito mais durona que você, Bennett — disse Adam.

— Nem me fale — respondeu Wes.

Ele arrumou um dos lados da camiseta para que eu conseguisse enxergar um pouco melhor, e senti sua mão grande e quente apertando a minha.

— Eu estaria chorando — completou Wes.

Michael acrescentou:

— Eu também.

— Nossa! O que aconteceu?

Um adulto apareceu em meu campo de visão, uma mulher loira com um corte de cabelo reto, olhando para meu rosto, preocupada.

—Você está bem, querida? — perguntou ela.

Repeti o que tinha dito ao Wes, e a mulher sugeriu que eu tentasse tirar a camiseta.

— Aposto que quase já parou de sangrar — disse ela, em um tom sábio.

Enquanto a mulher aproveitava para dar sermão nos garotos, dizendo que não deviam estar ali, me preparei para tirar a camiseta. Embora eu soubesse que estava sendo muito imatura, parte de mim não queria fazer isso, porque com certeza haveria manchas de sangue em meu rosto. E *eca*, né? Não queria que Michael — ou qualquer outra pessoa — me visse daquele jeito.

Inspirei fundo e tirei a camiseta do Wes do rosto, olhando para todos eles.

E... a expressão no rosto dos garotos não era *nada* boa.

Michael tossiu.

— Bem, não parece estar sangrando — observou ele.

Olhei para Wes. Ele não tinha tato nenhum, então eu sabia que seria sincero.

— O que foi? — indaguei.

Fiquei olhando para Wes, esperando. Ele estava sem camiseta, porque havia doado para meu nariz ensanguentado, e me distraí por um instante ao ver seu peitoral. Quer dizer, eu não tinha o costume de ficar observando o corpo dos outros, mas meu vizinho era muito definido.

— Não leve a mal — começou Adam, respondendo antes e me arrancando do devaneio sobre o peitoral de Wes —, mas seu nariz parece... o nariz da sra. Cabeça de Batata. Do *Toy Story*.

— Caramba, parece mesmo! — concordou Noah, assentindo enfaticamente. — O resto não, mas o nariz com certeza.

Michael não escondeu a risada, mas pelo menos foi uma risada calorosa, amigável.

— Parece *mesmo*. E voltou a sangrar.

Ele tinha razão... Senti uma gota quente nos lábios.

— Ah, meu Deus!

Voltei a cobrir o nariz.

— Não parece, não. Não liga para o que eles estão falando — disse Wes, levantando meu queixo com o polegar e o indicador e olhando para meu nariz coberto. — Seu nariz só está um pouquinho inchado.

— Um pouquinho? — murmurou Noah.

Ao mesmo tempo, a mulher disse:

— É melhor você ir para a emergência, querida. Só para garantir que não está quebrado.

Emergência? Sério? E a ida para casa com Michael e livre da Laney?

— É, en... — comecei a responder.

— Não, sem discussão — interrompeu Wes. — Vou te levar até o hospital, e você liga para sua família no caminho. Beleza?

— Cara, você não veio dirigindo — interveio Adam. — E pare de ser tão mandão.

Meu nariz estava latejando, mas não pude deixar de sorrir. Os amigos do Wes eram ridículos.

— Não preciso que você me leve ao hospital — insisti. — Vou ligar para o meu pai.

— Mas a Helena disse que eles estariam no cinema.

Wes parecia preocupado, o que me fez sentir um calorzinho e me deixou um pouco confusa. *O que significava que eu provavelmente tinha sofrido uma concussão.* Ele pegou o celular para olhar alguma coisa.

— O hospital fica literalmente no fim da rua.

— Ah...

Wes tinha razão sobre meu pai e Helena, e provavelmente sobre o hospital também.

— Tenho certeza de que eles podem nos encontrar lá se você ligar para eles. — Ele estendeu a mão para me ajudar a levantar. — Acha que consegue ficar em pé?

— Aham.

Deixei que ele me levantasse.

— É melhor você colocar uma blusa, cara — sugeriu Adam, fazendo uma careta. — Está parecendo um tarado. Um *stripper* menor de idade.

Pressionei a camiseta com mais força no nariz enquanto Wes pegava a jaqueta e cobria o peito. Meu rosto estava queimando, a sensação era de que eu estava assistindo a uma cena provocante.

Com a voz trêmula, dei um jeito de dizer:

—Vamos, seu tarado.

Saindo da quadra de basquete, percebi que Wes tinha me emprestado suas roupas pela segunda vez. Ou aquilo tudo era uma pegadinha, ou ele era mesmo um cara legal.

— Herói capilar. Minha nossa, nem sei o que dizer.

Wes manteve o rosto sério enquanto descia comigo a escada da escola, mas havia certo brilho malicioso em seu olhar.

—Você se acha muito engraçada, né? — perguntou ele.

—Acho. Quer dizer, acho que sou uma pessoa bem divertida.

Segurei o corrimão de metal e me perguntei como acabei ficando sozinha com Wes no fim do dia em vez de estar fazendo a magia acontecer com Michael. Fiquei um pouco surpresa por não estar mais decepcionada com a situação, mas talvez minha reação fosse só um mecanismo de defesa do meu corpo para evitar que eu morresse de vergonha.

— E se Michael contar para todo mundo que é meu herói capilar?

Rir doía, mas eu ri mesmo assim. Wes estava agindo como se meu nariz não tivesse acabado de explodir na frente do meu crush eterno, e eu o amava por isso. Ele estava retomando a conversa exatamente para onde ela teria seguido, não fosse pelo meu acidente.

— Ele não vai fazer isso — garanti.

— Até porque eu consigo pensar em exemplos muito melhores. — Wes começou a citar nomes enquanto avançávamos pela calçada. — Como o Todd Simon... O cabelo daquele cara é incrível. E o Barton Brown... Dá para se perder naquele cabelo reluzente. Esses dois têm um cabelo digno de heroísmo. São dignos de adoração folicular. Mas Michael Young? Fala sério!

— Você não teria nenhuma chance com Barton Brown. Seja realista.

— Ah, eu teria, *sim*. Barton ficaria louco se eu pedisse para ele ser meu herói capilar.

— Você jamais pediria, Wes. E você sabe disso. Ele está em outro nível capilar.

— Por que você está me magoando assim?

— Desculpa.

Tentei não ficar olhando para Wes quando passamos embaixo de um poste, mas percebi que seu rosto estava sempre bem-humorado. Ele quase nunca parecia irritado, ou fazia cara de idiota, e eu não conseguia imaginá-lo bravo de verdade.

— Acho que estou projetando minha dor em você.

Wes olhou para mim e franziu as sobrancelhas, fazendo uma careta de pena.

— Como está o nariz?

— Não está mais doendo. Só quando encosto.

— Então não encoste.

— Jura?

Ele deu de ombros e colocou as mãos nos bolsos da jaqueta.

— Parece lógico.

Eu estava ficando cansada de segurar aquela camiseta no nariz. Peguei o celular e abri a câmera frontal para dar uma olhada no meu rosto. Parei de andar e tirei o pano do rosto devagar.

— Ai, minha nossa! Eu *sou* a sra. Cabeça de Batata.

Meu nariz estava tão inchado que parecia maior, mais largo. Era quase como se não houvesse distinção entre o nariz e o restante do meu rosto.

A boa notícia era que não parecia que ia continuar sangrando.

Aquilo tudo era nojento.

— Eu já quebrei o nariz duas vezes. A recuperação é rápida.

Wes colocou o dedo na tela do meu celular e trocou para a câmera traseira, assim eu não ficaria me olhando.

— Talvez você fique parecendo um brinquedo de criança por um dia, mas depois mal vai dar para perceber.

Olhei para o rosto dele no escuro e não consegui enxergar nenhum inchaço ou calombo em seu nariz.

— Como assim "mal vai dar para perceber"? — questionei.

Wes me ignorou.

— Ligue para seu pai — disse ele.

— Ah, é verdade. — Fechei a câmera e abri os contatos. — Obrigada.

Wes ficou ao meu lado na calçada, mexendo no celular, enquanto eu ligava para meu pai. Depois que contei o que aconteceu, e meu pai contou à Helena, eles disseram que nos encontrariam no hospital.

— A propósito, muito obrigada — disse a Wes.

Coloquei o celular no bolso e pendurei a camiseta nojenta na alça da minha bolsa, e continuamos a caminhar. A cada passo eu tentava entender por que Wes estava sendo tão gentil de repente. O cara parecia dedicado a ficar com a Vaga.

— Você não precisava vir comigo.

Wes cutucou meu ombro com o dele e provocou:

— Era minha sina. Você ia sangrar até a morte e o sentimento de culpa não me permitiria desfrutar da Vaga Eterna.

— Espera... Você ficaria com a Vaga mesmo depois de ter contribuído para minha morte prematura?

Tentei dar um soquinho de brincadeira em Wes, mas ele segurou meu punho com sua mão enorme. Wes riu do ruído que eu fiz e me soltou.

— Olha, a Vaga estaria *bem ali*, Buxbaum... como eu poderia não ficar com ela?

Paramos no semáforo quando chegamos à esquina, e ele se virou e olhou para mim. Ficamos em silêncio por um instante, nossos sorrisos fervilhando.

— E aí, você fez algum progresso com Young antes do acidente? — perguntou ele, com uma voz rouca e grave.

Não sei por que, mas por um instante hesitei. Estávamos nos divertindo e eu não queria falar sobre um assunto sério. Mas então lembrei que era Wes, meu parceiro da missão "conquistar Michael". Por que eu *não* contaria?

— Olha, acho que sim. Ele pareceu estar flertando um pouco antes de você entrar na conversa, e *tocou* no meu braço para me ajudar a jogar a bola.

— Caramba, ele *tocou* em você?

Wes arregalou os olhos como se fosse um acontecimento muito impressionante.

— Aham.

Ergui o queixo, orgulhosa.

— Mas *como* foi esse toque? — perguntou ele. — Foi frio, como se fosse um treinador, ou...?

— Deixa eu te mostrar.

Estendi as mãos e movimentei os cotovelos dele, tirando-os da lateral de seu corpo e erguendo-os um pouco mais alto no ar.

— Talvez tenha sido mais leve e só com a pontinha dos dedos — expliquei.

— Caramba, Liz — disse Wes, sacudindo a cabeça de leve e abrindo a boca. — Isso é incrível.

Senti meus lábios se curvarem completamente, formando o sorriso mais bobo e radiante do universo, embora isso fizesse meu nariz doer.

— *Sério?*

— Meu Deus, não. Não é.

Wes colocou as mãos nos bolsos e gesticulou com a cabeça para que eu andasse, porque o sinal tinha fechado.

— Eu estava sendo sarcástico. Achei que você soubesse que era sarcasmo, pelo menos até dizer "pontinha dos dedos".

— Ah... — Pigarreei. — Bem, *pareceu* especial.

— Quando ele te tocou com a "pontinha dos dedos"?

Enquanto ele zombava da minha escolha de palavras e da minha obsessão pelo Michael, percebi que estava tudo errado. Era Wes quem estava me acompanhando até o hospital, e foi a camiseta do Wes que estancou o sangue do meu nariz.

Não devia ser a camiseta do Michael?

Wes olhou para mim de novo, com uma expressão indecifrável, e nos dirigimos à entrada da emergência. Logo antes de abrirmos a porta, ele perguntou:

— Você acha *mesmo* que aquele toque com a pontinha dos dedos foi especial?

— Como vou saber? — indaguei, estremecendo de frio e me perguntando por que Wes parecia um pouco ácido de repente. — Pode ter sido.

Ele soltou um ruído que era uma mistura de suspiro e gemido.

— Como você pode ser tão ruim em ler os sinais?

— O que vo...

— Liz.

Meu pai saiu pela porta do hospital e veio até mim, o rosto rígido de preocupação.

— Estávamos no cinema do outro lado da rua — explicou ele. — Como está seu nariz?

Entramos no hospital, e Helena, esperando ao lado do balcão, olhou para Wes e deu um sorriso estranho para mim. O que me deixou ainda mais estressada. A última coisa que eu queria era que meu pai fosse envolvido na narrativa falsa de que havia alguma coisa entre mim e Wes.

Wes foi simpático e conversou um pouco com eles, mas não olhou mais para mim. Quando foi embora, disse "Até mais, Buxbaum" e meio que acenou antes de desaparecer.

Não sabia muito bem o que pensar. Wes não estava *bravo* comigo, certo? Qual era a razão daquela estranheza? Será que era coisa da minha cabeça?

Mandei mensagem para Joss contando sobre meu nariz (deixando de fora qualquer referência ao Michael, lógico) enquanto esperava a médica, porque sabia que minha melhor amiga gostaria de saber daquela história ridícula.

Joss: Wes Bennett te levou até o hospital?

Eu: É, mas eu já tinha vindo com ele até a escola, então não foi nada de mais.

Foi bom mandar mensagem sobre meu nariz, provavelmente porque era território seguro. Não tinha nada a ver com o fato de estarmos no último ano — obsessão de Joss — e nada a ver com minha conspiração sobre Michael.

Joss: E AÍ?? AI, MEU DEUS! Acho que o sr. Bennett está apaixonado...

E eu achando que aquele assunto não seria polêmico. Eu sabia que era estranho, mas, sentada ali, numa mesa de exames coberta por um papel, senti falta da Joss de antes. Senti falta de ser boba e irritante e 100% eu mesma sem ter que me esquivar de conversas emotivas e indesejadas.

Eu: Cala a boca... Tenho que ir.

Joss: O que acha de comprarmos os vestidos na segunda-feira, já que não tem aula?

Viu? Sentia falta de poder trocar mais de uma frase com ela antes que o estresse e os conflitos entrassem na conversa. Fiquei péssima, mas isso não me impediu de responder:

Eu: Acho que vou ter que trabalhar. É SÉRIO. Não fique brava.

Joss: Cala a boca... Tenho que ir, tosca.

Aff. Eu precisava muito comprar esse vestido antes que Joss ficasse magoada. Ela era uma pessoa forte e cheia de opinião, mas sob toda a teimosia, era doce e extremamente sentimental.

E era por isso que *na maioria das vezes* nos dávamos tão bem. Nós duas éramos parecidas.

A médica por fim chegou, e depois de virar e revirar meu rosto dolorido, ela determinou que o nariz não estava quebrado. Disse que voltaria ao normal em um ou dois dias, então eu teria que andar por aí como a sra. Cabeça de Batata por pouco tempo. Quando chegamos em casa, já eram onze horas da noite e eu estava exausta. Tomei um banho e entrei embaixo das cobertas, e já estava quase dormindo quando meu celular vibrou.

Virei para o lado e olhei para a tela. Era uma mensagem de um número desconhecido: **Oi, Liz... Aqui é o Michael. Só queria saber como você está.**

— Ai, minha nossa!

Procurei os óculos e liguei o abajur.

Ai, minha nossa! Fiquei olhando para a tela. Michael Young estava mandando mensagem para saber se eu estava bem. Puta merda. Respirei fundo, trêmula, e tentei pensar em uma resposta que não me fizesse parecer uma nerd.

Eu: Bem, meu nariz de sra. Cabeça de Batata não está quebrado, então acho que tudo bem. 🙂

Michael: Haha. Fico feliz. Wes me disse que você recusou analgésicos no hospital porque é durona, então imaginei mesmo.

Preciso me lembrar de agradecer ao Wes por essa. Sorri e virei de bruços. Parecia que eu estava ouvindo a voz arrastada de Michael falando as mensagens. O que me deu vontade de rolar na cama e dar chutinhos no ar, como quando Julia Roberts surtou por causa dos três mil dólares em *Uma linda mulher.*

Eu: Aliás, ele tem razão. Sou durona mesmo.

Michael: Hum, eu me lembro de uma garotinha que chorava quando se molhava.

Revirei os olhos e desejei que ele esquecesse aquela garotinha.

Eu: Ela ficou para trás há MUITO tempo. Acredite quando eu digo que é bom não mexer com a nova Liz. 😉

Michael: É mesmo?

Minha nossa... Ele estava flertando? Michael Young estava flertando comigo? Eu não conseguia deixar de sorrir, como a nerd que sempre fui, enquanto respondia: **Com toda certeza.**

Michael: Bem, preciso conhecer essa nova Liz.

Morri. Não sabia como mandar mensagem diretamente da cova, mas dei um jeito.

Eu: Precisa mesmo. Se achar que tem peito para isso.

Michael: O quê?

Ah, pelo amor de Deus. O que ele não tinha entendido? Queria que eu falasse na lata? Eu era péssima com mensagens.

Eu: Quis dizer que talvez precise, sim. Se acha que está pronto para isso.

Michael: Entendi.

Não queria estragar a chance de conversar com Michael, mas eu não fazia ideia de que assunto abordar. De novo. Escola, basquete, nariz... Humm.

Eu: E aí, o que está fazendo agora?

Michael: Falando com você.

Olha, não ajudou muito.

Eu: Parece emocionante.

Michael: O quê?

Michael estava falando sério? Eu era mesmo tão ruim assim? Droga.

Eu: Nada. Aliás, estou morrendo de fome. Preciso comer. SOCORRO.

Michael: Preciso tirar minha pizza do forno. O detector de fumaça está prestes a disparar e vai acordar meus pais. Mas salva meu número! Outro dia eu mando mensagem de novo.

Eu ia desmaiar.

Eu: Pode deixar.

Michael: Boa noite, Liz.

Coloquei o celular na mesa de cabeceira, devagar. Hum... Eu tinha quase certeza de que estava animada. Mas o que aquilo queria dizer? Será que eu estava de volta ao páreo? Eu não sabia ao certo, mas Michael se importou o suficiente para pedir meu número — ao Wes, talvez — e mandar mensagem para saber como eu estava.

Então, apesar de ter sido uma conversa estranha, era um bom sinal, né?

A música romântica que escrevi quando tinha sete anos de repente surgiu em minha mente. *Mike e Liz, um casal feliz, sempre pra cima em todo tipo de clima.*

Quando a montanha-russa emocional passou, voltei a me sentir cansada e meu nariz começou a latejar de novo.

Comecei a ficar preocupada.

A verdade é que eu não fazia a menor ideia do que tinha acontecido com Wes no hospital. Num instante estávamos caminhando até a emergência, implicando como sempre, e de repente ele pareceu irritado.

Odiava pensar que ele estava bravo comigo, ainda mais depois de ter sido tão gentil desde o momento em que foi me buscar.

Peguei o celular de novo e disquei o número dele, inexplicavelmente nervosa enquanto ouvia chamar.

— E aí, Libby Loo? — A voz de Wes pareceu cansada, ou que não falava fazia um tempo. Estava um pouco rouca. — Como vai? — perguntou ele.

Puxei a coberta e passei o dedo na costura do edredom.

— Eu fiz alguma coisa que te deixou irritado no hospital?
— O quê? — Wes pigarreou. — Não.
— Porque você pareceu um pouco... é, abrupto, talvez. Quando foi embora.

Eu parecia uma garotinha nervosa. Virei de lado.

— Desculpa se eu falei alguma coisa que te deixou magoado — completei, por fim.

— Uau. — Ouvi o sorriso na voz de Wes. — Não sabia que você se importava tanto com minha felicidade.

—Tá, parou. — Dei uma risada, o que fez meu nariz doer. — Só queria ter certeza de que está tudo bem entre a gente.

— Está tudo bem, Libby — garantiu Wes, com a voz suave. — Juro.

Virei para o outro lado, tentando ficar mais confortável.

— Aliás, você passou meu número para o Michael?

— Aham. Ele queria saber como você estava.

Voltei a sorrir e comentei, animada:

—Ah! Pois é, ele me mandou mensagem.

— E aí? Como está o nariz?

— Bem.

Fiquei de barriga para cima, olhando para o ventilador de teto.

— Dói um pouco, mas vou sobreviver. Ainda pareço um monstro, mas a médica disse que o inchaço vai diminuir logo.

— Que bom — disse Wes, e em seguida pigarreou outra vez. —Vou te contar uma coisa, mas você tem que prometer que não vai fazer mais do que *três* perguntas.

Ai, caramba. O que poderia ser?

— Do que você está falando?

Wes soltou um suspiro, e ouvi a TV ao fundo.

— Prometa, Buxbaum, e juro que você vai dormir sorrindo.

Eu não sabia por que, mas alguma coisa fez meu estômago gelar ao ouvir aquilo. Engoli em seco.

— Beleza. Prometo.

— Beleza. Então, quando a gente estava jogando basquete, Michael comentou sobre sua roupa.

— O que ele disse? — perguntei, quase gritando.

Sentei na cama.

— O que ele disse, Wes? — repeti.

— Não me lembro das palavras exatas...

— Ah, Wes, esse era seu único traba...

— ... mas em resumo ele disse que dava para ver por que você é tão popular.

Ai, meu Deus. Olhei para meu gato, que estava aconchegado como uma bolinha em um canto em cima de uma sacola, e torci para que Michael não tivesse comentado aquilo só por causa da roupa.

— O que ele falou exatamente?

— Já disse que não lembro as palavras exatas, bobinha. Mas o sentido geral era de que ele entendeu. Você não é mais a Pequena Liz.

— Ah.

Voltei a ficar de barriga para cima, os pensamentos divididos. Uma parte de mim se sentiu desconfortável. Aquilo queria dizer que Michael não conseguia entender por que Wes se interessaria por mim antes de eu alisar o cabelo e me vestir como todo mundo? Sempre me arrumei de um jeito que *eu* gostava. E por isso era inconcebível que Wes me achasse atraente? Era esse tipo de desconforto.

Imaginei Michael e me esforcei para não ficar pensando naquilo. O importante era que ele tinha reparado em mim.

— Ele comentou isso de um jeito fofo, tipo, "Nossa, cara, agora eu entendo" ou de um jeito mais prático?

— A gente estava jogando basquete. Michael estava resmungando ofegante.

— Você é péssimo nisso, Wes.
— Não, você que é esquisita.
— Por que não me disse isso antes?

Olhei pela janela e, na escuridão, consegui enxergar apenas a lateral da casa dele. Era meio surreal conversar com Wes como se ele fosse um amigo, quando ele sempre tinha sido meu vizinho e inimigo.

— Você teve muito tempo quando estava indo comigo até o hospital — observei.

— Eu estava distraído com seu rosto inchado e preocupado que você desmaiasse por causa da perda de sangue. — Wes pigarreou de novo. — Assim que a imagem do seu nariz gigantesco saiu do foco, me lembrei de contar.

Tentei imaginá-lo do outro lado da linha. Será que ainda estava vestido com a roupa de mais cedo ou estava em um pijama fofo, aconchegado com o cachorro?

— Onde é seu quarto? — questionei.
— O quê?

Sentei na cama e cruzei as pernas.

— Ah, só por curiosidade. Dá pra ver sua casa da minha janela, e acabei de perceber que nunca subi a escada. Então não sei de que lado fica seu quarto.

— Pode guardar o binóculo, meu quarto fica para os fundos. Não tem como você me espionar.

— É, era isso mesmo que eu queria.

Minha cabeça imediatamente trouxe à tona a imagem de um Wes seminu na quadra de basquete.

Quando ele tirou a camiseta e eu engoli em seco. Com tanta força que quase engoli minha língua junto. Enquanto também me esvaía em sangue.

— E eu não estou no quarto — disse ele. — Estou na sala, assistindo TV.

Levantei e fui até a janela. Meu quarto era o único que tinha uma janela que dava para a lateral da casa, e quando olhei para baixo vi a luz acesa na janela da sala.

— Estou vendo a luz acesa.

—Você é *muito* esquisita mesmo.

Isso me fez sorrir.

— O que está assistindo?

— Acho que a pergunta certa seria "O que está vestindo?".

Não conseguia parar de sorrir — aquela brincadeira era tão a cara do Wes. Era estranho que fosse tão fácil conversar com ele. Falar com Wes era muito mais fácil do que trocar mensagens com Michael. Eu não sabia ao certo se era porque eu o conhecia melhor, ou talvez fosse porque Wes *me* conhecia melhor. Ele sempre soube que eu não era descolada, então talvez por isso eu me sentia tão relaxada.

Não precisava me esforçar.

— Talvez fosse essa a pergunta, se eu me importasse — respondi. — Mas estou realmente curiosa para saber ao que você está assistindo.

— Adivinha.

Cruzei os braços e me apoiei na parede, olhando para a lateral da casa dele, onde arbustos se movimentavam com a brisa sob a janela iluminada da sala.

— Provavelmente algum jogo. Basquete?

— Errou.

— Tá. É um filme ou um programa de TV?

— Filme.

— Humm.

Peguei o pufe e coloquei-o em frente à janela. Senti que precisava ficar olhando para a casa dele. Me sentei e perguntei:

— Você escolheu ou acabou encontrando enquanto trocava de canal?

— Encontrei trocando de canal.
— Hum. Isso complica tudo.

O sr. Fitzherbert pulou em meu colo e colocou as patinhas em meu peito, pedindo que eu acariciasse sua cabeça. Aprovei a gravata-borboleta estampada que Helena devia ter escolhido, considerando que o deixei sem acessório ao sair com pressa naquela manhã.

— Hum... *Garota exemplar*?
— Não. Mas foi um bom chute. Emily Ratajkowski está brilhante nesse filme. A cena com o Affleck vai ficar pra sempre na minha memória.
— Você é nojento.

Ouvi uma risada.

— Estou brincando. Eu *sabia* que você ia entender o que eu quis dizer. A pequena Libby se irrita tão fácil.

Ignorei o comentário. Wes era incorrigível.

— Bem, o livro é incrível, mesmo sem todos os atrativos da Ratajkowski.
— Concordo.
— Tá. — Tentei imaginar o que faria Wes parar para assistir. — Hum, talvez *Se beber, não case*?
— Não.
— *American Pie*?
— Não passou nem perto.

Comecei a me perguntar se minha impressão sobre Wes estava completamente errada.

— Em que era essa obra-prima cinematográfica foi lançada?
— Estou desconfiando que você acha que eu só gosto de filmes que envolvem seios.

A desconfiança dele estava correta, mas agora eu estava confusa. Quanto mais eu conhecia Wes, mais ele provava que minhas suposições sobre ele estavam erradas.

— Hum... É, talvez, sim.

— Estou assistindo a *Miss Simpatia*.

— O quê? — Quase derrubei o celular. — Bennett! É uma comédia romântica.

— Aham.

— E...

— E estou assistindo porque parecia ser engraçado.

— E...

— E é engraçado.

— Eu amo esse filme. Qual é o canal?

— Trinta e três. Espera... Seus pais ainda têm TV a cabo também?

— Aham. Meu pai tem medo de cancelar o serviço porque não sabe se vai conseguir assistir a todas as lutas de boxe se mudar para os *streamings*.

Liguei a TV e coloquei no canal do filme. Estava no início, quando a personagem da Sandra Bullock está com Michael Caine em um restaurante.

— Ele fica apavorado só de pensar em perder as lutas — completei.

— Para o meu pai, a questão é o futebol. Ele tem certeza de que os *streamings* só têm filmes e programas da NBC.

Isso me fez sorrir. O pai do Wes era um professor universitário bem nerd, e eu jamais imaginaria que ele fosse fã de qualquer esporte.

— Acha que a gente também vai se entender com a tecnologia quando formos velhos?

— Ah, de jeito nenhum. Você provavelmente vai ser uma daquelas senhorinhas que nem têm TV. Todos os dias vão ser iguais. Vai tocar piano, tomar chá e passar horas ouvindo discos, depois vai pegar o ônibus para ir até o cinema.

— Você está fazendo a terceira idade parecer incrível. Quero *muito* essa vida.

— Você canta quando está tocando?
— O quê?
— Sempre me perguntei isso. Quando toca piano, você canta?
Ele *sempre* se perguntou. Então Wes pensava naquilo com frequência? Eu tocava com a janela aberta quando éramos crianças, e ele uivava como se fosse um cachorro e seus ouvidos estivessem doendo. Acho que não tinha percebido que Wes sabia que eu ainda tocava.
Fazia muitos anos que eu não ouvia Wes uivar.
— Depende do que eu estiver tocando.
Parecia muito íntimo compartilhar aquilo com ele, mas não era estranho. Provavelmente porque fazia bastante tempo que eu o conhecia. Olhei para o livro de piano em cima da escrivaninha.
— Não canto quando estou praticando ou me aquecendo, e não canto de jeito nenhum quando estou tocando algo muito difícil. Mas quando toco por diversão, é perigoso.
Ele riu.
— Diga uma música que faz você cantar com tudo.
— Humm...
Eu ri. Não consegui me conter. Compartilhar coisas íntimas sobre mim sentada no escuro despertou... *algo*.
Talvez eu estivesse tímida, porque reparei que minha vida parecia diferente nos últimos dias. De repente eu estava vivendo um estereótipo da vida no ensino médio. Fui a uma festa que tinha *bebida alcoólica*, e na noite seguinte entrei em um carro com um monte de gente para assistir a um jogo.
E o cara de quem eu gostava tinha mandado mensagem.
E não era só isso: eu estava em uma ligação com meu vizinho, como se isso fosse normal.
Essas coisas eram normais, mas não para mim.
E era divertido. Tudo aquilo. Mesmo depois do vômito e do nariz sangrando. E isso meio que fez com que eu me perguntasse se

não estava perdendo muitas experiências. Na maior parte do tempo, eu preferia ficar em casa assistindo a um filme. Era meu passatempo. Joss saía com as amigas do time de softbol, e, embora ela sempre me convidasse para ir junto, eu preferia as comédias românticas.

Mas agora estava questionando essa decisão.

Wes me arrancou dos meus pensamentos.

— "Humm" não é uma resposta, bobinha.

— Eu sei, eu sei — admiti, rindo. — Basicamente me transformo na própria Adele quando toco "Someone Like You".

— *Mentira.* — Ele estava rindo para valer agora. — Sério? Precisa ter uma voz e tanto para cantar essa música.

— Não me diga!

Puxei o edredom da cama, levantei o sr. Fitzherbert, que estava no meu colo, e aconcheguei nós dois.

— Mas quando ninguém está em casa — continuei —, é maravilhoso quase quebrar os vidros cantando essa música.

— Eu pagaria para ouvir isso.

O gato soltou um rosnado, subiu pelo meu tronco, saltou do meu ombro e fugiu do quarto.

—Você nunca vai ter dinheiro suficiente para pagar essa performance — respondi.

Wes comentou alguma coisa, mas não ouvi porque me distraí com a luz da sala da casa dele se apagando. Ele ainda estava lá? Será que estava se aconchegando no sofá? Ele não parecia estar andando.

— Por que apagou a luz?

Minha mão voou até a boca por hábito: era uma pergunta de gente intrometida. Mas então lembrei que era só o Wes. Eu podia ser direta, porque ele não se importava. Wes Bennett sabia o que existia por trás da imagem de certinha, e havia certa felicidade em saber que ele enxergava quem eu era de verdade.

Liberdade.

Eu *jamais* perguntaria ao Michael por que ele tinha apagado a luz, se ele morasse na casa ao lado. Seria muito esquisito.

— *Sabia* que você estava olhando para a minha janela, Buxbaum — disse Wes, dando uma risadinha que também me fez rir. — Jamais imaginaria que uma pessoa tão careta pudesse ser tão pervertida.

Fiquei olhando para a janela escura.

— Só para constar, não sou tão careta assim.

— Vou admitir que você reagiu com bastante tranquilidade aos desastres que aconteceram desde que começou a perseguir o Michael.

— Ah... Obrigada, eu acho. E não estou "perseguindo" Michael. Só estou tentando...

Pisquei. O que *exatamente* eu estava tentando fazer? Michael era o Cara Ideal. Assim como no livro que minha turma estava lendo para a aula de Literatura, *O grande Gatsby*, Michael era a luz verde no cais, o símbolo do sonho, o amor coeso e de ciclo completo que minha mãe incluía em todos os roteiros que ela escrevia. Acho que eu estava tentando incluir um final feliz no meu roteiro.

— Só preciso saber se o "felizes para sempre" existe — declarei, por fim.

Wes ficou um tempo em silêncio.

— Acho que seu gato está no meu quintal — disse ele.

Fiquei aliviada com a mudança de assunto.

— Não é o sr. Fitzherbert. Ele nunca sai.

— Gato esperto... É bem provável que meu cachorro fizesse ele de mordedor.

— Até parece que meu gato ia deixar.

Voltei a olhar pela janela e tentei enxergar a cena, mas só vi o quintal escuro e as flores brancas dos arbustos da minha mãe.

— E aí, onde você está? — perguntou ele. — Foi deitar ou está no escuro feito um Patrick Bateman, de *Psicopata americano*?

— Nossa, Wes, você é tão obce…

— Pode ficar quieta e responder logo?

Eu estava rindo muito e meu nariz doeu um pouco.

— Preciso ir deitar — disse ele.

— E não vai conseguir dormir enquanto não souber onde eu estou, né? Entendi.

— Ih, delirou. Esquece.

Meu rosto estava literalmente doendo de tanto rir, e do nada me perguntei como as coisas ficariam entre a gente quando o acordo acabasse. Wes voltaria a pensar em mim como a vizinha esquisita? Voltaria a notar minha presença só quando quisesse fazer uma pegadinha? Será que voltaríamos a ser apenas colegas que não gostam muito um do outro?

Pensar nisso fez meu estômago revirar.

Não gostava daquela ideia.

Wes riu e a luz da sala de sua casa piscou. Acesa, apagada. Acesa, apagada.

— Continuo aqui, Liz. Só estou brincando.

— Tá, enfim, boa noi…

— Sua vez.

— O quê?

— Pisque a luz. É minha vez de saber onde você está.

Era justo. Estendi a mão e pisquei a luz do abajur, me perguntando se ele iria até a janela para ver meu quarto.

— Então esse é seu quarto?

Pelo jeito, sim.

— Aham.

Será que Wes estava me vendo? Era provável que não, o pufe era baixo, mas mesmo assim me senti exposta.

— Uau — disse Wes, em seguida assoviando baixinho. — Não vou mentir. É interessante saber que é aí que a sra. Cabeça de Batata dorme. Caramba.

Estendi a mão e acenei na escuridão.

— Caramba mesmo. Boa noite, idiota.

Ele deu uma risada grave e rouca, mas não comentou nada sobre o aceno.

— Boa noite, Elizabeth.

Em vez de ir para a cama, decidi ir até a cômoda e pegar o álbum de fotos cor-de-rosa. Falar sobre finais felizes e olhar para os arbustos favoritos da minha mãe me deixou com certa saudade dela.

Pensando bem, *tudo* me deixava com saudade naqueles últimos tempos.

Fiquei uma hora olhando fotos dela; fotos do casamento, fotos dela comigo no colo quando eu era bebê e as fotos engraçadas que meu pai gostava de tirar de surpresa.

Quando cheguei às fotos de um dos piqueniques do bairro, analisei a foto em grupo e sorri. Minha mãe estava com um vestido de verão estampado e um colar de pérolas, e todas as outras pessoas pareciam desleixadas.

A cara dela, né?

Dei uma olhada na primeira fileira, onde estavam as crianças (provavelmente aos sete anos de idade), tão parecidas com nossa versão adolescente que chegava a ser um pouco assustador. Não na aparência, mas na expressão. Os gêmeos estavam com a boca bem aberta e sem olhar para a câmera, claramente aprontando alguma. Michael estava sorrindo como um modelo mirim impecável, e eu sorria para ele em vez de olhar para o fotógrafo. Joss estava com um sorrisinho muito fofo, e Wes, lógico, mostrava a língua.

Alguma coisa naquele álbum me deu uma sensação boa a respeito do presente, mas eu estava ficando cansada de analisar as fotos. Além disso, meu nariz estava doendo. Guardei o álbum, apaguei a luz, coloquei o celular para carregar e voltei para a cama. Mas, quando estava quase pegando no sono, recebi mais uma mensagem do Wes.

Wes: Não se esqueça de colocar "Someone Like You" na trilha sonora do Wes e da Liz.

CAPÍTULO SETE

"Prefiro brigar com você do que fazer amor com outra pessoa."
— *Muito bem acompanhada*

— Bom dia, flor do dia.

Soltei um resmungo e fui direto para a máquina de café *espresso*. Eu adorava meu pai, mas vê-lo sentado à mesa na hora do café da manhã, seu rosto animado e olhos reluzentes me espiando atrás do jornal… era demais para mim. Meus olhos não queriam nem abrir, e eu com certeza não queria conversar logo cedo depois de ter passado a noite acordada com o nariz latejando.

— Como está o nariz?

Abri um sorriso, me lembrando de quando Wes fez a mesma pergunta. Apertei o botão para aquecer a água.

— Doendo. Mas vou sobreviver.

— Vai trabalhar hoje?

— Vou… Sou a sortuda que vai abrir a loja.

Ele fechou o jornal e começou a dobrá-lo.

— Preencheu o formulário do dormitório que eu te mandei por e-mail?

Droga.

— Esqueci. Vou fazer isso hoje.

— Você precisa parar de adiar. Se tem idade para estudar do outro lado do país, tem para preencher formulários.

Soltei um suspiro.

—Tá bem.

Mais um tópico para a lista Coisas que Liz Estava Evitando. Não via a hora de me formar e ir para a Universidade da Califórnia. Estava ansiosa até para começar a estudar. Aulas sobre curadoria musical nem parecem que dão trabalho, né? Mas sempre que pensava em *morar* lá, uma onda de pavor me invadia. Não tinha nada a ver com Los Angeles, só era difícil imaginar ir embora do único lugar que morei com minha mãe.

E nas raras vezes em que me permitia considerar a realidade de que não poderia mais simplesmente calçar o tênis de corrida e ir vê-la no cemitério, meus olhos se enchiam de lágrimas e minha garganta parecia se fechar.

Pois é. Eu tinha que resolver algumas questões a esse respeito.

Ele me olhou daquele jeito paterno.

— Pare de procrastinar. Deus ajuda quem cedo madruga, Pequena Liz.

— Ei, falando nisso... — comecei, colocando a cápsula na cafeteira e fechando a tampa. — Eu era uma esquisitinha simpática quando era criança?

Meu pai ergueu uma das sobrancelhas.

— O quê?

Apertei o botão, e a cafeteira começou a zunir.

— Wes disse que eu era uma *esquisitinha simpática*, mas não é assim que me lembro. Você acha que ele tem razão?

O rosto do meu pai se iluminou em um sorriso largo.

— Não é assim que você se lembra?

— Não mesmo.

Fiquei olhando para o líquido que a máquina cuspia na xícara.

— Quer dizer — continuei —, talvez eu não fosse superdescolada, mas...

—Você com certeza era uma criança estranha.

— *Hã?*

Olhei para o sorriso dele e fiquei dividida entre rir e me irritar.

— Eu não era, não — retruquei.

—Você transformou a varanda numa pequena capela para um casamento quando tinha sete anos, lembra? Passou *dias* arrumando o deque com flores roubadas do jardim da sua mãe e lençóis brancos. E amarrou latas de milho vazias na coleira do Fitz.

— E daí? Isso significa que eu tinha uma criatividade impressionante.

Meu pai deu uma risadinha e me juntei a ele na mesa.

—Verdade... Essa parte foi fofa. A parte estranha foi quando você convenceu aquele garoto que morava na esquina, Conner alguma coisa, a se casar de mentirinha com você. Ele deixou você ficar dando ordens até que você disse que o casamento era de verdade e que ele estava casado com você para sempre. Aí ele tentou ir embora, mas você o jogou no chão e falou que ele não podia ir embora enquanto não carregasse você no colo.

— Uma expectativa sensata para uma noiva.

— O garoto ficou chorando até a gente ouvir, Liz.

Assoprei o café.

— Ainda estou esperando a parte estranha.

— Você quebrou seus óculos na briga, e nem assim deixou que ele se levantasse.

— Ele devia ter se comportado como um bom marido.

Meu pai começou a rir e eu também. Então acho que eu era um pouco esquisita, sim.

— Com licença... Você trabalha aqui?

Revirei os olhos enquanto tentava terminar de passar a última fileira de ficção infantojuvenil para a prateleira de cima. A manhã inteira se resumiu a muitos "O que aconteceu com seu nariz?"

no caixa, então decidi me encarregar do estoque na esperança de evitar mais contato humano.

Eu me levantei e me virei.

Quase morri ao ver Michael.

— Ah, nossa... Oi.

— Oi, Liz.

Ele abriu um sorriso largo.

— Eu não sabia que você trabalhava aqui.

— Pois é.

Eu queria *tanto* esconder meu nariz horroroso e talvez desaparecer. Foi Michael quem deu início à troca de mensagens na noite anterior, mas eu estava constrangida com minhas respostas estranhas.

— Estou impressionado — disse ele, colocando as mãos nos bolsos. — Você tem dois empregos e ainda *estuda*?

— O quê?

— Não acredito que você trabalha de garçonete e aqui também. Enquanto isso eu não tenho nem *um* emprego.

Aff... aquela *lanchonete*. Minhas mentiras estavam ficando difíceis de administrar.

— Fazer o quê? Gosto de dinheiro.

Olhando para ele, senti minha respiração falhar. Michael estava com uma camisa de botão xadrez — não era uma flanela comum, veja bem, era uma camisa *boa* —, uma calça perfeita e sapatos de couro que combinariam com um passeio num barco chique. Estava bonito e elegante, parecendo alguém que ganharia uma discussão sem erguer a voz.

Mordi o lábio e tentei não ficar olhando muito fixamente para seu rosto lindo.

— Posso ajudar?

O sorriso dele se transformou em um risinho contido, meio envergonhado.

— Estou procurando um livro. No site diz que está disponível, mas não encontrei.

— Qual livro?

Michael fez uma cara de quem não queria responder e colocou as mãos no bolso.

—Tá, não dê risada. *Um cavalheiro a bordo*, da Julia Quinn.

Mordi o lábio e inclinei a cabeça, tentando entender o que estava acontecendo. Eu já tinha lido o livro — quer dizer, li todos os livros sobre os Bridgertons —, mas o público de romances históricos em geral eram mulheres.

— Por que eu daria risada? É um ótimo livro.

Ele semicerrou os olhos.

— Está sendo sarcástica?

— Não. Amo tudo o que a Julia Quinn já escreveu.

Michael relaxou um pouco a mandíbula, aliviado.

— Mas está me julgando, não está?

Hummm... Vamos ver. Um cara que lê romances muito, muito bons? Alguém que não liga para rótulos e se envolve em narrativas sobre heroínas inteligentes e engraçadas e interesses românticos que valorizam sua individualidade?

Eu é que não ia julgar. Estava era um pouco surpresa, talvez. Mas julgá-lo? Não.

Coloquei a mão sobre o nariz pavoroso de um jeito despretensioso.

— Não, imagina. Estou um pouco curiosa para saber como você acabou lendo esses livros, mas eu acho que essa literatura tem a mesma qualidade de Jane Austen.

A boca de Michael se curvou em uma provocação.

— Não acha que é exagero?

— Acredite, Michael, você não quer entrar nessa discussão comigo. Eu ainda tenho quatro horas até o expediente acabar e sou obcecada por romances. Você não tem chance.

Ele deu uma risadinha que estreitou seus olhos, que ficaram fechadinhos de um jeito muito fofo.

— Anotado. Aliás, tudo começou com uma aposta.

— Tudo que é bom começa assim — observei, mas antes que a última palavra deixasse meus lábios, o rosto do Wes surgiu em minha mente.

Eu tinha passado o dia inteiro repassando a ligação, me lembrando da sonolência na voz dele enquanto assistíamos a *Miss Simpatia* juntos, cada um em sua casa.

Michael riu mais uma vez, e de repente voltei ao presente e nós dois estávamos sorrindo um para o outro ao lado dos livros usados da Judy Blume. Michael cruzou os braços diante do peito.

— Uma amiga me desafiou a ler *O duque e eu* há alguns anos — explicou ele. — Ela apostou que eu ia gostar do livro se lesse de verdade.

Eu amava aquele livro.

— Simples assim?

— Simples assim — respondeu ele, abrindo um sorriso tímido. — Além disso, tem história mais divertida do que uma que começa com um relacionamento de mentira?

Cada fibra do meu ser queria rir loucamente daquelas palavras que tinham acabado de sair da boca de Michael, mas apenas assenti.

— Concordo plenamente — declarei.

— Você *sabe* que sua mão não está cobrindo seu nariz, né? Consigo ver do mesmo jeito.

Revirei os olhos, o que fez ele sorrir. Abaixei a mão.

— Está tão horroroso que eu não consigo evitar, sabe?

— Eu entendo, mas não está tão feio quanto ontem à noite. Talvez esteja um pouco inchado, mas só isso.

— Obrigada. Sabe, por mentir pra mim.

Eu já tinha me olhado no espelho, então as palavras dele só confirmavam que Michael continuava sendo tão gentil quanto sempre foi. E aquele sotaque... Minha nossa. Fiz um gesto indicando a ele que me seguisse. Eu sabia exatamente onde encontrar o livro que ele queria, e estava do outro lado da loja.

— Eu acho que está melhorando. Mas ainda parece um pouco sra. Cabeça de Batata.

— Concordo.

— Como vão seus pais? — perguntei, olhando por cima do ombro. — Me atualize.

— Olha, eles estão bem — respondeu ele.

Eu me perguntei se os pais de Michael continuavam sérios. Eu tinha lembranças vagas de óculos grossos e expressões carrancudas.

—Você ainda tem gatos? Rom-rom e sr. Fofinho?

Eu *amava* o fato de ele preferir gatos a cães. Era mais um motivo pelo qual Michael sempre pareceu mais inteligente que as outras crianças da vizinhança.

— Não acredito que você lembra o nome deles! — exclamou Michael, voltando a sorrir, demonstrando uma felicidade que me fazia querer morder seu rosto. — O sr. Fofinho agora está com a minha avó, mas Rom-rom continua com a gente, nos atormentando todos os dias com aquela atitude esnobe dos gatos.

— A gatitude. Que ótimo.

Parei em frente a uma seção de livros. Voltei a pensar em Wes, porque na noite anterior ele perguntou se meu gato estava do lado de fora de casa. Levei um tempão para dormir depois de deitar, ainda mais porque não parava de sorrir ao pensar em nossa conversa. Ao lembrar do som rouco de sua voz quando ele me provocou dizendo *E não vai conseguir dormir enquanto não souber onde eu estou, né? Entendi.*

— Falando no Wes... — começou Michael.

— O quê? Eu não... — disparei.

Pisquei rápido, tentando entender o que eu tinha perdido e o que Michael disse enquanto eu apaguei.

Michael franziu a testa e me olhou de um jeito estranho.

— Eu realmente acho que você devia dar uma chance a ele — declarou.

Espera. Como assim?

Michael já tinha cumprido seu papel de amigo ao mencionar isso na quadra de basquete, certo? Lógico, eles eram amigos, mas se pensasse em *mim* como mais que amiga, acho que não insistiria.

Mas *ele* me mandou mensagem, e *ele* ficou de brincadeira. Então o que aquilo tudo significava? Eu precisava de um quadro e de barbante para juntar as pistas.

Quando chegamos à seção em que ficavam os livros da Julia Quinn, respondi:

— Uma *chance*. O que exatamente é uma *chance*?

Ele levantou a mão e pegou o livro da estante.

— Se permita conhecê-lo.

— Eu já conheço Wes.

— O Wes de *agora*, não o Wes do esconde-esconde. — argumentou Michael, abrindo o livro e folheando as páginas. — Uau... As letras desse livro são enormes.

— Desculpa, a gente só tem essa edição em estoque.

— Enfim — continuou ele, me olhando tão fixamente que fiquei inquieta. — Wes gosta de você, Liz. Sério. Faz só alguns dias que voltei e não consigo fazê-lo parar de falar de você.

O que exatamente Wes ficava dizendo quando eu não estava por perto? Será que ele estava exagerando? Porque se estivesse, o plano iria por água abaixo.

— Ele nem me conhece de verdade... Só conhece a Liz do esconde-esconde.

— Tenta, vai... Só estou pedindo isso. Saia com ele e dê uma chance.

Olhei para Michael e mordi o canto da boca.

—Você está me chamando para sair *por* ele?

Como é que eu e Wes íamos fugir daquela situação?

Aquilo o fez sorrir mais uma vez.

— Não. Mas vou convidar algumas pessoas para assistir a um filme lá em casa na quarta-feira à noite, já que a aula começa mais tarde na quinta. E vocês podiam ir.

Engoli em seco.

—Você quer dizer ir *juntos*, né? — perguntei.

Isso o fez sorrir.

— Só vai de carona com o Wes. Por favor?

Nossa, aquilo estava começando a sair do controle. Michael estava prestes a fazer um evento para que o amigo pudesse dar em cima de mim. Mas Wes estava só fingindo achar que eu era incrível para convencer Michael de que eu era incrível. Meu próprio plano estava se voltando contra mim. Eu precisava colocar um fim naquilo.

— E se, depois disso, eu continuar gostando dele só como amigo? O que acontece? — perguntei.

— Fazer o quê, né?

Os olhos dele percorreram meu rosto, e aquele pareceu ser um momento especial. Pareceu que Michael estava me vendo de verdade, pensando em mim de alguma forma, e me perguntei se meu nariz estava muito feio.

— Beleza. Vou dar uma *chance*.

Talvez ele estivesse dando uma última oportunidade ao amigo antes de agir.

— *Isso aí*.

Michael sorriu para mim e levantou o punho em comemoração.

— Agora, se me dá licença, vou levar esse livro para casa e ler na banheira.

Eu ri.

—Você merece um tempo de qualidade.

— Foi muito fofo, mãe.

Estava sentada, apoiada na lápide e com os tornozelos cruzados, sentindo o cheiro da grama recém-cortada. Às vezes a primavera demorava a chegar em Nebraska, e uma neve insistente destruía a promessa da mudança de estação. Mas aquele ano estava diferente.

Os pássaros cantavam nos galhos das árvores altas do cemitério, o sol do fim da tarde estava quentinho e aquela sensação gostosa de primavera pairava no ar, com o cheiro das cerejeiras em flor.

— Michael não só comprou um livro que nenhum homem inseguro admitiria ler, mas também foi engraçado e charmoso e, cá entre nós, ele parecia um pouco interessado. Ele flertou um pouco com o olhar, e *com certeza* flertou nas mensagens de ontem. Acho que ele acha... Não sei, não quero dizer que ele me acha descolada, mas talvez... divertida. É, tenho quase certeza de que ele acha que sou divertida.

Imaginei o rosto sorridente de Michael de novo, talvez pela vigésima vez desde que eu o vi, e quis dar um gritinho de felicidade.

— Juro que você ia gostar muito dele.

Ela ia *mesmo*. Ele era maduro, educado, charmoso e inteligente, o tipo de cara que era o protagonista de todos os roteiros que minha mãe escrevia. Todos eles tinham um cara fofo, confiável e honesto que conquistava a garota.

E era por isso que eu queria tanto que Michael me convidasse para o baile de formatura. Por algum motivo, ir ao baile com alguém que minha mãe conhecia — e alguém que *a* conhecia bem o bastante para se lembrar das suas margaridas — parecia muito importante. Parecia que assim ela estaria comigo de alguma forma.

Ridículo, né?

Só queria que aquele vazio na minha vida diminuísse pelo menos um pouquinho. Será que era pedir demais? Eu seguia esperando que o estágio de "aceitação" do luto chegasse, mas estava começando a achar que nunca viria.

A cerejeira que eu estava olhando ficou embaçada de repente, e engoli o nó em minha garganta.

— O papai e a Helena ficam perguntando sobre o baile… Se eu vou, se preciso de um vestido… Mas a verdade é que eu não quero a ajuda deles. É egoísta e eles não merecem isso, mas se *você* não pode fazer essas coisas comigo, não quero que mais ninguém faça.

— Está falando sozinha?

Pulei de susto e bati a cabeça na lápide da minha mãe. Virei e dei de cara com Wes. Ele estava ali em pé com roupa esportiva e a testa suada, e eu coloquei a mão sobre o coração acelerado e disse:

— Meu Deus… O que você está fazendo aqui?

Seus lábios se curvaram e suas sobrancelhas se uniram como se ele estivesse confuso.

— Eita… Foi mal. Não queria te assustar.

Por algum motivo, fiquei irritada com a presença dele. Eu sabia que devia ficar com vergonha por ter sido pega conversando com um pedaço de mármore, ou preocupada com o que exatamente Wes tinha ouvido, mas só conseguia pensar que ele estava no *meu* espaço, meu e da minha mãe. Wes não devia estar ali.

Levantei depressa.

— Wes, você me seguiu até aqui? Qual é o seu problema?

— Ah.

O sorrisinho dele desapareceu e Wes olhou para o túmulo da minha mãe, já que eu tinha levantado e ele pôde ler o nome dela.

— Droga — disse ele. — Eu estava correndo e vi você entrar aqui. Achei que estivesse só pegando um atalho.

— Pois é, mas eu não estava. — Pisquei rápido, tentando impedir que minhas emoções transbordassem. — Não se deve seguir as pessoas por aí sem consentimento. Acho que seria mais seguro.

Wes engoliu em seco.

— Eu não sabia, Liz.

Revirei os olhos e tirei os fones de ouvido do bolso.

— Bem, *agora* você sabe. Sabe que a Pequena Liz, além de esquisitinha, não consegue superar a morte da mãe. Que maravilha.

— Não... Escuta!

Ele se aproximou e segurou meus braços, apertando-os de maneira gentil enquanto seus olhos castanhos e intensos percorriam meu rosto como se ele estivesse desesperado para dizer alguma coisa.

— Eu vou embora, e você vai ficar aqui. Esquece que me viu.

— Tarde demais.

Inspirei fundo e tensionei a mandíbula, me afastando de Wes e de suas mãos com um passo para trás.

— Pode ficar se quiser — declarei —, não ligo.

Coloquei os fones e dei play em uma música do Foo Fighters, tão alta que eu não conseguiria ouvir Wes. Virei e comecei a correr, embora soubesse que ele estava me chamando.

Cheguei em casa em tempo recorde, tentando pensar em coisas sem importância, como a tarefa de casa, para controlar minhas emoções. Precisava escrever um trabalho sobre o patriarcado na literatura, e estava em dúvida se abordava *O papel de parede amarelo* ou *A história de uma hora*. Gostava mais do segundo livro, mas o primeiro renderia mais.

Entrei batendo a porta e já estava quase em meu quarto quando meu pai me chamou.

— O que houve?

— Venha aqui um instante — disse ele.

Atravessei o corredor até o quarto dele e abri a porta, ainda ofegante por causa da corrida, e dei um "oi". Meu pai estava sentado na cama, lendo um livro, com um episódio de *Friends* passando na TV.

— Já foi comprar o vestido do baile com a Jocelyn? — indagou ele, sem tirar os olhos do livro.

— Ainda não... A mãe dela ficou enrolada com algumas coisas e eu não estava com muita vontade, por causa do nariz.

— Ah, é. Falando nisso, como está seu nariz?

Dei de ombros e pensei no quanto eu amava ouvir os episódios de *Friends* no quarto do meu pai. Ele e minha mãe maratonaram a série na cama tantas vezes que se tornou uma canção de ninar para mim, um som que evocava as imagens e os aromas da minha infância.

— Melhor, acho.

— Que bom.

Ele colocou a TV no mudo e finalmente olhou para mim.

— Olha, já que você ainda não foi — começou ele —, talvez seria legal ver se Helena quer ir com vocês. Eu sei que ela ia amar, e tenho quase certeza de que pagaria pelo vestido, por mais caro que seja.

Ah, o momento perfeito. Não queria que ela fosse, e definitivamente não queria que ela pagasse pelo vestido. Senti o coração acelerar, ansioso, e tentei enrolar:

— Ela deve estar muito...

— Por favor, Libby Loo. — Meu pai tirou os óculos de leitura. — Ela quer muito ir com você. Por que isso é algo tão difícil?

Engoli em seco.

— Não é difícil.

— Mesmo? Porque já ouvi duas ou três vezes ela falar que adoraria te acompanhar, mas você fez planos com outra pessoa.

—Vou falar com ela.

Por que ele e Helena não podiam deixar isso para lá?

Por que eles tinham que fazer ainda mais pressão quanto ao baile? A sensação era de que todos desejavam que eu fizesse coisas que eu não queria fazer.

Meu pai ergueu uma das sobrancelhas.

—Vai convidá-la? Não conte que a ideia foi minha.

Senti minha garganta apertar.

— Sim, pode deixar — respondi.

Ele começou a falar sobre outra coisa, mas não ouvi nada. Por que eu tinha que comprar o vestido com Helena? Durante o restante da conversa e mesmo depois, quando fui tomar banho, meu cérebro gritava argumentos para o vazio. Eu me sentia sufocada com a ideia de Helena ocupar o lugar da minha mãe, era o tipo de desespero que fazia com que eu fechasse o punho e cravasse as unhas na palma das mãos. *Não quero que ela vá comigo, então por que estão me obrigando? Por que a vontade dela é mais importante que a minha?* As perguntas fervilhavam enquanto eu escovava os dentes e separava as roupas para o dia seguinte. Quando apaguei a luz e me deitei, estava exausta.

Além disso, estava tomada pela culpa por ter sido rude com Wes no cemitério. Ele não havia feito nada de errado, mas vê-lo naquele lugar sagrado me tirou do sério. Talvez tenha sido porque aquele era o único lugar onde eu ainda *sentia* a presença da minha mãe. O resto do mundo e a minha vida tinham seguido em frente, mas ali nada mudou desde que ela se foi.

Eu era patética.

Liguei a TV e coloquei o DVD de *Amor à segunda vista*. Mais um filme em que Hugh Grant interpretava um sujeito desagradável, mas a dinâmica entre ele e a Sandra Bullock compensava, e até fez com que o personagem fosse perdoável. Puxei a coberta até o queixo enquanto a personagem da Sandra Bullock fazia um pedido exagerado de comida chinesa. Quando peguei o celular, vi que tinha uma mensagem.

Do Wes.

Wes: Desculpa. Não sabia que sua mãe está enterrada lá. Se soubesse não teria ido atrás de você. Sei que acha que sou um babaca, mas juro que eu jamais me intrometeria assim.

Soltei um suspiro e me sentei na cama. Eu estava com tanta vergonha. Como explicaria a situação? Ninguém entenderia.

E, espera aí... Wes pensava que eu estava achando que ele era um babaca?

Eu: Esquece o que aconteceu. Eu é que devia pedir desculpa. Você não fez nada de errado. Só me pegou em um momento difícil e eu explodi... Não foi sua culpa.

Wes: Não, eu entendo. Não foi minha mãe ou meu pai, então sei que não é a mesma coisa, mas eu era muito próximo da minha avó. Sempre que vamos para Minnesota, a primeira coisa que eu faço é ir até o cemitério para conversar com ela.

Tirei os olhos do celular e respirei fundo. Em seguida, respondi: **Sério?**

Wes: Aham.

Assenti na escuridão e pisquei várias vezes enquanto meus dedos percorriam o teclado.

Eu: Comecei a "correr" para ir conversar com ela sem precisar dar satisfação para todo mundo.

Wes: Não acredito... Foi por isso que começou a correr?

Ouvi o sr. Fitzherbert miando à porta, então me levantei para abrir.

Eu: Não comecei a correr agora...

Wes: Espera aí, Buxbaum... Eu sempre achei que você estivesse treinando para as Olimpíadas. Está di-

zendo que todos os dias que te vejo sair para correr, na verdade você só está indo até Oak Lawn para falar com sua mãe? ☺

Meu gato olhou para mim, miou e foi embora.

O sr. Fitzherbert que era um babaca, no fim das contas. Fechei a porta.

Eu: Bingo. Mas eu vou acabar com você se contar para alguém. Vou usar um descascador de batata como arma. Juro.

Wes: Seu segredo está seguro comigo.

Fui até a janela.

Eu: Sua casa está escura... Você está no quarto?

Wes: Você não para de me espionar, né? E, antes que pergunte, estou vestindo calça, uma camisa branca estilo pirata e uma boina preta.

Soltei uma risada no silêncio do quarto.

Eu: Não ia perguntar, mas parece irresistivelmente quente.

Wes: E está mesmo. Tô quase hiperaquecendo.

Olhei demoradamente para o quintal da casa dele, e então observei que alguém tinha deixado uma bola de futebol perto das hortênsias.

Wes: E a resposta pra sua pergunta: estou nos fundos, na Área Secreta.

A Área Secreta. Fazia anos que eu não pensava naquele lugar. A casa do Wes tinha um pedaço de terra depois da cerca que nunca foi explorado. Então, enquanto os fundos da maioria das casas da rua davam para o quintal de outras residências, Wes tinha uma pequena floresta.

Na infância, quando brincávamos de esconde-esconde, chamávamos aquele espaço de Área Secreta. Era o lugar que explorávamos, brincávamos de faz de conta e fazíamos fogueira escondidos. Era incrível. Eu não ia lá desde as férias de verão antes de começar o sexto ano.

Eu: Por quê?

Wes: Venha ver.

Ele queria mesmo que eu fosse ficar de bobeira? Sozinhos, sem que envolvesse Michael? Minha mãe me alertou contra namorar garotos irresponsáveis, mas ser amiga deles não seria problema, né?

Eu: Meu pai e Helena já estão dormindo.

Wes: Então saia de fininho.

Revirei os olhos.

Aquela resposta era a cara do Wes.

Eu: Ao contrário de você, eu nunca saí de fininho. Parece imprudente.

Sabia que era impossível, mas parte de mim parecia ouvir Wes rindo da minha mensagem. Quase um minuto depois, meu celular vibrou.

Wes: "Imprudente." Buxbaum, você nunca deixa de me fazer rir.

Eu: Obrigada.

Wes: Não foi um elogio. MAS... Você está olhando pelo ângulo errado.

Eu: Ah, é? E qual é o ângulo certo?

Wes: Você, uma adolescente muito comportada e sensata, só quer respirar um pouco do ar fresco primaveril e olhar as belíssimas estrelas. Em vez de acordar sua família, você sabiamente decide sair quietinha por alguns minutos.

Eu: Você é um sociopata.

Wes: Duvido que você venha.

Aquelas palavras trouxeram muitas lembranças que envolviam Wes me incitando a fazer coisas que eu não devia, como subir no telhado da Brenda Buckholtz e tocar a campainha do sr. Levine e sair correndo.

Antes que eu pudesse responder, Wes mandou outra mensagem: **Vou desligar o celular em alguns segundos para você não ter como inventar uma desculpa. Nos vemos em cinco minutos.**

CAPÍTULO OITO

"Eu gosto muito de você. Do jeito que é."

— *O diário de Bridget Jones*

Não acreditava que estava realmente fazendo aquilo. Pisei devagar no assoalho barulhento do corredor e me arrastei em silêncio em direção à porta de correr da sala de jantar. Era arriscado, mas por algum motivo eu sentia que precisava fazer aquilo.

Eu *queria* ficar de bobeira com Wes.

Acho que o fato de ele compreender meu luto fez com que eu sentisse algo bom por Wes. Sempre achei que ir conversar com minha mãe era estranho, mas também sentia que alguma coisa dentro de mim poderia se partir se eu parasse com as visitas.

A teoria seria colocada à prova em breve, não é mesmo?

Enfim, poder finalmente compartilhar aquele sentimento com alguém era quase como uma libertação. Não fazia sentido que fosse com Wes, de todas as pessoas, mas eu não iria questionar isso.

Também era bom não estar brigando com ele. O que era um sentimento estranho, porque era essa nossa dinâmica: Wes fazia brincadeiras e eu ficava irritada. Sempre foi assim. Mas agora eu estava descobrindo que ele era engraçado, gentil e parecia a pessoa mais divertida que já conheci.

Abri a porta devagar, prestando atenção em qualquer barulho que pudesse vir do outro lado da casa enquanto o sr. Fitzherbert serpenteava entre meus pés apenas de meias.

Fui para a varanda e fechei a porta. A noite estava fria, o céu sem nuvens e a lua alta e reluzente iluminando a cidade. Havia sombras por toda parte, o que tornava tudo bonito e misterioso.

Desci os degraus e, ao chegar à grama gelada, corri até a cerca de arame que separava nossos quintais. De repente, foi como se tivessem se passado apenas dias — e não *anos* — desde a última vez que pulei aquela cerca. E, em segundos, eu estava no quintal do Wes.

A escuridão era assustadora, então continuei correndo até os fundos, deixando de lado qualquer sinal de frieza ou compostura. Ergui a trava e abri o portão.

—Wes? — chamei, minha voz um pouco mais que um sussurro.

— Aqui.

Mal conseguia enxergar o caminho porque as árvores frondosas bloqueavam a lua, mas fui na direção da voz. Dei a volta em um arbusto florido e um abeto grande, e ali estava ele.

— Minha nossa, Wes!

Olhei em volta, maravilhada.

Havia centenas de luzinhas penduradas em algumas árvores que circundavam quatro cadeiras de madeira, e ele estava sentado em uma delas. Além disso, tinha uma fogueira no meio, e uma fonte de água toda feita de pedras atrás de Wes. O espaço tinha tantas folhagens que parecia um esconderijo selvagem em vez de o quintal de alguém.

— Que incrível. Sua mãe fez tudo isso?

— Não.

Ele deu de ombros e pareceu constrangido. Wes Bennett pareceu sem jeito, talvez pela primeira vez na vida, e ficou sentado ali com as pernas esticadas, olhando para o céu.

— Esse é meu lugar favorito, então fui eu.
— Não! — exclamei, me sentando na cadeira de frente para ele. — Você não fez isso... Não mesmo!
— Fiz, sim.
Wes continuou olhando para cima e prosseguiu:
— Trabalhei numa empresa de paisagismo há três anos, nas férias, e tudo que custava uma fortuna para os clientes eu fiz aqui na Área Secreta. Muros de contenção, fontes, lago... É tudo simples e barato quando a gente sabe o que está fazendo.
Quem era aquele cara?
Dobrei as pernas, puxei as mangas até os dedos e olhei para o céu estrelado. "Bella Luna", uma música bem antiga do Jason Mraz, seria a canção mais adequada para aquele oásis enluarado.

Bella luna, my beautiful, beautiful moon
How you swoon me like no other...

Parei a música que estava tocando na minha cabeça.
— Ei, encontrei Michael hoje — comentei.
— Eu sei.
Semicerrei os olhos, tentando enxergar o rosto dele no escuro, procurando alguma pista. Mas Wes continuou olhando para o céu.
— Ele te contou?
— Aham.
Observei o perfil do Wes.
— Ele me mandou mensagem — explicou, quase sem mover os lábios. — Contou que tinha encontrado com você e, Liz... Ele disse que você é engraçada.
— Sério?
Senti vontade de gritar. Eu *sabia*.
— O que *exatamente* ele falou? — perguntei.

— Ele disse: "Ela é bem engraçada." Depois falou de nos reunirmos na casa dele.

— Pois é. Eu disse que te daria uma *chance*.

Olhei para a fogueira. Engraçada. Michael disse que eu sou engraçada. É um bom sinal, não é? Acho que quer dizer que minhas mensagens estranhas não me tiraram da jogada.

— Mas parte de mim tem medo de estar arriscando minhas chances com o Michael. Com nosso namorinho de mentira, sabe?

Aquilo o fez voltar a me encarar.

— Quer desistir?

Dei de ombros e me perguntei em que Wes estava pensando. Por mais divertido que fosse tudo aquilo, e apesar de estar meio que funcionando, eu estava cansada de mentir o tempo todo.

— Sempre acho que sei o que estou fazendo — comecei —, mas e se você tiver razão sobre esse plano terrível? E se eu estiver só arruinando nossas vidas amorosas?

E arriscando minha amizade com Joss, além de estar me afundando em uma vida desonesta?

— Nesse caso eu vou ter que matar você. Minha vida amorosa é tudo para mim.

— Espertinho.

Revirei os olhos porque, para um cara popular, eu tinha ouvido falar de poucos relacionamentos de Wes, e nenhum deles foi um compromisso sério.

Mordi o lábio.

— Talvez seja melhor você me levar até a casa do Michael — sugeri. — Depois, nós vamos chegar à conclusão de que não temos muito em comum. E aí, sei lá, mandar uma mensagem para todo mundo?

Pisquei rápido e tentei entender por que a ideia de colocar um fim em nosso plano fazia meu coração ir para a garganta.

Ele olhou para mim, e fiquei surpresa com a suavidade de seu sorriso.

— Não acredito que seu plano ridículo está funcionando — disse Wes, parecendo quase gentil.

— Né?

Ele meio que riu e eu também.

— Desculpa mesmo por antes — insistiu ele.

Levantei a mão.

— Não foi nada.

— Eu fiz você chorar.

Wes desviou o olhar, mas vi sua mandíbula tensa. Quase parecia que ele se importava por ter me magoado. E, à luz do luar, senti algo novo por Wes. Quis me aproximar dele.

Engoli em seco e me contive. O que era aquele carinho repentino pelo Wes? Eu provavelmente só estava percebendo o quanto tinha me divertido com ele durante o plano de conquistar Michael, mas o acordo estava quase acabando.

Era isso.

Não segui o instinto absurdo de me aproximar e respondi:

— Minha nossa! Como você é arrogante, Bennett. Eu já estava chorando quando você apareceu. O mundo não gira ao seu redor, sabia?

Mas na verdade foi naquele momento, em que eu estava chorando, que surgiu uma espécie de conexão entre mim e Wes.

E era uma conexão boa.

Olhando para a silhueta dele, vi seu pomo de adão subir e descer quando ele engoliu em seco. Ele me encarou e disse:

— Jura?

Resmunguei.

— Juro.

Nossa, Wes estava me matando com toda aquela preocupação. Pigarreei e voltei a olhar para o céu.

— Estou bem agora — garanti —, então esqueça que viu aquilo.
— Combinado.

Ficamos sentados em silêncio por alguns minutos, os dois perdidos no céu estrelado, mas não foi constrangedor. Pela primeira vez na vida, não me sentia obrigada a preencher o vazio com minha tagarelice.

— Eu ainda consigo me lembrar dela em detalhes, sabia? — soltou ele.

— O quê?

Fiquei confusa, e provavelmente deu para ver, porque Wes acrescentou:

— Sua mãe.

— Sério?

Eu me encolhi na cadeira, abraçando as pernas e imaginando o rosto de minha mãe. Nem eu tinha certeza de que conseguia me lembrar de seus traços. Aquilo partiu um pouco meu coração.

— Aham. — Sua voz era afetuosa, como se ele estivesse contendo um sorriso, e Wes estalou os dedos ao dizer: — Ela era tão... Humm... Qual é a palavra? Encantadora, talvez?

Eu sorri.

— Encantadora.

— É a palavra perfeita para defini-la. — Ele deu um sorrisinho infantil. — Teve um dia que eu estava correndo na frente da sua casa e caí com tudo. Arrebentei o joelho na calçada. Sua mãe estava no quintal, podando as rosas, então tentei levantar e fingir que não tinha me machucado. Sabe, porque eu tinha uns oito anos e sua mãe era linda.

Sorri e lembrei de quanto ela adorava cuidar do jardim.

— Em vez de me tratar como criança, ela cortou uma das rosas e fingiu ter machucado o dedo. Soltou um "ai" antes de dizer "Wesley, você pode me ajudar rapidinho?". Imagine, eu só queria me enfiar em um buraco e chorar depois de sofrer aquelas feridas de guerra horríveis. Mas se a sra. Buxbaum precisava de mim, eu *tinha* que ajudar.

Wes abriu um sorriso, e não consegui deixar de retribuir. Fazia tanto tempo que eu não ouvia uma história nova sobre minha mãe que as palavras dele eram como oxigênio, e eu inspirei com um desespero que estava entre a vida e a morte.

— Então fui mancando até sua casa, que, aliás, sempre tinha cheiro de baunilha.

Eram as velas de baunilha, e eu continuava comprando o mesmo aroma.

— Enfim, ela pediu que eu a ajudasse a colocar um curativo no dedo, como se não conseguisse fazer isso sozinha. Eu me senti um herói quando ela começou a agradecer e dizer o quanto eu estava crescendo.

Eu estava sorrindo feito uma boba.

— Então ela "percebeu" meu joelho cheio de sangue e falou que eu devia estar tão preocupado em ajudá-la que nem percebi que estava sagrando. Ela limpou o machucado, fez um curativo e me deu um picolé. Ela fez com que eu me sentisse um herói por ter caído de cara na calçada.

Ri e olhei para o céu, com o coração transbordando.

— Essa história é a cara da minha mãe.

— Sempre que vejo um pássaro cardeal no seu jardim, acho que é ela.

Olhei para o rosto de Wes em meio à escuridão e quase quis rir, porque nunca imaginei que ele tivesse uma imaginação tão fantástica.

— É mesmo?

— Quer dizer, as pessoas dizem que os cardeais são...

— Pessoas mortas?

Wes franziu as sobrancelhas, se encolhendo um pouco.

— Queria usar uma palavra um pouco mais delicada, mas sim.

— Não sei se acredito nessa história de os mortos voltarem como pássaros, mas é uma ideia bonita.

Era mesmo. A mais bonita. Mas sempre achei que se me permitisse acreditar nessas coisas, nunca aceitaria a morte dela porque com certeza ficaria o tempo todo observando os pássaros com os olhos marejados.

— Você sente muita saudade dela? — Wes pigarreou e fez um pequeno ruído como se estivesse arrependido da própria pergunta. — Quer dizer, é óbvio que sim. Mas... pelo menos agora é um pouco mais fácil do que antes?

Inclinei o tronco para a frente e estendi as mãos na direção da fogueira.

— Sinto muita saudade dela. O tempo todo. Mas ultimamente é diferente. Não sei...

Parei de falar e fiquei olhando para as chamas. Wes perguntou se era mais fácil, mas senti que não podia responder àquela pergunta. Eu me recusava a deixar que ficasse mais fácil. Pensava muito nela, todos os dias, e se começasse a pensar menos, com certeza ficaria mais fácil.

Mas quanto mais fácil ficasse, mais ela desapareceria da minha memória, não é?

Wes coçou o rosto.

— Diferente como? — questionou ele.

— Talvez pior, eu acho.

Dei de ombros e fiquei olhando para a parte de baixo da lenha, que já estava ficando quase branca. Não sabia como explicar para Wes, já que eu mesma não entendia.

— Não sei. É muito estranho, na verdade. Eu só... Agora parece que estou perdendo minha mãe pra valer. Estou vivendo vários momentos importantes, como o baile de formatura e a matrícula da faculdade, mas ela não está aqui comigo. Minha vida está mudando e avançando, e ela está ficando para trás com minha infância. Isso faz sentido?

— Caramba, Liz. — Wes endireitou um pouco o corpo e passou as mãos pelo cabelo, bagunçando-o, e seu olhar encontrou o meu à luz da fogueira. — Faz total sentido. E também é uma droga.

—Você está mentindo? — Semicerrei os olhos, mas no escuro era difícil interpretar a expressão dele. — Porque eu sei que sou esquisita no que diz respeito a minha mãe.

— Por que isso seria esquisito?

A brisa levantou e despenteou um pouco seu cabelo escuro.

— Faz todo sentido — disse ele.

Eu não sabia se realmente fazia sentido, mas uma onda de emoção me invadiu e tive que morder os lábios e piscar depressa para contê-la. Alguma coisa naquela simples confirmação da minha sanidade, da minha *normalidade*, curou um pequeno pedaço de mim.

Talvez o pedaço que nunca falava sobre minha mãe com qualquer pessoa além de meu pai.

— Bem, obrigada, Bennett.

Sorri e coloquei os pés pertinho da fogueira.

— Tem mais uma coisa me incomodando — declarei. — Helena e meu pai ficam tentando enfiar Helena em todos esses momentos importantes em que minha mãe devia estar presente. E me sinto mal por não querer Helena ali. Não preciso de uma substituta.

— É uma situação complicada.

— Pois é.

— Mas pelo menos Helena é muito legal. Quer dizer, seria pior se sua madrasta fosse um pesadelo, não seria?

Eu me perguntava isso o tempo todo.

— Talvez. Mas às vezes acho que isso deixa tudo ainda mais difícil. Ninguém entenderia por que eu me sinto assim com alguém tão legal à disposição.

— Olha, você acha que dá para incluir Helena *sem* substituir sua mãe? Talvez seja possível mantê-la em sua memória, mesmo estando com Helena. O que acha?

— Não é tão fácil assim.

Queria que fosse, mas não achava que havia lugar para as duas. Se Helena fosse comprar o vestido comigo e nós nos divertíssemos muito, essa lembrança ficaria gravada para sempre, e minha mãe não estaria nela.

—Você quer um charuto?

A pergunta interrompeu minha linha de pensamento.

— O quê?

Vi os lábios dele se movimentarem no escuro antes que ele respondesse:

— Eu estava prestes a acender um quando você apareceu.

Aquilo me fez rir. O imaturo do Wes fumando um charuto no quintal como um adulto.

— Ah... Que elegante!

— Ninguém pode dizer que não sou sofisticado. Aliás, é sabor cereja.

— Ah, bem... Se é de cereja, eu aceito.

— Sério?

— Não, não mesmo.

Revirei os olhos, pois aquilo era a cara dele. Continuei:

— Acho que eu não ia gostar de um bastão da morte sabor cereja, mas obrigada.

— Eu sabia que essa seria sua resposta.

— Não sabia, não.

— Achava que você ia dizer "bastão de câncer", mas o resto eu acertei.

Inclinei a cabeça.

— Eu sou tão previsível assim?

Wes ergueu uma sobrancelha.

— Tudo bem — disse, estendendo a mão. — Passe um dos seus bastões elegantes e nojentos sabor cereja para que eu possa acender e sugar a fumaça da morte para dentro dos meus pulmões.

Ele ergueu as sobrancelhas, surpreso.

— Sério?

Dei de ombros.

— Por que não?

— Aliás, você devia escrever os anúncios publicitários das fábricas de charutos.

— Como você sabe que eu não faço isso?

— Bem, se fizesse, saberia que não se *traga* quando fuma charuto.

— Ah, não?

— Não.

— Então... Você só puxa a fumaça e segura na boca como um esquilo com a bochecha cheia?

— É óbvio que não. Você puxa menos do que faria com um cigarro.

— Você é dependente químico ou algo assim?

— Não.

— Olha, se está acendendo um charuto aqui, sozinho, depois de um dia longo e cansativo, talvez você tenha um problema.

— Vem aqui.

Wes colocou a mão na cadeira ao seu lado.

— Eca, não — respondi em tom de provocação, sentindo que ele estava me pegando no flagra, de certa forma, por ter pensado em me aproximar antes.

— Relaxa... Eu só ia acender o bastão nojento pra você.

— Ah... Foi mal.

Eu me levantei e fui até a cadeira ao seu lado.

— É a primeira vez que você diz isso pra mim, não é?

— Acho que sim.

Ele riu e abriu a embalagem. Eu não sabia ao certo por que estava fazendo aquilo, ainda mais com Wes Bennett, mas sabia que não estava pronta para voltar para casa. Eu estava meio que me divertindo.

—Você já fumou antes?

—Já.

— Sério?

Wes colocou um dos charutos na boca e acendeu o isqueiro.

— Fumei com Joss numa festa no verão passado — revelei.

Ele sorriu e soltou o ar quando o charuto acendeu.

— Eu adoraria ter testemunhado isso. Pequena Libby Loo, morrendo de tanto tossir enquanto Joss provavelmente ria e soltava círculos perfeitos de fumaça.

— Foi quase isso.

Jocelyn era boa em tudo. Não lembro uma única coisa que ela não conseguiu executar com perfeição. Nem antes e com certeza nem depois de ficarmos amigas. Para ser sincera, aquilo me incomodava, mas eu jamais revelaria.

Não o fato de ela ser boa em tudo. Eu não tinha problema com aquilo. O problema era que ela era boa em certas coisas sem o menor esforço e sem se importar com elas. Trilhava a vida com tranquilidade, sem nunca tropeçar no caminho como eu fazia o tempo todo.

— Aqui.

Wes me passou um charuto e acendeu outro. Peguei e me recostei na cadeira, esticando as pernas para a frente e olhando para as estrelas. Parecia importante entrar no *clima*.

Experimentei. O sabor era agradável, e o charuto não era tão nojento quanto um cigarro, mas ainda assim tinha um gosto horrível.

Wes ficou me olhando com um sorriso de lado.

— Ah, como é bom estar na terra do sabor — disse, imitando o Homer Simpson, enquanto a fumaça saía da minha boca.

Ele começou a rir.

— Que delícia — completei.

Aquilo fez Wes gargalhar. Foi impossível não acompanhar enquanto ele ria com a cabeça jogada para trás. Quando parou de rir, Wes puxou a fumaça e disse:

— Pode apagar, Buxbaum.

— Ah, ainda bem — confessei, apagando o charuto com cuidado na beirada da fogueira. — Foram dez segundos muito relaxantes. Me ajudou a desacelerar.

— Sei...

— A propósito, fiquei sabendo que a Alex Benedetti está a fim de você.

Tinha ouvido a novidade na aula de Química, e minha primeira reação foi pensar que eles combinavam. Os dois eram atletas atraentes. Então com certeza tinham sido feitos um para o outro, né?

Imaginei Alex no meu lugar, ali com Wes, e não gostei. Eu estava começando a me animar com aqueles momentos que compartilhávamos e, embora ainda não aceitasse isso muito bem, meio que achava que ele era uma boa pessoa.

Wes deu uma tragada no charuto, sem mudar de expressão.

— Também fiquei sabendo disso. E...

— Ela é bonita — comentei.

Wes abaixou a cabeça.

— É, acho que sim. Mas ela não faz muito meu tipo.

— Como assim? Por que não?

Alex era uma líder de torcida maravilhosa e tinha mil amigos, o tipo de garota por quem eu imaginava que os garotos como ele ficassem loucos. Além disso, ela era simpática e inteligente. Inteligente nível "fiquei sabendo que ela quer cursar odontologia".

— Não sei. Ela é ótima, mas...

Wes olhou para mim como se aquilo explicasse tudo.

Peguei o elástico que estava em meu pulso e puxei o cabelo para trás. Sentia que estava em dívida com Wes por ele ter passado tanto tempo me ajudando com Michael. Sim, ele ainda podia ganhar a Vaga, mas tinha algo no ar daquela noite, ali na Área Secreta, que me fez querer ajudá-los.

— Sei que a química é importante para sentirmos atração, mas ela é maravilhosa. Não acredito que você não vai aproveitar essa oportunidade.

— A Alex é *mesmo* maravilhosa.

Wes bateu as cinzas do charuto e me olhou como se estivesse me obrigando a prestar atenção em suas palavras.

— Mas, tipo — continuou ele —, o que isso quer dizer, na prática? A não ser que o objetivo seja ficar só olhando para ela como a gente olha para o oceano ou uma cadeia de montanhas, a beleza é só aparência.

Arregalei os olhos e cobri a boca com as duas mãos.

— Ai, meu Deus, continue, Wesley.

— Cala a boca.

Ele me mostrou o dedo do meio.

— Só estou dizendo que eu prefiro uma garota que me faça rir, só isso. Alguém com quem eu me divirta, não importa o que a gente esteja fazendo.

Eu me recostei na cadeira e cruzei os braços sobre o peito. Inclinei a cabeça e franzi as sobrancelhas.

— Não me leve a mal, mas você não é como eu sempre achei que fosse — declarei.

Os olhos de Wes brilharam, calorosos.

— Está chocada por eu não ser mais a criança que decapitou gnomos de jardim, não está?

— Um pouco. — Ri e balancei a cabeça. — Mas também não achei que você deixaria passar uma oportunidade de... é... "pegar" alguém.

Aquele comentário tão direto o fez dar um sorrisinho torto e em seguida olhar para mim com uma das sobrancelhas arqueadas, confuso.

— Nojento, Buxbaum.

— Não é?

— É a primeira vez que você diz essa palavra?

Dei uma risada e assenti, o que fez Wes gargalhar.

Depois daquilo ficamos ali sentados, conversando sobre nada em específico, até ele terminar o charuto.

—Vai fumar mais um? — perguntei.

Wes jogou a guimba no fogo e levantou, pegando um graveto comprido e remexendo a lenha.

— Por quê? Você quer um? — indagou ele.

— Deus me livre.

Levei o cabelo até o nariz.

— Essa coisa deixa o cabelo fedido — expliquei.

Ele deixou o graveto ao lado da fogueira e pegou o balde que estava atrás da cadeira.

— Na verdade eu tenho que acordar mais cedo amanhã, então preciso apagar logo a fogueira. Quer dizer... Isso se você já estiver de saída.

O rosto de Wes parecia tão brando naquele momento — calmo e feliz e iluminado pelo brilho das chamas — que me senti muito sortuda por ter descoberto quem ele tinha se tornado depois de tanto tempo.

— Aham, vou voltar para casa.

Wes mergulhou o balde no lago e jogou direto na fogueira, levantando uma grande nuvem de fumaça. Ao sair da Área Secreta e entrar no quintal de sua casa, ele avisou que me mandaria mensagem quando Michael dissesse o horário da noite de filmes.

Fui para a cama feliz, embora não soubesse exatamente por quê. Ou melhor, por *quem*. Fiquei deitada, meio tranquila, até o cheiro de fumaça no cabelo me deixar tão incomodada que fui obrigada a tomar um banho demorado e trocar a fronha no meio da noite.

Por fim, dormi. Feliz.

CAPÍTULO NOVE

"O amor é bom, o amor é paciente,
o amor faz você ficar demente."

— *Vestida para casar*

— Oi, querida.

Helena olhou para mim da porta da cozinha enquanto eu tocava piano na sala. Gostava de tocar de manhã, com o pijama florido e as pantufas de seda combinando. Parecia um passatempo elegante, como se eu fosse uma personagem de um livro da Jane Austen que reunisse *tanta habilidade, bom gosto e elegância,* como Elizabeth Bennet diria.

— Está com fome? Quer que eu prepare alguma coisa? — perguntou ela.

— Não, obrigada.

Tentei continuar tocando enquanto respondia, mas nunca dava certo. Se eu tocasse mais do que uma ou duas horas por semana, como minha mãe fazia, provavelmente não seria tão difícil. Ela tocava todos os dias.

— Acabei de comer uma banana.

— Entendi.

Helena se virou para voltar para a cozinha, mas me obriguei a fazer o que tinha combinado com meu pai.

— Helena. Espera.

Ela inclinou a cabeça.

— Diga.

— Sei que é de última hora — soltei, me preparando para encarar meus sentimentos ao fazer o convite —, mas, bem, Jocelyn acabou de mandar mensagem dizendo que a mãe dela pode nos levar para comprar os vestidos hoje, já que não tem aula. Quer ir com a gente?

Helena levantou o queixo e abaixou as sobrancelhas, colocando o cabelo atrás das orelhas.

— Depende. Por que está me convidando?

— Ah, porque achei que talvez você quisesse ir...?

Seu olhar me disse que ela tinha entendido tudo.

— Seu pai pediu para você fazer isso?

Parte de mim quis falar a verdade, mas em vez disso respondi:

— Não. Ele devia ter falado alguma coisa?

Ela piscou e ficou mais um tempo me observando, então sua expressão se transformou em felicidade.

— Eu *adoraria* ir, querida. Ai, minha nossa. Acho que a gente devia ir à Starbucks primeiro, e podemos tentar adivinhar o pedido das pessoas com base no que elas estão vestindo. Depois podemos dar uma olhada nos vestidos, e talvez almoçar naquele restaurante que tem aquela sobremesa estilo vulcão. Todos dizem que é de morrer, embora eu sinceramente duvide que qualquer comida seja *de morrer*. Quer dizer, sou obcecada por chocolate recheado com caramelo, mas jamais trocaria minha vida por um doce.

Ela estava sendo a Helena sarcástica e tagarela de sempre, mas senti que estava muito, muito feliz.

— E sorvete? — perguntei. — Poderia ser considerado de morrer.

Estendi a mão direita e toquei uma musiquinha de caminhão de sorvete no piano, feliz por ter feito o convite. Talvez fosse bom para nós duas.

— Não é nem sólido. Se eu for morrer por uma comida, não vai ser por uma que fica entre dois estados físicos.

— Bom argumento. — Parei de tocar. — Será que vale trazer seu amado pão de banana para a discussão?

— Ele vale uma ficha criminal por roubo, talvez, mas não morte. Eu roubaria um pão de banana até do presidente, mas também não daria minha vida por essa iguaria.

— Mas roubar do presidente não faria o serviço de inteligência matar você, dando na mesma?

— Olha, eu não seria pega.

— Lógico.

Subi para me arrumar e, quando terminei, Helena estava me esperando na sala. Ela estava com uma jaqueta de couro superestilosa que ficava perfeita com a calça jeans, e mais uma vez fiquei maravilhada ao pensar que ela tinha a idade do meu pai.

— Está pronta? Estava pensando em comprarmos um vestido de mentira para fazer uma brincadeira com seu pai. Tipo, a gente compra um vestido incrível, mas também compra um terrível, digno de um ataque cardíaco.

— Quer mesmo cuidar dele depois de um ataque cardíaco?

— Bem lembrado. Ele vira uma criança quando não está se sentindo bem — lembrou ela, pegando a chave e colocando o celular no bolso. — Vou mandar uma foto só para dar um sustinho.

Segui Helena até a garagem e entrei no carro dela. Ela tinha um Challenger preto fosco, um veículo bruto que roncava tão alto que só dava para ouvir o rádio se estivesse no volume máximo. Um mecânico uma vez perguntou por que ela tinha um carro que era obviamente masculino e com potência demais, e eu nunca vou esquecer a resposta que ela deu.

— Foi amor verdadeiro, Ted. Eu olhei, vi esse cara e perdi a cabeça. Sei que ele é barulhento e escandaloso, mas sempre que olho para ele meus joelhos quase cedem. E quando dirijo, então... Ele é rápido e selvagem e um pouco indomável, e sinto seu ronco gutural percorrer meu corpo inteiro quando piso naquele acelerador. Eu nunca vou gostar de outro carro por causa daquela fera.

Ted perdeu a capacidade da fala, e Helena ficou sorrindo para ele como se não tivesse a menor ideia do que havia acabado de fazer. Tinha mostrado seu poder como uma deusa, e apesar dos sentimentos complicados a respeito dela e de seu lugar na minha vida, eu a respeitava muito por isso.

— Acho que essa pessoa vai pedir um Pumpkin spice latte.

— Sério? Esse é seu palpite? — perguntei, revirando os olhos e tomando um gole do meu Frappuccino. — Você não está se esforçando. *Pense*, Helena... Estamos em abril. A Starbucks não vende essa bebida em abril.

— Acha que eu não sei disso?

Os lábios de Helena mal se mexeram conforme ela observava a garota que se aproximava do caixa. Ela era jovem, provavelmente estava no primeiro ano do ensino médio, e estava vestida como uma modelo da Gap.

— Ela é uma principiante, então não conhece as regras. Só sabe que a irmã um dia deixou que ela experimentasse, e achou ma-ra-vi-lho-so.

Eu ri.

A garota abriu a boca e fez o pedido:

— Pode me ver um Gingerbread latte, por favor?

— Sinto muito, é uma bebida especial — respondeu a barista.

Olhei para Helena, boquiaberta.

— Você quase acertou!

— Sou experiente, querida. — Ela deu de ombros e tomou um gole do *espresso*. — É sua vez com aquele homem ali, de bolsa. Não me decepcione.

Olhei para o cara com a bolsa carteiro que estava olhando para o celular. A bolsa era de um couro elegante e impecável, de um jeito que só é possível quando a bolsa é cara. Os óculos com armação tartaruga faziam com que ele parecesse inteligente e estiloso, e a pulseira do relógio combinava perfeitamente com o cinto e os sapatos.

— Iced Americano Venti com leite de soja — sugeri, me recostando no banco e cruzando os braços. — Ele quer abraçar a primavera pedindo uma bebida gelada, mas não deseja abrir mão da seriedade forte do Americano.

— Excelente, minha aprendiz.

O homem olhou para a barista e pediu:

—Vou querer um torra escura gelado.

— Aaah, quase — resmunguei, tirando o celular do bolso do vestido e olhando as mensagens.

Eu não tinha nenhum motivo para achar que Wes mandaria mensagem, mas depois de termos ficado de bobeira na noite anterior, acreditava que havia uma possibilidade.

— E um pouco de leite de soja, por favor? — completou o homem.

— Rá! — exclamou Helena, batendo na mesa. — Chegou muito, muito perto, Liz.

— Estamos com tudo hoje.

Ela assentiu.

— Falando nisso, como andam as coisas com Wes? — indagou ela.

— O que ele tem a ver com "estar com tudo"?

Helena deu de ombros.

— Nada. Sou impaciente demais para esperar um comentário que de fato tenha a ver.

— Ah... — Pigarreei e vi o homem pegar seu café e sentar em uma mesa com outros três caras com bolsa carteiro. — É... Na verdade não tem "coisa" nenhuma com Wes.

— Tem certeza? Porque você passou pelo menos uma hora com ele ontem à noite.

Meu olhar disparou em direção ao dela, mas em vez de parecer irritada, ela deu um sorriso cúmplice.

— Não se preocupe... descobri por acidente. Eu estava olhando pela janela no momento exato em que você atravessou o quintal como se estivesse em chamas e pulou a cerca.

— Meu pai sabe?

— Por que eu o acordaria se você só estava saindo para ver as estrelas?

Dei de ombros e mordi os lábios para não sorrir. Por mais que eu não quisesse cair no feitiço de Helena, que parecia atingir todo mundo, às vezes ela era *mesmo* muito legal.

— Não sei. Obrigada por não contar. Não foi nada de mais, mas acho que para ele seria.

— Ah, com certeza — concordou ela, e em seguida levantou o copo e brincou com a tampa. — Mas ele confia em você. Nós dois confiamos.

— Eu sei — respondi, cruzando as pernas e traçando minha coxa com o dedo. — Wes e eu somos só amigos. Ele está me ajudando com uma coisa.

— Como assim? — perguntou ela, balançando a perna na lateral do banco. — A última notícia que tive foi que vocês estavam em guerra pela vaga de estacionamento. Agora, de repente, são amigos e ele está ajudando você? Como foi que isso aconteceu?

— É meio complicado.

— Eu não esperaria menos que complicado — respondeu ela, dando uma olhada pela abertura da tampa antes de girar o copo. — Mas você deve estar um pouco a fim do Wes. Quer dizer, ele não é só bonito e musculoso, mas também é engraçado. Se eu fosse adolescente, com certeza daria mole pra ele.

Antes que eu pudesse emitir qualquer som, Helena continuou:

— Ai, minha nossa! Por favor, esqueça que eu disse isso. Pareço aquelas professoras que mandam nudes para os alunos. Você *sabe* que não foi isso que eu quis dizer, né?

Aquilo me fez sorrir.

— Aham.

— Acho Wes fofo como um filhote de cachorro com patas grandes.

— Eu sei, calma.

— Ah, ainda bem.

— E eu concordo. Até pouco tempo atrás, eu não tinha reparado no Wes. Mas agora que passei um tempo com ele, entendo por que uma garota poderia gostar dele.

— Os ombros, né? São bem largos.

Olhei para ela meio de canto de olho.

— São?

— Você não percebeu?

— Na verdade, não. Mas essa não é a questão. O que eu estava dizendo é que entendo por que uma garota poderia gostar dele, ele é bem atencioso para um... — Como eu classificaria Wes? Meus antigos rótulos não pareciam adequados. — Para o Wes.

Eu me lembrei de Wes na festa do Ryno, me salvando de uma humilhação ao segurar a calça que tinha me emprestado. Nossa, Wes Bennett era um partidão, não era? Ele era bom ouvinte, ligava tarde da noite e fazia fogueiras lindas dignas de revistas. Wes era mesmo um sonho.

— Mas não para você?

— Não.

Por mais que eu estivesse aprendendo tudo aquilo sobre Wes, um relacionamento de verdade com ele certamente acabaria em desastre. E, como se eu precisasse me convencer disso, de repente quis contar para Helena. Tudo.

— Então, vou te falar o que está acontecendo. Mas é ultrassecreto, tá? Nem a Jocelyn sabe.

— Ai, minha nossa! Adoro ser a única que está por dentro. — Ela deu um sorriso largo e se aproximou um pouco. — Conte tudo, pequena sorrateira.

E eu contei. Falei sobre Michael, e ela fez um coração com as mãos quando descrevi como ele ressurgiu em minha vida. (Mas deixei de fora a ligação com minha mãe.) Contei sobre o plano, e ela riu e me chamou de gênia do mal.

Ela literalmente chorou quando contei sobre o vômito, e riu *enquanto* chorava quando acrescentei os detalhes do acidente com a bola de basquete. Helena estava enxugando os olhos quando disse:

— Caramba, parece que o destino está fazendo de tudo para afastar vocês dois.

O quê? Não era isso, era? Eram apenas coincidências infelizes. Helena continuou:

— Sempre que você está prestes a compartilhar um momento romântico com Michael, parece que o universo interrompe com uma bolada na cara ou uma vomitada na roupa. Acho que o universo prefere Wes.

Tenho quase certeza de que olhei para ela como se uma cobra estivesse saindo de sua boca.

— Não prefere, não. Foram só uns acidentes bizarros. Eu diria que o azar vem sempre com Wes. O fato de eu estar perto dele é que deve ter irritado o universo.

Helena ergueu as sobrancelhas.

— Tudo bem, Liz. Você é quem sabe.

O universo prefere Wes.

Meu cérebro fritou com aquela frase solitária enquanto íamos até o carro e durante o caminho até o shopping. Será que o universo realmente preferia Wes?

★ ★ ★

— Estou passando mal — declarei.

Balancei a cabeça e fiquei olhando para Jocelyn, que observava seu reflexo no espelho. Ela estava com um vestido longo alaranjado, e parecia estar vestida para o tapete vermelho do Oscar, não uma adolescente em um vestido para o baile de formatura.

— Será que alguma roupa fica feia em você? — indaguei.

— É muito adulto. Tira! — vociferou a mãe de Joss.

Ela era daquelas mães do tipo legal e intimidadora ao mesmo tempo. A mãe de Joss sempre foi um amor comigo, mas quando estava brava com a filha, até *eu* ficava nervosa. Ela era baixinha, devia ter um pouco mais de um metro e cinquenta, mas cada centímetro dela parecia estar no comando.

Ela era advogada, e sempre imaginei que fosse incrível no trabalho porque nunca vi Joss ganhar uma discussão entre as duas.

Jocelyn revirou os olhos e resmungou alguma coisa sobre chacoalhar a mãe até o coque dela se desfazer, o que me fez rir, mas também pensar em como Wes estava sempre bagunçando meu cabelo. Era muito irritante, mas alguma coisa naquele gesto me fazia rir toda vez.

Pigarreei e franzi o cenho, só para garantir que não estava sorrindo para o nada feito uma tonta.

Aquilo poderia estragar tudo.

Porque, até então, Joss e eu estávamos nos divertindo, como se fosse uma ida qualquer ao shopping. A irritação dela com minha hesitação sobre os eventos do último ano e minha irritação com sua insistência ainda não tinham dado as caras.

Estava tudo ótimo, e eu não queria que meu drama e minhas mentiras estragassem tudo.

Estávamos na terceira loja, e as duas outras paradas se repetiam. Experimentei diversos vestidos que ficaram mais ou menos, e todos os que Jocelyn experimentou ficaram incríveis. Ela estava com dificuldade para escolher, e eu estava com dificuldade para encontrar *um* que ficasse bom.

— Não é que eu fico bonita, é que estou experimentando vestidos incríveis — justificou Jocelyn, olhando para mim pelo espelho. — Você, por outro lado, fica experimentando vestidos retrô e florais que não parecem vestidos de baile de formatura. Sei que você tem um estilo romântico, mas tente experimentar um vestido longo que possa ser considerado um vestido de formatura, pelo amor de Deus.

— Ela tem razão, Liz — concordou Helena.

Helena estava comendo um enroladinho de salsicha no palito que tinha comprado no shopping, sentada em uma cadeira e observando a gente experimentar os vestidos.

— Pegue uma pilha de vestidos e se jogue — continuou ela.

— Saia da sua zona de conforto — completou a mãe da Jocelyn, com um sorriso maternal e um aceno de cabeça acolhedor. Em seguida, disse para Joss: — Esse está apertado demais e o decote é exagerado. Próximo.

Olhei para os cabides e não tive vontade de procurar mais nada.

— Aff.

— Espere — pediu Jocelyn, levantando um dedo. — Vá para o provador e me espere. Vou levar dez vestidos para você experimentar. Confia em mim.

— Mas você não…

— Confia em mim.

Soltei um suspiro e voltei para o provador, exausta de experimentar vestidos. Eu me joguei no banco e senti o celular vibrar. Peguei o aparelho e vi uma mensagem do Wes.

Wes: O que aconteceu com seu carro?

No instante em que vi que a mensagem era dele, senti… alguma coisa.

Uma coisa boa e confusa que associei ao fato de ser relacionado ao Michael. Ele poderia ter escrito sobre Michael, então justificava minha reação.

A pergunta dele me fez rir, porque é óbvio que Wes perceberia. Meu pai, cujo nome estava no documento do carro, não percebeu o estrago que fiz quando arranhei a lateral do veículo num poste do *drive-thru* no dia anterior, mas Wes Bennett percebeu.

Eu: Fique de bico fechado se não quiser sofrer.

Wes: Está me ameaçando?

Eu: Só se você falar do meu carro de novo.

Wes: Então... Hum... O tempo está bom hoje, né? O que você está fazendo?

Eu: Comprando um vestido para o baile. Um sofrimento.

Wes: Pior do que fazer compras comigo?

Pensei por um instante e respondi: **Para falar a verdade, sim. Pelo menos você estava com pressa. Essas mulheres ficam estendendo a coisa, e eu meio que quero sair correndo. Acho que conseguiria sair rastejando do provador sem que percebessem...**

Wes: Com quem você vai ao baile? Achei que o objetivo fosse o Michael.

Meu cérebro produziu uma imagem do Wes de terno, e eu a afastei rapidamente.

Michael era o objetivo.

Jocelyn apareceu na entrada do provador com um dos braços cheio de vestidos.

—Tá. Prometa que vai experimentar todos esses. Mesmo que não seja uma peça que você escolheria, experimente nem que seja só para me agradar. Combinado?

Coloquei o celular no banco.

— Combinado.

Ela franziu as sobrancelhas.

— Para quem você estava mandando mensagem?

Também franzi as sobrancelhas.

— Por quê? — indaguei.

— Sério?

Dei de ombros e me senti como se ela tivesse me flagrado olhando fotos pornográficas.

— Para o Wes, tá? Ele mandou mensagem perguntando da tinta na lateral do meu carro.

Jocelyn sabia o que havia acontecido com o carro porque mandei mensagem para ela quando bati no poste, então ela não ficou chocada com a revelação. Mas seu rosto se iluminou.

—Você e Wes trocam mensagens agora? — questionou ela.

— Na verdade, não. — Pigarreei e tentei me lembrar do que tinha contado a ela antes do jogo de basquete. — Foram só algumas vezes e totalmente sem segundas intenções.

— Aham, tá. Você não me engana — retrucou ela, pendurando os vestidos em um gancho e colocando as mãos na cintura. — Apesar de estar dando uma de desapegada, você gosta do Wes Bennett.

— Não gosto, não.

Eu não gostava! Minhas reações emocionais ao Wes estavam relacionadas à conexão dele com minha mãe e ao fato de sermos parceiros no crime.

Só isso.

— Ah, gosta, sim. Você passou o dia todo suspirando toda vez que experimentava um vestido. — Ela semicerrou os olhos. — Ai, meu Deus... Espero que não deixe de ir comigo ao baile por causa do Wes.

Meu estômago se revirou quando Joss ofereceu aquela pequena prévia do quanto ficaria insatisfeita caso Michael me convidasse para o baile.

— Cala a boca. Não vou te abandonar por causa do Wes — garanti.

Mas talvez te abandone pelo Michael. Nossa, eu era uma péssima amiga.

— Bem, você está pensando em alguém. Se não é o querido Wesley, quem é?

Parte de mim quis abrir o jogo e contar a ela. E daí se ela achasse que meu plano era uma má ideia? Talvez estivesse na hora de revelar tudo.

Mas, assim que aquela ideia surgiu, ouvi Helena e a mãe da Joss rindo perto do espelho, do lado de fora. Elas pareciam duas mães, esperando pelas filhas, felizes, e isso fez com que meus sentimentos neuróticos voltassem de uma vez.

Não. Eu não tinha coragem de começar uma discussão, não ali no provador de uma loja de departamentos. Não seria tão ruim assim insistir naquela história com Wes, seria? Quer dizer, teoricamente era *nele* que eu estava pensando o dia inteiro. Era plenamente crível que eu tivesse uma quedinha por ele que acabaria não dando em nada, não era?

Passei uma das mãos no cabelo.

— Ainda estou tentando entender tudo isso, tá? Eu me divirto muito quando estou com Wes, mas ele não faz meu tipo e...

— Como assim não faz seu tipo? Só porque ele não é um personagem que escreve poesia e sabe qual é sua flor favorita?

Eu odiava quando Joss me reduzia a uma criança boba apaixonada.

— Não importa, porque estamos só conversando, tá?

— Beleza.

Ela deu um sorrisinho meio engraçado, e a montanha-russa emocional em que eu tinha passado os últimos três minutos passou despercebida.

— Mas eu apostaria no Bennett — disse ela. — Se tem alguém que pode chacoalhar suas ideias de romance, é o Wes.

Revirei os olhos e me lembrei do que Helena disse antes.

— Acho que você está transformando isso em algo muito maior do que realmente é.

— É o que vamos ver. Agora, vamos, experimenta os vestidos.

Joss bateu a porta ao sair, e acionei a trava.

Antes de começar a experimentar os vestidos, peguei o celular e respondi à mensagem do Wes, ciente de que estava mentindo.

Eu: Jocelyn e eu combinamos de ir juntas, mas tenho certeza de que ela vai entender se alguém que eu gosto me convidar.

Jogando para o universo, talvez virasse realidade, né?

Coloquei o primeiro vestido, um tecido vermelho comprido e brilhante que talvez desse para ver do espaço, e ri ao olhar para meu reflexo. Eu parecia uma concorrente de um concurso de beleza que tinha perdido a bolsa com maquiagem e produtos para cabelo. Dos ombros para baixo estava muito bom. Dos ombros para cima... nem tanto.

Meu cabelo ruivo não funcionava com a cor do vestido.

Fui até a área do espelho triplo e dei uma voltinha para minhas fãs, que concordaram.

— Mas o estilo é *muito* melhor que o daqueles que você experimentou antes — opinou Helena, juntando as mãos como se estivesse rezando. — Amém, acho que estamos avançando.

Quando voltei ao provador, dei uma olhada no celular antes de trocar de vestido.

Wes: Por que você não está gostando de comprar o vestido? Parece ser a sua praia.

Abri o zíper e saí do vestido vermelho enquanto respondia.

Eu: Meu estilo não combina com a moda dos vestidos para baile, e as pessoas que estão comigo não se importam.

Wes: Ah... Você quer flores, bolsos e babados de velhinha, e elas querem que você vista algo atraente.

Por que a opinião dele sobre a maior parte das coisas, mesmo quando ele estava fazendo piada de mim, me fazia rir? Sorri e peguei um vestido preto. Era curto na frente e comprido atrás, e a parte de cima amarrava atrás do pescoço. Eu estava prestes a vestir quando meu celular vibrou.

Wes: Não esqueça que branco é a sua cor, Liz.

Aquilo me fez rir alto. Olhei para os vestidos, e *tinha* um branco. Larguei o preto e peguei o branco. E uau.

Era... maravilhoso.

Era sem alça, com um corpete de seda simples afunilado em um cinto de contas brancas e tinha uma saia longa, até o chão. Era impressionante porque a maior parte do vestido era simples e discreta, mas na barra havia uma explosão de flores silvestres coloridas.

Vesti, levando tudo para dentro da peça ao fechar o zíper. E quando olhei para meu reflexo... Peguei o celular e digitei uma mensagem.

Eu: Talvez você esteja certo, Bennett. O único vestido de que gostei até agora é branco. Como é que você anda acertando na mosca?

Levantei o cabelo e virei de lado para ver as costas. Era um vestido glorioso. E quando passei as mãos nas laterais, encontrei bolsos.

Wes: Por que você duvida de mim?
Eu: Bom senso. Experiência.
Wes: Foto, por favor.

— O quê? — disse para mim mesma.

Uma bufada nervosa deixou meus lábios ao considerar qual seria o melhor ângulo. Minha nossa, por que eu estava pensando naquilo se era Wes que estava pedindo uma foto? Resmunguei um fluxo de obscenidades — *merda, merda, merda* — baixinho antes de finalmente responder:

Eu: Hum, de jeito nenhum.

Wes: Tá, então me manda uma foto de outra coisa pra eu me sentir incluído.

Olhei ao redor, procurando alguma coisa engraçada para fotografar, então pensei: que se dane. Tirei uma foto do vestido no espelho e mandei para ele.

Eu fiz isso mesmo? Mandei uma foto do vestido do baile para Wes Bennett? Puta mer...

— Liz! Já vestiu o próximo? — gritou Jocelyn de onde estava.

— Tem que deixar a gente ver, porque mesmo que não faça seu estilo, um deles *vai* ficar bom, caramba.

Larguei o celular e fui até elas. Como se fosse um episódio de *O vestido ideal*, Jocelyn e Helena ofegaram e levaram a mão à boca quando apareci na frente delas. A mãe da Jocelyn apenas sorriu.

— Esse vestido foi feito para você — declarou Jocelyn, cruzando os braços. — Por favor, não diga que odiou. É impossível.

—Você está incrível — disse Helena, ficando de pé, sorrindo como se estivesse prestes a ficar com os olhos cheios de lágrimas.

—Você gostou?

Dei de ombros.

—Tem bolsos. E flores. Acho que eu *preciso* ficar com esse, né?

Olhei para meu reflexo no espelho e simplesmente soube que minha mãe teria amado o vestido. Ela teria escolhido aquele vestido para mim. Nossa, ela mesma usaria aquele vestido se precisasse de uma peça formal. Talvez ela não pudesse estar ali, fazendo compras comigo, mas ter encontrado aquele vestido significava alguma coisa, né?

— Ah, Libby, não vejo a hora de seu pai ver você nesse vestido.

A cabeça da Helena estava inclinada para o lado e ela estava sorrindo, mas suas palavras foram como um balde de água fria, me trazendo de volta ao presente. Minha mãe não estava ali. E Helena tinha acabado de dizer algo que minha mãe diria se estivesse presente. Na verdade, eu conseguia até ouvir sua voz melodiosa dizendo aquelas palavras.

Mas Helena não era minha mãe, mesmo me chamando de *Libby* de repente daquele jeito.

Cruzei os braços e decidi que precisava tirar aquele vestido IMEDIATAMENTE.

— Vou me trocar.

— Você não está animada?

Helena me lançou um olhar entusiasmado metido a besta e deu um soquinho no ar que provavelmente teria me feito rir uma hora antes.

— Você achou o vestido! — comemorou ela.

— Aham.

Vi seu sorriso titubear, mas não pude me conter. Parte de mim acreditava que se eu não recuasse, ela apagaria a própria existência da minha mãe. Pensei no dia que Helena tinha planejado. Só queria ficar sozinha.

— A propósito, não estou com fome, podemos ir para casa depois daqui? — perguntei.

Helena olhou de um jeito sério para Jocelyn e a mãe dela, que graças a Deus estavam conversando, sem prestar atenção em nós duas.

— Sim, sim. Podemos ir para casa, se é o que você quer... — respondeu ela.

Depois de me trocar, em vez de me juntar a elas, levei logo o vestido até o balcão e paguei antes que Helena pudesse se oferecer para fazer isso. Quando me juntei ao grupo com o vestido já na sacola pendurada no braço, todas pareciam bastante confusas.

— Já comprou? — perguntou Joss.

Os olhos da Jocelyn se arregalaram, e ela pendurou sua bolsa no ombro e soltou um resmungo, sarcástica.

— Que estranho — completou ela.

Mostrei o vestido e fingi que estava tudo bem. Até sorri.

— Como vamos precisar voltar na outra loja para comprar o seu, pensei em adiantar as coisas — expliquei.

Jocelyn me olhou como se soubesse exatamente o que eu estava fazendo.

— Boa ideia, Liz.

Um clima estranho e pesado se instaurou enquanto conversávamos com uma animação forçada e caminhávamos em direção à saída da loja. Jocelyn e a mãe sabiam o que tinha acontecido, Helena sabia o que tinha acontecido e também sabia que as duas sabiam, então todas se esforçaram para fingir que eu não tinha estragado tudo.

Já no carro, depois de prender o cinto, coloquei os fones de ouvido e escolhi uma música antes que Helena pudesse falar alguma coisa sobre o que tinha acontecido.

Foi quando percebi a mensagem em meu celular.

Wes: Compre o vestido. Estou implorando.

Senti meu estômago embrulhar. Eu conseguia ouvir aquelas palavras ditas com aquela voz grave. Mas era Wes. Com certeza sua intenção não foi a que parecia.

Hesitei ao pensar na resposta, olhando para o celular em minha mão enquanto imagens de Wes Bennett dançavam em minha cabeça. Comecei a escrever uma resposta "desapegada", mas cedi a minha necessidade patética.

Eu: Você gostou?

Os três pontinhos apareceram, indicando que ele estava digitando, mas desapareceram depois de alguns minutos. Esperei um pouco, e eles finalmente reapareceram.

Wes: Michael vai amar. Pode confiar.

Comecei a responder umas cinco vezes ao longo do dia, mas acabei não dizendo nada. O que eu poderia dizer? A determinação do Wes estava meio que me atraindo, eu estava tropeçando em seu charme, mas aquela resposta me fez lembrar do objetivo final.

Eu. Michael.

Baile de formatura.

Bum.

CAPÍTULO DEZ

"Mas eu odeio principalmente não conseguir te odiar, nem um pouco, nem mesmo por um segundo, nem mesmo só por te odiar."

— *10 coisas que eu odeio em você*

Wes: Filme no Michael amanhã. Ainda está dentro?

Ergui a cabeça para ter certeza de que o professor estava dando aula em vez de olhar para mim desrespeitando as regras da escola. Meu pé chutou a cadeira da Joss à minha frente sem querer enquanto eu segurava o celular no colo e respondia: **Com certeza.**

Wes: Vou passar pra te buscar às 18h para jantarmos no caminho.

Levantei o olhar por um segundo. Eu vinha repassando as últimas interações com Wes e precisava reforçar os limites. Todos os momentos bons estavam nublando as coisas, e era necessário manter o foco no objetivo.

A última coisa que eu queria era estragar tudo com um flerte bobo mal interpretado.

Eu: Não é um encontro, né?

Wes: Eeeeca, Liz.

Eu: Só confirmando. Não quero que você se apegue.

Wes: Por mais que seja difícil acreditar nisso, não estou com nenhuma dificuldade de evitar esses sentimentos, esquisitinha simpática.

Aquilo me fez soltar uma risadinha bufada.

— Ai, meu Deus!

Levantei o olhar, e Jocelyn estava virada para trás, me olhando com um sorriso enorme no rosto.

— Está mandando mensagem para ele, não está? — perguntou ela, baixinho.

Pigarreei.

— Ele quem?

—Você sabe quem — respondeu ela, dando uma olhada para o professor antes de virar para trás de novo. — Bennett.

Respirei fundo.

— Sim, mas estamos só falando besteira. Totalmente platônico.

— Quando vai admitir que gosta dele? Não estou dizendo que é amor ou qualquer que seja o sentimento sobre o qual você escreve no seu diário, mas você curte o cara.

— "Curte o cara". Parece nome de banda... Ganhei.

— Maldita.

Joss riu e virou para a frente. Mais um ponto para mim no jogo que fazia mais de um ano que estávamos jogando.

Olhei para a nuca dela conforme o familiar sentimento de culpa preenchia meu estômago. Quer dizer, na teoria, Joss não estava errada: eu *estava curtindo* Wes. Como amigo, ele estava se tornando uma das minhas pessoas favoritas.

Mas aquilo estava meio que me incomodando, não saber o que ia acontecer depois da noite na casa do Michael. Será que ainda seríamos amigos depois de tudo? Será que ele tinha algum interesse em manter a amizade?

Meu celular vibrou. Como se Wes soubesse que eu estava pensando nele.

Wes: Chuva de meteoros hoje à noite, se estiver interessada. Tenho charutos, só pra você saber.

Mordi os lábios para não sorrir, mas não consegui evitar.

Eu: Quem liga pra chuva de meteoros? Se você vai levar os charutos de cereja, eu vou.
Wes: Você é doidinha. A gente se vê lá.

— Eu só estava me escondendo no meio dos seus livros de nerd para não ser pego. Não queria te assustar.

— Não acredito — respondi.

Girei o graveto para virar os marshmallows na fogueira.

— Pra começo de conversa, você não precisava ter decapitado o querubim — argumentei. — Além disso, você colocou tinta vermelha na boca e nos olhos dele e virou a cabeça para cima, para que ele ficasse olhando para a pessoa que ousasse entrar naquela pequena biblioteca. Ou seja, *eu*.

— Eu tinha esquecido a tinta. — Wes sorriu e colocou aqueles pés enormes para cima ao lado da fogueira. — Talvez eu tivesse uma *pequena* intenção de assustar, sim.

— Será? — perguntei, tirando os marshmallows do fogo e assoprando antes de retirar um deles do graveto. — Acho que o tempo suavizou a memória que você tem de si próprio. Você pensa, a não ser que esteja fingindo, que era só um garotinho impetuoso sem nenhuma má intenção em relação a mim. Mas isso não é verdade.

Os olhos dele acompanharam o marshmallow mole que enfiei na boca. Enquanto mastigava, percebi que eu estava totalmente à vontade com ele.

— Admita — disse com a boca cheia, sem me preocupar se parecia uma porca.

Wes ficou mais alguns segundos me encarando encher a boca.

— De jeito nenhum — respondeu ele. — Mas admito que era muito divertido implicar com você. Ainda é.

— Olha, eu não achei graça naquela época, mas agora... agora eu iria acabar com você, então tudo bem.

— Por favor, até parece. — Ele pegou a embalagem de barrinhas de chocolate, abriu uma e jogou para mim. — Você não consegue, e jamais vai conseguir, *acabar comigo*. Pelo menos não quando se trata de implicância.

Peguei o chocolate e fiz um sanduíche com um marshmallow entre dois biscoitos. Eu estava segurando o *s'more* mais perfeito do mundo nas mãos.

— Tem certeza de que não quer que eu faça um para você? — questionei.

— Não, obrigado. Mas sua habilidade é impressionante.

— Sou profissional, querido.

Sorri e dei uma mordida grande.

— Humm... que delícia.

Wes deu uma risada grave e olhou para as estrelas. Não tinha acendido nenhum charuto desde que eu havia chegado, então não sabia se ele não estava mais a fim ou se estava se contendo por educação. Ele fez piada sobre o monte de ingredientes para *s'mores* quando eu apareci, mas só porque já tinha comido umas dez barrinhas de chocolate.

Ouvi as primeiras notas de "Forrest Gump", do Frank Ocean, saindo da caixinha de som do Wes, e sorri. Uma música ótima para observar as estrelas. Cantarolei com o primeiro verso e me senti eufórica quando a letra me iluminou como a luz das estrelas.

My fingertips and my lips
They burn from the cigarettes

— Quais são os planos para o ano que vem, Buxbaum?

Wes continuava encarando o céu, e meu olhar se demorou em seu perfil. Mesmo que ele não fizesse meu tipo, o maxilar definido, o pomo de adão proeminente e o cabelo espesso formavam uma combinação muito, muito bonita.

Ignorei a reviravolta em meu estômago ao ouvi-lo falar "ano que vem".

— Universidade da Califórnia. E os seus?

Aquilo o fez olhar para mim como se eu fosse louca.

— Sério?

— É... *Sim*...?

— Por que essa universidade?

Inclinei a cabeça para o lado.

—Você tem algum problema com ela?

Wes estava com uma expressão estranha.

— Não. Nenhum. Foi só... inesperado.

Olhei para ele com os olhos semicerrados na escuridão.

— Essa reação está muito estranha.

— Desculpa. — Seus lábios formaram um meio sorriso. — A Universidade da Califórnia é ótima. O que você pretende estudar, filmes românticos irreais?

Revirei os olhos e Wes deu um sorrisinho torto de autossatisfação.

—Você se acha mais engraçado do que realmente é.

— Discordo. — Ele fez um gesto indicando que eu falasse logo. — Seu curso, por favor.

Pigarreei. Odiava estragar o clima da noite com aquela conversa sobre a faculdade. Falar sobre o ano seguinte sempre me deixava arrasada porque eu sabia que tudo mudaria rápido. A vida seguiria em frente com uma velocidade ardente que faria com que todos os detalhes lindos fossem esquecidos.

Depois que eu fosse embora, tudo ia mudar para sempre. Meu pai, a casa, as roseiras da minha mãe, nossas conversas diárias... Tudo estaria diferente quando eu voltasse. Tudo ficaria no passado antes mesmo que eu percebesse, e seria impossível recuperá-lo.

Até mesmo Wes. Ele estava ali desde o início, vivendo a vida em paralelo à minha, mas no ano seguinte seria diferente.

Pela primeira vez, ele não estaria na casa ao lado.

Pigarreei outra vez.

— Musicologia — declarei.

— Parece que você acabou de inventar essa palavra.

— Né?

A sensação era de que eu tinha decorado as palavras do catálogo da Universidade da Califórnia depois de ter lido tantas vezes.

— Mas existe — continuei —, e é um programa muito, muito bom. Posso me formar em Indústria Musical e conseguir um certificado em Supervisão Musical.

— E você vai trabalhar com o quê?

— Quero ser supervisora musical.

Em geral, quando eu contava aquilo, a reação das pessoas era uma expressão esquisita e um "Como assim?", mas Wes só ouviu.

— Basicamente significa que eu quero trabalhar com a curadoria de músicas para trilhas sonoras — expliquei.

— Uau — disse ele, balançando a cabeça de leve. — Primeiro de tudo, eu nem sabia que isso existia. Mas, segundo, é o trabalho perfeito para você. Caramba, você já faz isso o tempo todo.

— É... — Dei mais uma mordida no *s'more* e lambi o marshmallow que tinha escorrido em meus dedos. — E você não faz ideia: eu tenho prateleiras *cheias* de livros sobre trilhas sonoras. Não vejo a hora de começar.

— Nossa.

Wes me lançou um olhar sério, que me deu um frio na barriga. Sua voz soava tão grave na escuridão da Área Secreta que qualquer coisa que não fosse besteira parecia algo íntimo.

—Você sempre fez o que queria, Liz, e isso é incrível.

Era estranho o elogio dele ter disparado um calor da ponta dos meus dedos dos pés até o canto dos meus olhos? Todo o estresse foi afastado com aquele único elogio, *incrível*.

— Obrigada, Wes.

— Pra você é *Wessy*.

— Não mesmo.

Aquele momento foi interrompido, mas o calor permaneceu em meu peito, me deixando relaxada e contente em divagar sem pensar.

— E você? Onde você vai estudar?

— Não faço ideia.

Ele inclinou o tronco para a frente e remexeu a fogueira com o graveto do *s'more*.

— A temporada de beisebol está começando, então não tem nada definido — explicou ele.

— Ah... Então você quer jogar na faculdade?

— Sim, senhora.

— E você é... bom?

— Sim, sou bom, Liz. — Ele soltou uma risada meio tossida. — Bem, espero ser.

— Minha intenção não era te detonar. É que eu nunca assisti a um jogo seu. O que você faz? É batedor ou algo do tipo?

— Tá... Não vamos falar de beisebol enquanto você não assistir a um jogo. Isso foi patético.

— Eu sei.

Coloquei as pernas em cima da cadeira e abracei os joelhos.

— Então, você acha que vai estudar fora ou ficar por aqui? — indaguei.

— Fora, com certeza — respondeu ele, olhando para a fogueira, e as sombras das chamas dançaram em seu rosto. — Já recebi ofertas de universidades na Flórida, no Texas, na Califórnia e na Carolina do Norte, então por que eu ficaria em Nebraska?

— Uau.

Ele era tão bom *assim*? E embora *eu* tivesse planos de ir embora, por que a possibilidade de Wes não estar ali, para sempre na casa ao lado, causava uma dorzinha em meu coração?

Analisei a fogueira e perguntei:

— A Universidade de Nebraska não tem um time de beisebol muito bom?

— Tem... Aliás, não acredito que você sabe disso.

O sorriso de Wes não chegou a seus olhos. Ele continuava encarando a fogueira.

— Mas está na hora de deixar essa cidade para trás — disse ele. — Não tem nada pra mim aqui, sabe?

— Não, não sei.

Coloquei os pés de volta no chão, incomodada com o que Wes tinha acabado de dizer.

— *Odeio* a ideia de deixar tudo para trás, mas meus sonhos estão na Califórnia ou em Nova York — revelei.

Wes me olhou com os olhos semicerrados.

— Você está louca?

— Não. — *Talvez?* Revirei os olhos. — Quer dizer, você tem que fazer o que quiser, Wes. Mas eu não entendo...

— Libby?

Minha cabeça virou com tudo ao ouvir a voz do meu pai. Ele estava ali, em pé perto da fogueira, com a calça do pijama e uma camiseta, olhando para mim como se eu estivesse dançando *break* pelada em meio às chamas.

— O que você está fazendo aqui fora às onze e meia da noite?

Eu me lembrei da mensagem que Wes mandou antes.

— Eu saí para ver a chuva de meteoros, e Wes me chamou para vir até aqui.

— Ahh... Eu me esqueci da chuva de meteoros.

Meu pai se aproximou e sentou na cadeira vazia entre Wes e eu, se jogando na almofada e passando a mão no cabelo encaracolado.

— E como está sendo? — perguntou ele.

Wes e eu olhamos um para o outro, porque nenhum dos dois se lembrou da chuva.

— Incrível — respondi.

— Me passe um marshmallow, por favor, querida. Faz anos que não como um *s'more*.

A quarta-feira se arrastou, ainda mais porque passei o dia todo pensando em duas coisas. Primeiro, continuava incomodada com o comentário do Wes na noite anterior. *Não tem nada pra mim aqui*. Por que ele diria isso? Ele realmente se sentia assim? Eu ainda não sabia *tanto* assim sobre a vida dele, mas por algum motivo aquilo me magoou.

Talvez porque eu estava me divertindo ao conhecê-lo melhor, e achava que ele sentia o mesmo.

Mas, quando me obriguei a parar de pensar naquilo, fiquei animada com o próximo evento. Enquanto ouvia a voz monótona do sr. Cooney falando alguma coisa sobre trigonometria, decidi que ia usar a blusa verde que comprei quando fui com Wes ao shopping e alisar o cabelo. Eu tinha contado para Joss (viva, honestidade!), então pude pedir a opinião dela sobre o visual.

Enquanto a sra. Adams incentivava a turma a explorar o escritor que havia dentro de cada um na aula de Literatura, coloquei os fones para entrar em contato com meu eu sonhador.

Coloquei "Electric", da Alina Baraz e do Khalid, para repetir, a música perfeita para acompanhar meus devaneios sobre a noite de filmes.

Darker than the ocean, deeper than the sea
You got everything, you got what I need

Só que a música me fazia pensar no Wes, não no Michael, o que me deixou muito frustrada. Por mais que eu quisesse pensar no que a noite de filmes poderia trazer, meus pensamentos se misturavam e de repente eu estava pensando no jantar com Wes.

Eu nunca tinha feito uma refeição de verdade com ele. Bem, não desde que nossas mães nos deram sanduíches de presunto no piquenique anual de Parkview Heights, mas aquilo não contava, assim como os *s'mores* da noite anterior também não.

Será que ele comia muito? Será que era todo cavalheiro e puxava a cadeira para as garotas se sentarem?

O fato de Joss achar que eu estava animada para sair com Wes não ajudou. Eu não parava de falar sobre como ia fazer a maquiagem durante o almoço, e o conluio dela meio que me deu a *sensação* de que eu estava entusiasmada para sair com o Wes.

É evidente que ter dormido tão pouco na noite anterior estava me deixando confusa.

Assim que o último sinal tocou, fui quase correndo até o carro. Meu celular vibrou enquanto eu atravessava o estacionamento.

Wes: Olha... vou fazer uma pergunta esquisita.

Eu: Todas as suas perguntas são esquisitas.

Wes: Vou ignorar esse comentário. Na verdade, tenho duas perguntas. Primeira: eu te deixei irritada ontem à noite?

Um pouco, mas eu não queria estragar as coisas. Então só respondi: **Não.**

Wes: Mentirosa. Fale a verdade.

Como se ele estivesse realmente interessado em saber. Wes só queria deixar tudo para trás, né? Revirei os olhos.

Eu: Continua, Bennett.

Wes: Tá. Você gosta de bar barato com comida boa? Tenho a sensação de que você é delicada demais para hambúrgueres engordurados.

Destravei o carro e abri a porta.

Eu: Obrigada por me chamar de delicada, mas na verdade sou uma carnívora ferrenha que venderia a alma por um bom hambúrguer.

Wes: Ainda bem. Estou viciado no hambúrguer do Stella's e achei que talvez você pudesse não querer.

Ele tinha acabado de transformar uma noite que já seria interessante em simplesmente deliciosa. Respondi: **Eu AMO o Stella's!**

Wes: Passo pra te buscar às 18h. E, para sua informação, "delicada" não foi um elogio.

Dei risada e entrei no carro.

Eu: Claro que não.

Quando cheguei em casa, tirei a roupa que fui para a escola — um vestido fofo repleto de papoulas vermelhas — e tomei outro banho. Depois de expulsar o gato de cima das minhas roupas, passei uma eternidade secando e alisando o cabelo, que tinha nascido para ser encaracolado. Reservei até uns minutos extras para fazer com que o delineado ficasse perfeito.

Wes mandou mensagem dizendo que estava prestes a me buscar, e eu estava me sentindo bem bonita naquele estilo pouco autêntico. Respondi, depressa:

Eu: Não toque a campainha. Saio em um minuto.

Wes: Parece que você tem vergonha de mim.

Eu: Tenho mesmo.

Wes: Olha, se você não sair em trinta segundos, vou começar a buzinar.

Abri a porta do quarto com tudo e disparei pelo corredor, fechando a bolsa enquanto descia a escada bem rápido.

— Ah... Alguém está com pressa.

Parei no último degrau e olhei para Helena, que estava lendo um livro no sofá da sala e sorrindo para mim como se eu fosse divertida. As coisas estavam bem estranhas desde que fomos comprar o vestido, mas no dia anterior aparentemente ela decidiu esquecer. Pediu pizza para o jantar e agiu como se eu nunca tivesse agido de um jeito babaca. Ainda bem, porque estava me sentindo muito mal, mas não sabia como pedir desculpa sem causar mais discussão.

— Já avisei ao meu pai que vou à casa do Michael com Wes — expliquei. — Vamos assistir a um filme. Você não estava em casa na hora.

Helena virou o livro para baixo e colocou-o na mesinha de canto.

— Ele me contou. Então... Wes continua ajudando você a conquistar Michael?

Estava estampado na cara dela que Helena achava que estava rolando alguma coisa *romântica* com Wes.

— Aham.

Ela checou o relógio.

— Está bem cedo para uma noite de filmes, não?

— Wes e eu vamos lanchar no Stella's antes de ir até lá.

Não sorri, mas senti que ela percebeu algo em meus olhos. Esperei por algum comentário.

— Hum, que delícia, né?

Helena deu um sorrisinho, e a gente meio que teve uma conversa inteira só com o olhar.

— Que seja — respondi, passando a mão no cabelo liso. — Aposto que você só está com inveja porque eu vou ao Stella's e você não.

— Nossa, eu faria qualquer coisa por um hambúrguer deles agora mesmo.

Soltei uma risada.

— Eu entendo.

— É sério. Se alguém me desse um hambúrguer do Stella's agorinha com a condição de lamber o chão da cozinha, eu lamberia sem hesitar.

Aquilo me fez soltar um riso abafado.

— Quer que eu traga um pra você? — indaguei.

— Ai, nossa, sim, por favor! — exclamou ela, levantando em um salto e correndo até a bolsa que estava no balcão. — Está falando sério?

— Aham, es...

Ouvi a primeira buzinada. Ai, socorro, Wes estava buzinando.

— Estou falando sério — completei. — Mas vai estar frio quando eu chegar em casa.

Era bom fazer algo por ela depois daquele clima estranho de segunda-feira, mas meio que queria que Helena tivesse pedido que eu trouxesse um. Será que ela achava que aquilo seria cruzar um limite? A possiblidade fez com que eu me sentisse mal, e uma parte enorme de mim desejou que fôssemos mais próximas.

Eu era mesmo um emaranhado de conflitos.

Helena pegou uma nota de vinte dólares e estendeu na minha direção.

— Não ligo. Vou querer um hambúrguer duplo completo.

— Você nunca vai conseguir comer tudo.

— Quer apostar?

Balancei a cabeça e peguei o dinheiro, indo até a porta.

— Chego entre onze e meia e meia-noite, beleza?

— Juízo, garota.

Wes buzinou pra valer.

— Ele está fazendo isso de propósito, né? — questionou ela.

Olhei para Helena por cima do ombro, me lembrando de quando Wes me empurrou para o assento que garantiria que Michael sentasse ao meu lado na van.

— Tenho quase certeza de que *tudo* que ele faz é de propósito.

Disparei pela porta e entrei no carro do Wes.

— Não acredito que você buzinou.

— Ah, não? Nem parece que você me conhece.

Wes sorriu para mim e esperou que eu colocasse o cinto.

— Bela blusa, aliás — comentou ele.

— Obrigada — respondi, colocando uma mecha de cabelo atrás da orelha. — Alguém me disse que verde é uma das minhas cores coringa.

— Faz sentido, por causa do ruivo e tal.

Revirei os olhos.

— Nada a ver.

— Como você não conhece essas regras de moda? É o básico de estilo.

— E como você sabe disso, sr. Atleta?

— Porque sou inteligente, lógico.

Os lábios dele formaram um sorrisinho enquanto ele engatava a ré e saía com o carro.

— E *por que* você faz isso? — indagou Wes.

Abri um sorriso enquanto escrevia minhas iniciais com ketchup no guardanapo, fazendo um coração grande em volta.

— Tradição. Sempre que eu vinha aqui com meus pais, quando era criança, eu escrevia coisas com ketchup nos guardanapos enquanto esperava pela comida.

— Que estranho.

— Não é, não — respondi, fazendo corações menores nas margens. — Você precisa experimentar. Tem alguma coisa na pontinha de esguicho do ketchup que é demais.

— Hum, não, valeu.

— Ai, meu Deus. Você se acha descolado demais para escrever com ketchup?

— Bem, eu sou mesmo... Sem dúvida.

Wes estendeu a mão e pegou o ketchup que estava comigo.

— Mas só para ser uma boa companhia — disse ele —, vou dar uma chance para seu passatempo infantil.

— Ótimo. E não é desperdício, porque você pode molhar a batata frita neles.

Peguei alguns guardanapos e espalhei à frente do Wes na mesa.

— Não gosto de ketchup na batata frita.

— Eu não te entendo, Wes.

Ele começou a desenhar alguma coisa no guardanapo, e percebi que estava passando um game show na TV atrás do bar, enquanto "Kiss", cantada por Tom Jones, saía do jukebox antigo. O bar era um pé-sujo que já foi uma casa, e embora eles servissem os hambúrgueres em guardanapos e o lugar não tivesse preocupação nenhuma com decoração, era considerado sorte conseguir uma mesa na hora de mais movimento.

Minha cidade valorizava um bom hambúrguer com batatas fritas artesanais.

Voltei a olhar para os guardanapos, e Wes tinha feito um bonequinho de desenho animado. Era um rosto de ketchup, muito melhor do que as letras tortas que eu havia feito.

— Como foi o beisebol hoje?

Ele continuou desenhando com o ketchup.

— Por que a pergunta?

Fiquei observando seu rosto concentrado. O comprimento dos cílios escuros era injusto.

— Porque agora sei que é importante. Tipo, não é só um passatempo. Então... Você fez um *home run*? Ou um *strike*?

Os lábios dele se curvaram.

— Para.

— Você é lançador, então? Lançou uma bola curva?

— Você precisa parar, Buxbaum.

Wes deu um sorriso largo, e eu dobrei os dedos dos pés dentro da bota marrom descolada.

— Aprenda sobre o esporte, ou nunca mais fale dele — declarou Wes.

A garçonete apareceu com os lanches (e o hambúrguer da Helena numa embalagem para viagem), e tivemos a mesma reação: focar totalmente naquela comida gordurosa. Acabou a conversinha, acabou a discussão. Nossos olhos estavam dedicados apenas à comida.

— Isso é uma delícia! — exclamei, engolindo a primeira mordida do hambúrguer e pegando o refrigerante. — Ainda bem que você me trouxe aqui.

— Foi egoísta, eu já queria vir aqui. Você não passa de dano colateral.

— Nem ligo — respondi, mergulhando duas batatas no ketchup e enfiando na boca. — Tudo o que importa são essas gostosuras dentro da minha boca.

— Eca.

Aquilo me fez soltar uma risada bufada.

— Né?

— Não faça isso enquanto come. Se aspirar a comida, pode ter uma infecção no pulmão e morrer.

Engoli.

— Não faço ideia do que falar depois dessa declaração.

Wes disse:

— "Muito obrigada, Wessy, por cuidar de mim." *Essa* seria uma resposta perfeita.

Peguei mais uma batata.

— Muito obrigada, Wessy, por me entreter com essa conversinha enquanto comemos. Não é nada entediante.

— Ah, que bom.

— Não é mesmo?

Ficamos em silêncio enquanto comíamos, mas era um silêncio confortável. Eu estava entregue à comida.

— Não leve a mal, mas você come feito um homem — comentou ele.

— Olha, isso é um pouco machista.

— Vou reformular. — Wes pigarreou, limpou as mãos no guardanapo, levantou um dedo, e continuou: — A sociedade, erroneamente, espera que uma garota bonita coma salada e com delicadeza, mas você devora um hambúrguer feito uma pessoa que passou semanas de barriga vazia. E que provavelmente foi criada por lobos.

Era ridículo que aquele uso da palavra "bonita" me deixasse nervosa. Wes me achava bonita?

— Eu gosto de comer. Me julgue.

Ele se recostou no encosto da cadeira e estalou os dedos da mão esquerda.

— Então, qual é o plano? Como você vai conquistar Michael se eu conseguir que fique sozinha com ele?

Barulho de disco arranhando: Wes adorava estalar os dedos, né? Aquilo era algo que eu não chamaria exatamente de aflição, mas, sempre que ouvia o barulho, eu imediatamente ficava alerta como um cão, procurando de onde o ruído vinha. Em geral me deixava inquieta.

— Olha — comecei, limpando a boca com um guardanapo antes de pegar mais uma batata frita —, vou usar a estratégia do golpe duplo. Primeiro, começo atingindo o lado emocional. Vou fazer Michael se lembrar dos sons da infância, acariciando a alma dele com doces memórias.

— Nada mal — declarou Wes, e estalou os dedos da mão direita. — Acariciar é sempre uma boa ideia.

Olhei para seu meio sorriso e me perguntei por que aquele estalar parecia *adequado*. De algum jeito, o ruído combinava com o rosto dele.

— Sabe, acho que não vou contar a segunda parte.

— Ah, fala sério! — reclamou Wes, estendendo a mão para puxar a mecha de cabelo perto do meu rosto que se recusava a ser alisada. — Vou me comportar.

Por que sua sensualidade natural e o fato de Wes não ter nenhuma reserva no que dizia respeito ao contato físico — bagunçar meu cabelo, dar pequenas cotoveladas, cutucar — sempre me davam um frio na barriga?

Dei um leve tapinha na mão dele e peguei uma de suas batatas.

— Não, obrigada — respondi, bem calma.

Mas por dentro eu estava absolutamente enlouquecida. O que é que estava acontecendo, pelo amor de Deus? Estalar os dedos sempre causava aquela sensação aflitiva de "essa pessoa não é para mim". *Sempre*. Era uma espécie de alerta para qualquer potencial interesse romântico. Mas ali estava eu, diante de Wes e de suas juntas, e quase achando aquele hábito... cativante? Como se ele meio que ficasse fofo quando sorria e estalava os dedos?

Tudo estava muito, muito errado.

Porque (A) Wes era o cara errado, (B) minha mãe me alertou sobre se apaixonar por caras como ele, e (C) ele não tinha nenhum interesse por mim, por isso fez o comentário "Não tem nada pra mim aqui" na noite anterior. Por que eu estava fazendo aquilo com meus sentimentos?

— Nossa. Você ganhou.

— O quê?

Olhei em volta, sem saber ao certo do que ele estava falando. Wes engoliu e pegou um guardanapo.

—Você já terminou de comer.

Ele tinha razão. Olhei para meu prato completamente vazio, exceto por algumas manchas de gordura, de ketchup e grãozinhos de sal, e para o dele, que ainda tinha umas três mordidas de hambúrguer e algumas batatas fritas.

— E daí?

— E daí que... Caramba! Você come rápido.

— Ou, caramba! *Você* come feito um velhinho.

Aquilo o fez semicerrar os olhos.

— Quer minhas batatas? — indagou ele.

Olhei para as batatas fritas.

— Não vai comer?

Ele empurrou a tigelinha de plástico na minha direção.

— O senhor aqui já está cheio.

Peguei quatro batatas e mergulhei no ketchup dele.

— Bem, nesse caso, obrigada, vovô.

Enquanto eu devorava as batatas, foi impossível ignorar o fato de que não estava com pressa para que o jantar terminasse. Eu estava me divertindo com Wes. Estava sorrindo o tempo todo (quando não estava revirando os olhos) e, mesmo sabendo que Michael esperava a gente, ainda não queria ir.

As coisas entre nós eram tão fáceis — e era *aquilo* que me confundia. Nossa amizade era tão confortável que deixava tudo em um território nublado.

Bum.

Isso me fez pensar em *Harry e Sally: feitos um para o outro*. Tirando a parte em que eles ficam juntos no final.

— Você acha que existe amizade entre homens e mulheres, Bennett?

Wes pegou o copo d'água.

— Lógico. Quer dizer, *nós* somos amigos, não somos?

— Acho que sim.

Eu estava dando uma de desapegada. Wes não tinha ideia do quanto a amizade dele tinha sido importante para mim na última semana. Eu também não, para ser sincera, mas as conversas sérias e incríveis que tivemos sobre minha mãe faziam daquela amizade diferente de qualquer outra.

— Estranho, né? — questionou ele, bebendo um gole, sem tirar os olhos de mim enquanto engolia. — Aposto que você nunca imaginou que isso fosse acontecer.

— Óbvio que não.

Engoli as batatas e estendi a mão para pegar mais.

— Mas tem muita gente que diz que não dá certo. Que os ho...

— Você vai falar daquilo do filme *Harry e Sally*?

— Como é que você sabe *disso*?

— Minha mãe adora esse filme. Eu assisti algumas vezes.

— *Algumas* vezes? Eu *sabia* que você gostava de comédia romântica!

— Nossa, pelo amor de Deus, não — respondeu ele, balançando a cabeça como se eu estivesse sendo ridícula. — Eu só gosto do Billy Crystal. Se ele consegue dublar o Mike Wazowski, com certeza pode dar vida a qualquer personagem. É um filme engraçado, só isso.

— E você não acha que ele tem razão? O fato de Harry e Sally acabarem juntos meio que prova a teoria dele.

— Talvez. Não sei.

Wes deu de ombros de leve e percebi o quanto eram largos. *Caramba, Helena.*

— Acho que ele tem uns argumentos válidos, mas isso é irrelevante para nós — disse Wes, por fim.

— É mesmo?

— Aham.

Ele coçou o rosto e continuou, com a maior naturalidade:

— Somos a exceção porque não sou seu amigo... Sou sua fada madrinha do amor.

— Que nojo — brinquei, mas não gostei quando ele disse que não era meu amigo.

Wes ignorou meu comentário.

— Mas é verdade — insistiu ele. — Parecemos amigos, por enquanto, mas a fada madrinha só ajuda até você conseguir o que quer. Quando a mágica começar a acontecer, não ficarei para ver o final feliz. Quer dizer, não seria *bizarro*?

— *Muito* bizarro.

Dei uma risada falsa, como se concordássemos plenamente. Wes estava dizendo que, se eu ficasse com o Michael, nós não seríamos mais amigos? Que não éramos amigos de verdade, que estávamos apenas fingindo para meu desejo virar realidade?

Fazia sentido depois do que ele tinha dito na noite anterior.

— Pois é, Buxbaum. — Ele estendeu a mão e tocou a ponta do meu nariz com o dedo. *Bip.* — Bizarro demais.

Estava me esforçando para acompanhar, para processar o que ele estava dizendo e o que aquilo significava para nós dois, ao mesmo tempo que analisava o fato de que até um toque no nariz me fazia sentir um frio na barriga.

Os lábios dele formaram um sorrisinho.

— Agora termina essas batatas para irmos até o seu Michael.

Enfiei a última batata na boca e empurrei a cadeira, precisando sair e respirar um pouco de ar fresco antes que meu cérebro explodisse.

— Pronto. Vamos, fada madrinha.

CAPÍTULO ONZE

"Se você procurar, alguma coisa me diz que você vai descobrir que o amor está em toda parte."

— *Simplesmente amor*

— Olha, é a sra. Cabeça de Batata!

Entrei pela porta dos fundos, atrás de Wes, e sorri quando vi Adam parado ao lado da bancada da cozinha, enchendo um prato com enroladinhos de pizza. Acenei para ele.

— Sou eu.

— Aliás, seu rosto está bem melhor. Não se parece mais com um brinquedo.

— Caramba, obrigada.

— Noah ficou péssimo por ter quebrado seu rosto, então, por favor, faça o possível para que ele se sinta pior — comentou ele, pegando o prato e uma lata de Coca-Cola. — Ele merece.

Wes e eu entramos na sala, e ficou evidente que fomos os últimos a chegar. Ali estavam praticamente as mesmas pessoas do jogo de basquete, e mais três: Ashley, que vomitou em mim; Laney (aff); e Alex, a garota que gostava do Wes.

Três é demais, não é mesmo?

— Liz, desculpa pelo seu nariz — disse Noah, que estava sentado no sofá entre Alex e Ashley, apontando para meu rosto. — Mas agora ele já está bem bonito.

Aquilo me fez sorrir.

— Obrigada. Imagina, não tem problema.

— Ah, Cabeça de Batata... Você falhou na missão — lamentou Adam.

— Eu sei, desculpa.

— Ah, nossa, oi, Liz! — cumprimentou Laney, que estava jogada na poltrona, sorrindo para nós. — Não sabia que vocês vinham hoje.

Meu cérebro zombou dela em uma vozinha aguda estilo Muppet Babies.

— Pois é — respondi.

— Oi, gente. Tem comida na cozinha. Já vamos dar play no filme — avisou Michael, levantando a cabeça de onde estava deitado no chão e acenando para nós.

— Ah, que maravilha — respondeu Wes, atrás de mim. — Aposto que Liz deve estar ficando com fome.

Dei uma risada e virei para ele, mas seu rosto me fez sentir um frio na barriga de novo, o que me deixou irritada. Afinal, Wes não me considerava nem uma amiga.

— Porque eu como bastante. Você é muito engraçado.

— Eu sei.

Não havia como me afastar do Wes sem causar estranheza, então sentamos juntos no chão, e todos ficaram em silêncio quando o filme começou. Era um suspense bem tenso, e todo mundo continuou quieto para não perder nada importante. Mas eu não conseguia me concentrar no filme porque fiquei tentando entender por que Wes estava me deixando tão emotiva.

Também não conseguia me concentrar porque minha perna estava encostando na dele.

Estávamos com as pernas esticadas para a frente, apoiados nas mãos. Não havia nada de íntimo em nossa posição, mas a sensação era de que o ponto exato em que minha coxa direita encostava na coxa esquerda dele estava em chamas, e eu não conseguia ignorar aquilo. Cada molécula do meu ser estava concentrada naquele toque.

Será que mais alguém estava sentindo calor?

Na TV, um homem foi morto por um assassino em série que empurrou sua cabeça contra o motor de um barco, mas eu só conseguia pensar em Wes. E no fato de que, se nos inclinássemos um pouco, apoiando o tronco no cotovelo, ele só precisaria vir na minha direção mais um pouquinho para pairar sobre mim, e ficaríamos perfeitamente alinhados para que ele me beijasse.

Wes olharia para minha boca com aqueles olhos escuros e engoliria em seco com aquele pomo de adão que por algum motivo sempre me deixava distraída e...

— Buxbaum.

— O quê?

Virei a cabeça para a direita e olhei para Wes, um pouquinho ofegante e me sentindo como se tivesse acordado de um sonho. O que raios eu estava fazendo?

Senti meu rosto esquentar conforme Wes se aproximou, tocando meu ombro com o seu. Ele deu um sorrisinho com os olhos semicerrados e sussurrou:

— Estou um pouco desconfortável com o nível de atenção que você dedicou a essa cena violenta. Acho que nem piscou.

Meu rosto ficou ainda mais quente, se é que aquilo era possível. Meus lábios se curvaram em um sorriso impossível de controlar.

— Pare de me olhar, seu pervertido — murmurei.

E tudo parou.

Pausou.

Congelou.

O sorrisinho desapareceu e sua expressão ficou intensa. Wes contraiu a mandíbula e eu mal conseguia respirar. Senti meu coração disparar quando me permiti ser óbvia e olhei para seus lábios só por um segundo.

A boca dele estava incrivelmente perto da minha.

Voltei a olhar para seus olhos. Eu tinha certeza de que, se estivéssemos em qualquer outro lugar, sozinhos, Wes teria me beijado. Ele engoliu em seco, e meus olhos foram até seu pescoço subindo devagar até seu queixo, seu nariz e seus olhos escuros como a noite.

Wes ergueu uma sobrancelha, fazendo uma pergunta silenciosa. Percebi naquele momento o que eu queria. Eu queria Wes. Michael era meu objetivo final, mas eu não ligava mais.

Eu não atravessaria uma estação de trem correndo pelo Michael. Mas faria isso pelo Wes.

Puta merda.

Levantei o ombro direito, encostando no dele, um toque de nossas blusas.

— Chega pra lá — disse Noah, sentando ao meu lado. — Vou ficar surdo sentado entre essas duas escandalosas.

Nãooo!

Eu me ajeitei e me aproximei do Wes, o espaço do tamanho de um fio de cabelo entre nós, tomando cuidado para não encará-lo. Aquele momento foi interrompido, e parte de mim ficou decepcionada, enquanto a outra parte ficou constrangida e sem saber o que realmente tinha acontecido.

Fiquei olhando fixamente para a TV pelo que pareceu uma eternidade, até que Wes sussurrou:

— Vou pegar uma bebida. Você quer?

Respirei fundo, torcendo para que ele não estivesse zombando de mim. Virei para ele. Em vez de esboçar aquela careta espertinha de sempre, Wes deu um sorriso esperançoso devastador.

Engoli em seco e sorri, me sentindo trêmula.

— Quero, sim. Obrigada.

— Coca Zero, né?

Assenti. Wes levantou e saiu da sala, e eu me concentrei para não transpirar.

O que estava *acontecendo*?

Quando saí do banheiro, Wes ainda não tinha voltado para a sala. Olhei ao redor e percebi que ele estava na varanda. De início, não consegui ver com quem ele estava conversando, mas logo em seguida notei que era com a Alex.

Aquilo, sim, era um balde de água fria.

Wes estava lá com a garota bonita que ele sabia que gostava dele, enquanto eu estava quase passando mal por causa dos meus sentimentos confusos sobre meu vizinho. É, um abismo e tanto.

Mordi o lábio e apertei os olhos, tentando enxergar melhor. Wes disse que não estava interessado nela, e eu acreditei, mas ele podia mudar de ideia, né? E se eu estivesse entendendo errado cada detalhe do que parecia estar acontecendo entre nós dois?

Wes, minha fada madrinha, talvez estivesse interessado apenas em me ajudar a fazer outra pessoa se apaixonar por mim. Talvez não fosse interesse *dele* se apaixonar por mim.

Será que eu tinha inventado aquela cena no chão da sala?

Voltei para meu lugar e assisti ao restante do filme, mas só conseguia focar nas duas pessoas em minha visão periférica. Sobre o que eles estavam conversando? Por que estavam lá fora? Perdi completamente a concentração e fiquei feliz quando o filme acabou e eles voltaram.

Eu precisava organizar meus pensamentos.

As pessoas começaram a conversar, e me senti estranha e deslocada. Também senti falta da Jocelyn. Trocávamos mensagens todos os dias, como sempre, mas fazia um tempo que eu não saía e me divertia de verdade com ela. Estar com aquelas pessoas que eram próximas umas das outras me deixou com saudade dela. Eu precisava ir vê-la depois que voltasse para casa.

Na verdade, acho que já estava na hora de eu abrir o jogo com ela sobre tudo aquilo.

— Sabia que o pai do Michael tem um piano de cauda? — comentou Wes.

Ele olhou para mim de onde estava, empoleirado no encosto do sofá, e estendeu a mão para me ajudar a levantar.

— Fica no andar de cima, numa sala de música com isolamento acústico — explicou ele.

Peguei a mão dele e levantei, e, minha nossa, pareceu um momento Mr. Darcy e Elizabeth Bennet na melhor adaptação de *Orgulho e preconceito*. O mundo parou de girar por um segundo quando sua mão envolveu a minha.

Mas então, com a mesma rapidez, o mundo voltou a girar, e fiquei cara a cara com Wes e toda a minha confusão. Olhei para seu rosto, e em seguida para Michael, que eu nem tinha percebido que estava ali do lado, e vi que estavam esperando uma resposta.

Qual era a pergunta mesmo? O que são palavras? Como é falar?

— Uau. — *Pai. Piano. Sala de música. Entendi.* — Sério?

— Acho que ele pensa que poderia ter sido um pianista clássico se tivesse aquela sala de música quando era mais novo — respondeu Michael, cruzando os braços. — Ele *ama* aquele lugar.

— A Pequena Liz toca piano — comentou Wes, olhando para mim. — Ela é muito boa.

— Não sou, não — rebati.

Ao mesmo tempo, Michael perguntou:

— Quer ver?

Hesitei.

— Nossa, eu *adoraria.*

— Bem, então venha comigo, srta. Liz — chamou Michael.

Ele foi até as escadas e eu o segui, mas quase tropecei quando olhei para trás e vi que Wes não estava vindo também. Ele estava rindo de alguma coisa que Adam tinha falado, então respirei fundo e subi a escada, imersa em meus pensamentos.

Será que era um sinal? Ao literalmente me entregar para Michael, Wes estava me entregando de maneira simbólica e dizendo adeus?

Nossa, seria engraçado se aquilo estivesse acontecendo com outra pessoa. Aqui estava meu lindo Michael, me convidando (eu, não a Laney!) para ver uma sala de música digna de um sonho, e eu só queria que ele fosse embora para que eu pudesse ficar com Wes.

Era isso mesmo? Eu estava com dificuldade de acompanhar meus pensamentos.

Como minha mãe escreveria essa cena, em um dos roteiros dela? Ela teria visto o lado bom do *bad boy* e colocado uma reviravolta no enredo?

Droga.

Para de pensar, Liz.

— Onde estão seus pais? — indaguei, pigarreando e cessando meus pensamentos. — Faz um milhão de anos que a gente não se vê.

— Eles foram ao cinema — respondeu ele, subindo as escadas dois degraus de cada vez. — Mas minha mãe adoraria ver você.

Michael me levou até uma porta fechada que parecia pertencer a um cômodo qualquer. Abriu e...

— Ai, meu Deus!

O cômodo tinha um piso de madeira reluzente e um tapete grosso sob o piano de meia cauda que ficava na diagonal em um dos lados do espaço. Michael começou a falar sobre reflexão, difusão e absorção, sobre como a decoração da sala de música era posicionada estrategicamente para uma melhor qualidade do som, mas eu não ouvi.

O piano era tão lindo. Fui até ele e me sentei no banco. Queria *muito* tocar, mas o instrumento claramente era muito importante para o pai dele, e eu não tocava muito bem. Wes gostava de agir como se eu fosse boa porque eu era a única pessoa da nossa idade que ainda fazia aula uma vez por semana, mas eu era no máximo decente.

Eu amava piano. Amava muito. Tinha certeza de que a obsessão da minha mãe com o instrumento tinha alguma coisa a ver com isso, mas também não havia nada que se comparasse a fechar os olhos e me entregar a uma música que eu já tinha tocado centenas de vezes, ajustando o ritmo e a entrega e ouvindo com atenção para perceber as diferenças mínimas que eu tentava criar.

— Pode tocar, Liz — incentivou Michael, indo até a entrada e fechando a porta. — Meu pai isolou a sala para ninguém do primeiro andar ouvir quando alguém estiver tocando com a porta fechada.

— É tão lindo... Mas sinto que não posso tocar aqui.

O piano preto estava impecável. Como era possível?

— É o piano do seu pai... — continuei. — Ninguém mais devia tocá-lo.

— Desde que a gente se mudou ele só fica preparando a sala, mas ainda não tocou... Vai em frente.

Abri a tampa do teclado e pigarreei.

— Prepare-se para se decepcionar — avisei.

Michael sorriu.

— Estou preparado.

Sorri e comecei a tocar o início de "Someone Like You", da Adele, e me lembrei do Wes pedindo para adicioná-la à nossa trilha sonora depois de conversamos por telefone na noite da bolada no nariz.

Michael abriu um sorriso.

—Você sabe de cor?

— É bem fácil, na verdade — respondi, me sentindo estranha quando meus dedos percorreram as teclas. — São basicamente quatro acordes. Qualquer pessoa consegue tocar.

— Tenho certeza de que eu não conseguiria.

Encontrei o olhar de Michael quando ele se apoiou no piano, olhando para mim. Ele estava tão lindo, com o mesmo sorriso que me encantou na infância, mas eu não conseguia parar de pensar no que Wes estaria fazendo no andar de baixo. Eu mal tinha começado a tocar quando a porta se abriu e ali estavam todos eles... menos o Wes e a Alex.

Minhas mãos saltaram até meu colo, e me senti a maior idiota do mundo. Os amigos do Wes olharam para mim e eu tive certeza de que eles me achavam esquisita por estar tocando piano enquanto todos estavam se divertindo.

E era óbvio que eles passavam bastante tempo juntos, porque simplesmente retomaram de onde tinham parado no andar de baixo, conversando e rindo como melhores amigos.

Laney se aproximou e ficou em pé ao lado do piano.

— Não acredito que você sabe tocar assim — disse ela.

— Achei que o cômodo tivesse isolamento acústico.

— Tem, sim — interveio Michael, para mim e para Laney. — Não dá para ouvir no andar de baixo, mas no corredor dá.

— Ah...

Eu me senti uma boba, sentada ao piano.

— Você arrasou tocando Adele.

— É uma música superfácil, mas obrigada.

Como se eu precisasse de um elogio seu, Laney.

— Ainda assim foi incrível e fiquei com inveja — declarou ela.

Laney olhou para Michael, que estava à minha direita, e o rosto dela meio que se iluminou ao abrir um sorriso para ele. Talvez fosse porque minha noite não estava saindo como planejado, mas senti certa pena de Laney. Eu compreendia tudo que seu olhar dizia.

— Acho que consigo te ensinar em uma hora. Não é difícil.

— Sério? — perguntou ela, cruzando os braços e arregalando os olhos. —Você faria isso?

Wes finalmente apareceu à porta, com Alex logo atrás dele, e sugeriu:

— A gente devia pedir pizza.

— Ahhh... Eu topo — respondeu Alex.

Senti um aperto no peito quando ela sorriu para Wes, que olhou para ela e sorriu de volta.

Era o seu sorriso mais bonito — divertido, caloroso e feliz. Rangi os dentes quando Alex jogou o cabelo para trás e perguntou:

— Mas de onde?

Então... Wes olhou para mim.

Foi rápido, uma olhada discreta, mas seu olhar encontrou o meu por um breve segundo e todas as minhas terminações nervosas se agitaram. O que ele estava fazendo? Ainda estava tentando me ajudar, depois de tudo?

— Do Zio's — disse Noah.

Todos saíram e desceram atrás do Wes e da Alex.

Olhei para a porta vazia, mas só conseguia pensar no Wes e naquele olhar incandescente, e na proximidade inconveniente da Alex.

Você acabou de lanchar, Wes... O que está fazendo?

Alex era encantadora, e eu *achei* que eles fariam um belo casal quando fiquei sabendo do interesse dela, mas agora a garota parecia séria demais para ele. Quer dizer, lógico, ela provavelmente era divertida, mas comparada ao desinteresse completo do Wes por qualquer coisa que fosse madura, ela era um pouco estoica.

Além disso, não dava para esquecer que Wes e eu tivemos um momento especial lá embaixo.

Certo? Ou eu tinha inventado tudo aquilo?

— É só dizer "pizza" que todo mundo sai correndo.

Levei um susto quando Michael falou. Não tinha percebido que ele ainda estava ali.

Sorri e me levantei.

— Quem não ama pizza, né?

Ele fez um gesto indicando o corredor.

—Vai querer também?

— Hum... Não, obrigada.

Balancei a cabeça, sem querer ir atrás do Wes, ainda mais se ele estivesse flertando com Alex.

—Wes e eu fomos ao Stella's antes de vir para cá e ainda estou cheia — comentei.

— Ah, é... ele disse que vocês jantaram antes de vir.

— Pois é.

— Ele também me disse que as coisas entre vocês estavam mais para amizade, e que ele está pensando em chamar a Alex para sair.

Tentei parecer indiferente e abri um sorriso, apesar do peso no estômago.

— É, ele tem razão. Ele devia fazer isso mesmo... Alex parece incrível — respondi.

— Aham. Parece que ele cansou de investir, então vai seguir em frente.

— Até que enfim.

Comprimi os lábios e me concentrei nos olhos azuis de Michael. *É isso o que você queria, Liz. Começar qualquer coisa com Wes seria uma péssima ideia. Mantenha o foco no objetivo final.*

— Não queria que as coisas entre a gente ficassem estranhas, então isso é ótimo — declarei.

— Aham.

— Hum... Quando ele falou isso? Sobre a Alex?

Diga que já faz dias, por favor.

— Quando a gente estava na cozinha.

— Ah...

Olhei para as teclas do piano e engoli em seco, e senti como se houvesse algo preso em minha garganta. Quer dizer, era exatamente o que tínhamos combinado que Wes diria, então eu não deveria ficar incomodada, né?

O celular do Michael fez um barulho, me trazendo de volta à realidade. Ele olhou para a mensagem, soltou um suspiro e voltou a guardá-lo no bolso da calça.

— Hum... Tudo bem? — perguntei.

A careta ansiosa que ele fez parecia a mesma de quando éramos crianças e ele derrubara seu jogo de tabuleiro favorito na calçada e todas as pecinhas foram parar nos arbustos. Ele sempre foi o tipo de pessoa que se estressa com as menores coisas.

Mas, na verdade — socorro, Deus —, eu não sabia nada sobre o Michael de *agora*. Nadinha. Sabia que ele tinha um sotaque arrastado do sul e um cabelo bonito... só isso. Sim, o Michael que conheci na infância gostava de insetos, de ler e de ser gentil, mas o que eu sabia sobre ele naquele momento? Conhecia Wes muito melhor do que conhecia Michael, e estava meio que começando a adorar meu vizinho.

Merda.

O que eu estava fazendo ali com Michael?

Ele dedilhou as teclas agudas, olhando para o piano. Pressionou o indicador no Dó central.

— É essa coisa toda com a Laney e o baile — revelou ele.

A reação imediata do meu corpo ao ouvir "Laney" num tom negativo era atingir o nível máximo de alegria. Mas naquele momento não foi isso que senti.

— Vocês vão? — perguntei. — Não sabia. Quer dizer, ouvi dizer que talvez vocês iriam juntos. Mas...

Parei de falar. Não queria que parecesse que eu sabia de todas as fofocas.

— Bem… Não. Quer dizer, não, *ainda* não — respondeu ele, suspirando. — Sabe, a gente anda conversando, *sim*, e a Laney é incrível. Mas o ex-namorado tinha acabado de terminar com ela quando a conheci. Literalmente. Eu a conheci porque ela estava lá fora chorando.

— Ah…

Não fazia ideia de quem era o ex-namorado dela, mas era meio difícil acreditar que Laney Morgan tinha levado um fora.

— Então não faço ideia do que está passando na cabeça dela. Não quero ir rápido demais se ela não estiver pronta e, principalmente, não quero começar um relacionamento se ela ainda estiver a fim do ex.

Tive um pouco de pena dele porque entendia perfeitamente. Querer uma coisa, mas não ter certeza se era capaz de conseguir? Ou se era seguro? É, eu entendia. E naquele momento que eu sabia como realmente me sentia, a nova Liz — iluminada e com honestidade afetiva — quis ajudar Michael com a Laney. Dar um conselho.

Mas, ao mesmo tempo, eu queria sair daquela conversa e correr escada abaixo para encontrar Wes antes que fosse tarde demais e Alex grudasse nele.

— Talvez você possa convidá-la para o baile como amiga e ver como as coisas se desenrolam — sugeri.

— Sim, sim — concordou ele, brincando um pouco mais com as teclas do piano. — Mas o baile devia *significar* alguma coisa. Talvez eu só esteja acostumado com a grandiosidade das coisas no Texas, mas, pra mim, o convite precisa ser elaborado, preciso organizar um jantar e planejar as flores. E talvez ainda *mais* coisas. Você acha bobo?

Dei uma risada bufada.

— Nossa, não… Pense em quem está aqui na sua frente.

Ele ergueu o olhar e deu um sorrisinho.

— Isso mesmo, a Pequena Liz — respondi, apontando para mim e revirando os olhos. — Eu sinto exatamente a mesma coisa. Combinei de ir com a Joss, e tenho certeza de que vai ser divertido, mas concordo com você. Não foi isso que eu sempre sonhei para o baile de formatura.

Imaginei o rosto do Wes, e meus dedos ficaram quentes. Balancei as mãos e continuei:

— Quanto mais eu penso nisso, menos quero me contentar. Quero a possibilidade de ter *mais*, mesmo que não dê certo. Quero a oportunidade de ter um dia mágico, porque mesmo que dê errado, pelo menos vai ser um encontro.

Michael inclinou a cabeça e sorriu.

— Talvez você tenha razão, Liz.

— Eu sei que tenho razão.

Estava ficando agitada com a ideia de ir ao baile com Wes. Alguém precisava jogar um balde de água fria em mim. E *logo*, porque de repente parecia que ir ao baile com Wes era tudo o que eu queria.

— Acredite — continuei —, às vezes a pessoa com a maior probabilidade de você ter uma "noite mágica" é aquela que você menos espera. Talvez você conheça essa pessoa desde sempre, mas nunca percebeu.

Minha nossa, como eu queria ter percebido antes! Meu cérebro estava vomitando pequenos momentos — Wes e eu na Área Secreta, no Stella's, voltando da festa...

Como eu não percebi antes?

— Acho que entendi o que você está dizendo — respondeu Michael, olhando para mim intensamente.

Alarmes começaram a disparar na minha cabeça.

Não sabia ao certo por que ele estava me olhando daquele jeito, mas não era o momento ideal.

Adam surgiu na porta.

— Precisamos de vocês. Estamos formando duplas para jogar *Cards Against Humanity* — anunciou ele.

— Tô dentro! — gritei, feliz por ter sido interrompida.

Adam inclinou a cabeça e deu um sorriso daqueles que indagam "Qual é o seu problema?", mas Michael continuou olhando para mim.

Pigarreei e tentei me recompor, dizendo, com um olhar desinteressado:

— Quer dizer, podem contar comigo.

— Nunca joguei esse jogo em dupla — respondeu Michael, me olhando de um jeito estranho.

— Nem eu — concordei, ansiosa para encontrar Wes.

— É só porque a Alex quer fazer dupla com o Wes.

Adam olhou para mim com compaixão, como se tivéssemos a mesma opinião, e eu não soube muito bem como reagir.

— Ela disse que é mais divertido — continuou ele —, mas tenho quase certeza de que ela só quer dividir uma cadeira com ele.

— Bem, vamos lá — disse Michael.

Ele deu um sorriso gentil, mas eu não senti nada. *Nada*. O gesto só me lembrou de que eu precisava descer logo antes que a Alex acabasse ficando com meu final feliz.

CAPÍTULO DOZE

"Ele havia beijado uma mulher, e ele tinha beijado demoradamente e bem. Ficamos proibidos de entrar na piscina a partir daquele dia, mas toda vez que passávamos por lá, a guarda-vidas olhava lá de cima da sua torre, para o Squints, e sorria."

— *Se brincar o bicho morde*

— Ainda bem que estacionamos perto — disse Wes, ligando o carro e acionando os limpadores de para-brisas enquanto a chuva caía com tudo. — Estaríamos encharcados se tivéssemos demorado mais um segundo.

Senti meu coração na boca. O interior do carro escuro parecia mais íntimo na tempestade que rugia, então fiquei muito inquieta. Desde que percebi o que realmente sentia pelo Wes, fui tomada por um pânico e uma necessidade de contar tudo para ele, de garantir que ele soubesse antes que a Alex se sentisse à vontade demais.

— Com certeza.

— Desculpa pelos meus amigos confusos.

— Não... Imagina.

Wes estava se referindo ao fato de termos passado só uns cinco minutos jogando até que *todos* decidiram que queriam ir com Noah buscar a pizza. Tenho quase certeza de que estava com um sorriso esquisito no rosto quando Alex entrou na van.

— Fiquei de ir para casa assim que o filme terminasse, de qualquer jeito.

— Pois é! *Por quê?* Faltam só alguns meses para você ir para a faculdade, mas seu pai continua em cima. Será que ele não é um pouquinho superprotetor, não?

Wes olhou por cima do ombro antes de engatar a marcha e sair, e a música nova da Daphne Steinbeck, "Dark Love", estava tocando no rádio. Era lenta e tinha uma batida sensual, então pensei em trocar de estação porque aquilo era demais.

Era perfeito demais.

— Muito. Apesar de ter seguido em frente, ele nunca esqueceu o acidente da minha mãe e o fato de que às vezes coisas que parecem improváveis *de fato* acontecem.

— Uau — soltou ele, olhando para mim. — Nesse caso é difícil de argumentar, hein?

— Eu nem tento.

A chuva ficou mais forte e Wes colocou os limpadores na velocidade máxima. Ele virou devagar na rua Harbor Drive, uma estrada movimentada paralela ao bairro do Michael, e as luzes claras e coloridas das lojas estavam totalmente borradas com a chuva torrencial. Estendi a mão e acionei o desembaçador.

— E a Alex? Você vai sair com ela? — perguntei, o mais tranquila possível.

— Foi o Michael que disse isso?

Ele esticou o pescoço, se aproximando do para-brisas e diminuindo a velocidade perto do cruzamento. O semáforo abriu, e ele acelerou quando os carros da rua transversal pararam. Tudo certo, pegamos velocidade, mas à frente vi um Jetta saindo do posto de gasolina na frente da SUV de que estávamos bem próximos e...

— Carro! — gritei.

Eu me preparei para o impacto quando, à nossa frente, as luzes vermelhas do freio se acenderam através da janela encharcada e embaçada. Os pneus do carro do Wes tentaram parar no asfalto molhado, mas o freio travou, e íamos bater na SUV.

Wes virou o carro para a direita e desviou para cima do que poderia ter sido uma calçada, e avançamos em direção a algo muito verde. Parecia uma floresta.

— *Merdamerdamerdamerda...* — praguejou Wes, tentando controlar o carro.

Ele pisou com tudo no freio, mas, quando os faróis iluminaram a encosta íngreme e lamacenta à frente, continuamos avançando morro abaixo em direção às árvores. Íamos bater em uma delas, não tinha como evitar, e eu rezei o mais rápido que consegui enquanto meu coração acelerava.

Wes estava focado no volante, e senti um solavanco, como se tivéssemos atingido alguma coisa, e fiquei com medo que o carro virasse.

Em vez disso, o veículo parou.

Olhei para Wes, e seu rosto estava corado como se ele tivesse acabado de correr uma maratona. Nós dois estávamos respirando com dificuldade, os trovões continuavam a soar, a chuva caía no teto da caminhonete, e o rádio anda tocava "Dark Love".

— O que acabou de acontecer? — soltei.

— Você está bem? — questionou ele.

Wes ainda segurava o volante com força e ficou olhando para mim por um tempo, paralisado, antes de soltar os dedos e desligar o carro.

— Puta merda, Liz.

— Estou bem — disse, tentando olhar pelas janelas, mas não conseguia ver nada. — Meu Deus, nós estamos bem.

— Meu Deus. — Ele recostou a cabeça no banco e soltou o ar. — Que loucura!

Loucura. Do momento em que Wes pisou no freio até ali talvez tivesse se passado no máximo um minuto. Mas aquele minuto pareceu uma hora. Naquele intervalo, pensei que fôssemos morrer. Pensei em como meu pai ficaria se alguma coisa acontecesse comigo, e pensei na Joss, e na mãe do Wes, e lamentei não ter a oportunidade de viver mais tempo com Wes.

Bizarro, não é?

— Não acredito que estamos bem — comentei, lembrando como Wes tinha virado o volante. — Você foi incrível.

Ele soltou o cinto, sem olhar para mim.

— Incrivelmente imprudente de dirigir com esse tempo, você quis dizer.

— Não. Você não só evitou que batêssemos naquele carro, mas também que batêssemos em uma árvore — retruquei, também soltando o cinto. — Obrigada.

— Não agradeça ainda. Talvez estejamos presos.

Wes estendeu a mão à minha frente e abriu o porta-luvas, remexendo até encontrar uma lanterna.

— Espere aqui... Vou dar uma olhada — disse ele, abrindo a porta e saindo.

Tentei espiar pela janela, mas os vidros estavam tão embaçados que não enxerguei nada. Abri a porta e saí, e logo fui golpeada pela chuva forte enquanto meus passos esguichavam na lama úmida.

— Merda!

Abaixei a cabeça e dei a volta na frente do carro até onde pensava ter visto Wes ajoelhado junto ao pneu. Parei ao lado dele e me agachei.

— Sério? Uma pedra? — gritei.

Parecia que o pneu havia batido em uma pedra enorme e ficado preso nela. O outro pneu estava quase levantando voo. Não tinha uma cara boa. Wes semicerrou os olhos, a chuva caindo sobre seu rosto, e pareceu surpreso ao me ver.

— Eu não pedi pra você esperar no carro?

— Você não manda em mim — esbravejei, mais alto do que a chuva, e a expressão dele passou de seriedade à suavidade em um segundo. — Além disso, se você morrer, vou ficar perdida aqui sozinha.

—Verdade — vociferou ele, segurando minha mão molhada e me levantando. —Vou voltar para dentro do carro... A senhorita gostaria de se juntar a mim?

— Na verdade, sim.

Em vez de vir até o meu lado, Wes abriu a porta ao lado dele e me empurrou com gentileza para dentro. Eu ri e entrei, escorregando até o meio do banco dianteiro inteiriço, e quando seu corpo grande entrou e a porta se fechou, o interior do carro pareceu incrivelmente isolado.

Ficamos em silêncio por alguns segundos, com o rosto pingando e tirando o cabelo encharcado dos olhos. Então ele pegou o celular e digitou um número.

— Estou ligando para meu pai — explicou ele, levando o celular à orelha e olhando para o volante. — Ele consegue vir rápido, e um amigo dele tem um guincho.

— Legal.

Olhei para baixo.

— Ah, não... Meu All Star — sussurrei.

Meu tênis estava coberto por uma lama úmida e pegajosa, e aquilo me deixou mais chateada do que deveria. Afinal, era só um tênis, e era só lama. Mas... eu queria que eles permanecessem perfeitos como quando Wes os levou até o balcão da loja e pagou por eles.

Talvez eu pudesse lavar com alvejante quando chegasse em casa.

Abaixei o quebra-sol e me olhei no espelho enquanto Wes contava ao pai o que tinha acontecido e onde estávamos. Limpei embaixo dos olhos, tentando me livrar dos olhos de panda, mas meus dedos trêmulos não ajudaram.

Fechei o quebra-sol e respirei fundo. Eu estava abalada com o acidente, mas a descarga repentina de adrenalina que eu estava sentindo era maior.

Porque, com o carro do Wes parado ali, com um pneu no ar, me dei conta de que a vida é imprevisível. Por mais que planejemos, e por mais que tentemos fazer só o que for garantido, algo intangível sempre dá as caras para bagunçar tudo.

O que me levou a refletir.

Se minha mãe ainda estivesse viva, será que ela teria mudado de ideia sobre *bad boys*? Justamente porque havia coisas como acidentes de carro e amores perdidos, situações de vida e morte e corações partidos, devíamos nos agarrar a cada momento e devorar as coisas boas. Ela não ia querer isso para mim? Que eu improvisasse em vez de viver de acordo com um roteiro na fonte Courier New, tamanho doze?

— Ele chega em dez minutos — avisou Wes, largando o celular no porta-copos e me encarando. — Desculpa, Libby.

Reprimi um calafrio e me perguntei se ele tinha me chamado de Libby de propósito. Wes só fazia isso quando queria me provocar, mas daquela vez pareceu íntimo. Quase como se realmente existisse algo entre nós dois.

— Não se preocupe... Você não me fez bater a cabeça numa árvore, então tudo bem — respondi, com a voz estranha.

Aquilo fez com que sua expressão se suavizasse.

— Ótimo.

Mordi os lábios e fiquei nervosa, ainda mais porque eu queria muito, muito contar a ele o que estava sentindo e o que queria. Respirei fundo.

— Wes...

— Olha, seus cachos estão de volta — observou ele, semicerrando os olhos castanhos e sorrindo. — Acho que senti falta deles.

Ele começou a levantar a mão, como se quisesse tocar meu cabelo molhado, mas hesitou.

A decepção percorreu meu corpo enquanto eu ria, tentando respirar.

— Não foi você quem exigiu que eu alisasse o cabelo?
— Aham.

A pele dele também estava molhada da chuva, lógico, e uma gota estava prestes a cair da ponta de seu nariz. Os olhos castanhos viajaram por todo o meu rosto, mergulhando em meus olhos, bochechas e boca.

— Mas acho que me arrependo de tudo — continuou ele, com a voz rouca e grave. — Sinto falta das suas roupas e do seu cabelo encaracolado. Você fica mais bonita quando é você mesma.

Você fica mais bonita quando é você mesma. Ah, meu Deus.

Estávamos tão próximos, os lábios a *centímetros de distância*, sentados frente a frente. Parecia não haver mais ninguém no mundo, apenas eu e Wes no carro com os vidros embaçados enquanto a chuva nos envolvia. Queria *tanto* que ele se aproximasse e me beijasse, mas sabia que ele não faria isso.

Como eu sabia daquilo?

Porque eu tinha passado a vida inteira provando para Wes Bennett que eu nunca, jamais, em tempo algum ia querer que ele me beijasse.

— Nossa, obrigada, Bennett — respondi, baixinho.
— Estou falando sério — murmurou ele.

Então eu o beijei.

Com ímpeto, deslizei os braços em volta de seu pescoço e encostei os lábios nos dele, inclinando a cabeça só um pouquinho e chegando com o quadril mais para perto. O cheiro da colônia de Wes se misturou ao cheiro da chuva e me envolveu por completo.

Wes congelou por um instante, enquanto meus lábios descansavam nos dele. A ideia de que ele talvez não quisesse me beijar me ocorreu tarde demais. Tinha como me afastar e me fazer de desentendida? Soltar um "Opa, fiquei tonta com o acidente e caí com a minha boca na sua"?

Então, como se tivesse sido atingido por um raio, Wes respirou fundo e suas mãos seguraram meu rosto. Ele me beijou de volta. Eu estava beijando Wes Bennett, e ele estava me beijando também.

O beijo tímido e sem fôlego virou um beijo gostoso e inebriante num instante.

Ele inclinou a cabeça e me beijou como era de se esperar que Wes beijasse, de um jeito ousado, fofo e absolutamente confiante, tudo ao mesmo tempo. Wes sabia exatamente o que estava fazendo conforme suas mãos pegaram meu cabelo, mas foram a respiração entrecortada e o leve tremor de seu toque que me conquistaram. O fato de ele se sentir tão sem controle quanto eu.

Wes me puxou ainda mais para perto, e senti meu peito contra o dele. Pela primeira vez na vida, entendi como as pessoas podem simplesmente esquecer onde estão e transar no banco do carro. Eu queria envolver sua cintura com minhas pernas, subir em cima dele e explorar tudo o que dois corpos eram capazes de fazer. Mas eu ainda era (meio que) virgem.

Não pude impedir que minhas mãos viajassem por toda parte enquanto eu me perdia naquele momento envolvente. Deslizei as mãos para dentro do moletom do Wes, e ele mordiscou meu lábio inferior. Em seguida, levei as mãos até seu rosto, sentindo a rigidez de sua mandíbula enquanto ele me beijava como se aquele fosse seu emprego e ele quisesse um aumento. Wes emitiu um som quando enfiei as mãos em seu cabelo, indicando ter gostado, e eu quis que chovesse daquele jeito para sempre.

Só quando ele disse meu nome, sussurrando com os lábios nos meus, eu voltei à realidade:

— Liz. Liz. Liz.

— Hummm?

Abri os olhos, mas minha visão estava meio embaçada. Sorri quando vi aquele rosto lindo tão perto do meu.

— O quê? — perguntei.

Os olhos escuros dele estavam quase fechados.

— Acho que meu pai chegou — disse ele.

— O quê?

Eu me senti completamente perdida. A mão de Wes se movimentava devagar em minhas costas. Acho que eu não teria ouvido nem uma matilha de lobos passando correndo.

Então vi os faróis acesos ao lado do carro. Respirei fundo e passei a mão no cabelo, semicerrando os olhos em reação à luz clara demais que iluminava tudo.

— Ah! Droga — sussurrei.

Os lábios de Wes estavam *quase* tocando minha orelha.

— É melhor eu ir falar com ele antes que ele abra a porta. Tudo bem? — indagou ele, baixinho.

Mal consegui abrir os olhos quando senti sua boca quente em minha orelha.

— Libby? — sussurrou ele.

Balancei a cabeça.

— Não, não.

Aquilo me rendeu uma risada provocante que fez meus dedos dos pés se curvarem. A respiração dele agitou todas as minhas terminações nervosas.

— Eu topo ficar se você não se importar que meu pai veja a gente assim — propôs ele.

— Tudo bem, vai logo — resmunguei e empurrei o peito dele, sentindo certo ciúme enquanto me deleitava com o toque de minhas mãos em seu peitoral.

Seus olhos desceram até minhas mãos por um breve instante e sua testa se franziu, mas logo voltou ao normal.

Olhei para ele e brinquei:

— Eu já estava satisfeita mesmo.

— Sei, srta. *Não-não.*

Seu sorriso me disse que ele sabia exatamente o quanto mexia comigo. Wes abriu a porta.

— Já volto, Elizabeth.

— Estarei aqui, Wessy — respondi.

Ele deu mais uma risada provocante antes de sair pela porta.

Ajeitei as roupas molhadas e tentei arrumar o cabelo. *Ai, minha nossa! Ai, minha nossa, isso aconteceu mesmo?* A sensação era de que o pai do Wes saberia que eu estava beijando seu filho só de olhar para mim, mas acho que não havia muito o que fazer.

— Oi.

A porta do passageiro se abriu e Wes surgiu.

— Meu pai vai precisar do caminhão do amigo para tirar o carro, então ele vai nos levar para casa e voltar com o Webb.

Encarei Wes e me perguntei como não tinha passado a vida inteira impressionada com aquele rosto. Deixei meus olhos passearem por ele.

— Beleza.

Ele deu um sorriso sexy e, juro por Deus, Wes sabia exatamente no que eu estava pensando. Ele aproximou os lábios da minha orelha.

— Eu não queria que ele tivesse chegado — disse ele.

Senti um calor percorrer todo meu corpo quando Wes levantou a cabeça e sorrimos um para o outro.

— Eu também não — admiti.

— Vamos, crianças... Estou ficando encharcado aqui — gritou o sr. Bennett de algum lugar atrás do Wes, depois entrou no carro e bateu a porta.

Wes estendeu a mão e, mesmo depois que eu a segurei e desci do carro, ele não soltou. Em vez disso, entrelaçou nossos dedos, sem olhar para mim, e me levou até o carro do pai.

Wes Bennett estava segurando minha mão.

Ele abriu a porta traseira… e tinha uma caixa enorme no banco.

— Do outro lado — indicou o pai dele.

Então Wes soltou minha mão e abriu a porta do carona para mim. Entrei, e ele deu uma piscadinha antes de fechar a porta.

Eu estava ferrada, porque aquela piscadinha me deixou tonta.

— Obrigada.

Wes fechou a porta, correu até o outro lado e entrou no banco de trás.

Sentar no banco da frente com o pai dele era estranho. Além disso, eu queria desesperadamente me sentar ao lado de Wes.

— Obrigada por vir nos buscar, sr. Bennett.

— Imagina, querida — respondeu ele, colocando o cinto de segurança e engatando a marcha. — A última vez que te dei uma carona você era bem pequena.

Sorri e me lembrei de quando ele levou todas as crianças da vizinhança ao Dairy Queen quando teve uma queda de energia enorme.

— Dairy Queen, né? Deve fazer uns dez anos.

Ele assentiu.

— Aham.

Quando ele entrou na rua Harbor Drive, desejei ver o rosto do Wes e saber o que ele estava pensando. Será que estava pirando como eu, no bom sentido? Será que queria dar um jeito de me encontrar mais tarde para a gente se beijar um pouco mais?

Será que estava interessado em mim? Interessado *de verdade*?

Porque eu estava fora de mim de tanto entusiasmo, explodindo com um "Ahhhhh!" que só podia acompanhar nosso beijo no carro embaçado.

O pai dele começou a falar sobre a situação do carro, e os dois mergulharam em uma conversa automobilística a caminho de casa enquanto eu olhava pela janela e revivia o beijo em meus pensamentos. Quando o sr. Bennett parou na frente da minha casa, peguei o hambúrguer da Helena e minha bolsa.

Não sabia o que dizer, então soltei um:

— Obrigada pela carona.

— De nada. Bom ver você, querida.

Desci, fechei a porta do carro e corri na chuva até a varanda coberta. Mas... eu devia ter falado algo para Wes, não é mesmo? Não podia deixar que as últimas palavras da noite fossem as de Stuart Bennett.

Vi o carro parar na entrada da casa deles e, assim que vi Wes descer, larguei o que tinha nas mãos e corri na chuva. Quando cheguei à extremidade do quintal, parei.

— Wes!

A chuva caía forte, e gritei o nome dele mais uma vez, tentando chamar sua atenção.

Wes olhou na minha direção, mas estava chovendo forte demais para que eu conseguisse enxergar sua expressão. A chuva fazia o cabelo encharcado grudar em meu rosto.

— Obrigada por tudo! — exclamei.

Voltei até a varanda correndo, coloquei o cabelo encharcado para trás e peguei a chave.

— Libby!

Eu me virei, e ali estava Wes, parado na chuva, no meu quintal. Inclinei a cabeça e perguntei:

— O quê?

— Você disse "tudo"! — gritou ele, todo encharcado. — Isso quer dizer que está me agradecendo pelo beijo também?

Dei uma risada e peguei o lanche da Helena.

— Eu devia saber que você ia estragar tudo!

— Não, não, Buxbaum — disse ele, passando a mão pelo cabelo molhado, que ficou arrepiado, e sorrindo para mim. — Foi perfeito demais, nada pode estragar. Boa noite.

Não, não. Soltei um suspiro e senti um calor por dentro, embora meu corpo estivesse tremendo.

— Boa noite, Bennett.

— Ai, meu Deus. Ai, meu Deus. Ai, meu Deus. Caramba.

Fechei a porta e encostei a testa, que estava pingando, na madeira branca. O que foi aquilo e o que significava?

— Foi tão bom assim?

Virei e vi Helena sentada numa poltrona ao lado da lareira com o sr. Fitzherbert dormindo em seu colo, um livro nas mãos e um sorrisinho sarcástico no rosto. Queria ficar brava ou constrangida, mas não conseguia parar de sorrir. Coloquei o cabelo molhado para trás.

—Você não faz ideia — respondi.

—Venha logo até a cozinha comigo antes que a gente acorde seu pai.

Ela se levantou, fazendo com que Fitz soltasse um grunhido mal-humorado ao pular para o chão. Helena largou o livro e me chamou com um gesto, indo até a cozinha. Quando chegamos, ela pegou o hambúrguer e me jogou uma toalha.

— Pode ir falando — exigiu ela.

Não consegui me conter e dei uma risada, passando a toalha na cabeça.

— Eu, é... Eu me diverti muito com Wes esta noite.

— É mesmo? E...?

Ela abriu a embalagem do Stella's e colocou no micro-ondas.

— E... — continuei, ainda secando o cabelo e me lembrando dos lábios de Wes nos meus.

O som de sua respiração, o cheiro de sua colônia, o toque de suas mãos segurando meu rosto...

— Ei. Pode se concentrar aqui um pouquinho, por favor?

Aquilo me fez rir de novo.

— Não consigo, tá? Sinto muito, mas não consigo me concentrar em nada, porque tive uma noite incrível com Wes Bennett, justo com ele. Uma noite incrível que terminou com um beijo digno de vencer um campeonato. Estou chocada, Helena.

— Não entendo por quê. Quer dizer, tudo bem, você odeia Wes desde sempre, mas vocês já estavam indo nessa direção.

Coloquei a toalha em cima do balcão.

— Sério? Estávamos? Minha nossa, eu não tinha ideia.

Por algum motivo, passei muito tempo sem perceber que Wes era bonito, engraçado e inteligente, e a única pessoa com quem eu conseguia ser cem por cento eu mesma. Fiquei tão focada no plano de conquistar Michael que nem percebi o que estava acontecendo entre nós dois.

— Mas isso é bom, né? — indagou Helena, se apoiando no balcão e sorrindo para mim. — Parece muito, muito bom.

Abri a geladeira, ainda sorrindo, e respondi:

— Tenho medo de admitir, mas acho que pode ser.

No entanto... ainda estava preocupada com a Alex. Eu sabia o que ele tinha dito sobre ela, mas às vezes sentimentos mudam. Só porque ela não fazia o "tipo" dele, não queria dizer que, passando mais tempo com ela e observando sua beleza de perto, Wes não pudesse mudar de ideia.

Helena juntou as mãos.

— E se ele te convidar para o baile?

Quase derrubei o suco de laranja. Eu me aprumei e pensei no rosto dele enquanto olhava para a geladeira, nos seus olhos castanho-escuros que pareceram quase pretos quando paramos de nos beijar.

Era de Wes Bennett que estávamos falando, mas ao mesmo tempo não era. Era do Wes 5.0, a versão crescida, e eu me sentia completamente perdida porque não sabia como ficariam as coisas entre nós dois. Ele tinha me beijado pra valer. Essa era a única coisa de que eu tinha certeza. Será que ele ainda achava que estava me ajudando com Michael? Não podia ser isso, né?

Não sabia se ele ia querer alguma coisa *comigo*, mas estava esperançosa de que o fervor daquele beijo quisesse dizer que sim.

Aquele plano de conquistar o Michael agora parecia idiota. Queria poder voltar no tempo e bancar o cupido do Michael e da Laney em vez de traçar toda aquela estratégia. Estava torcendo para que minha conversa sincera com Michael ao lado do piano tivesse sido o que ele precisava ouvir para chamar Laney para o baile.

— Tenho certeza de que isso não vai acontecer — murmurei.

Fechei a geladeira e tentei ser realista quanto ao baile de formatura, embora meu pobre lado romântico e confuso estivesse gritando só de pensar na ideia. Apesar dos meus anseios, eu tinha dito à Joss que iria com ela, e precisava fazer aquilo. Até aquele momento, eu vinha sendo sortuda pelo fato de que ter sido uma amiga horrível não havia estragado nossa amizade, então eu precisava cumprir minha promessa.

— Além do mais, eu já tenho um par — acrescentei, por fim.

— Acha que Joss ia se importar se você fosse com ele?

— Ah, ia... Mas talvez possamos ir todos juntos?

Um baile de formatura com minhas duas pessoas favoritas? Parecia muito mais incrível do que o baile perfeito que eu tinha imaginado.

— Bem, não importa o que aconteça — começou Helena —, eu adoraria que você aceitasse um dia de beleza e spa antes do baile.

Abri o suco de laranja.

— Parece muito divertido — respondi. — Mas você tem que vir também.

E eu estava sendo sincera. Queria Helena lá comigo.

Ela ergueu uma sobrancelha.

— Sério?

Dei de ombros e disse:

— Quer dizer, se você me irritar, vou contar para a cabeleireira que você quer uma franja bem curtinha mas não tem coragem de pedir.

— Imagina como uma franjinha ficaria nesse senhor testão?

— Esse tipo de franja é péssimo em qualquer pessoa... ponto-final.

Depois disso, fui para o quarto e mandei uma mensagem para Joss sobre Wes, o que levou a uma troca de mensagens que deve ter durado uma hora.

Eu: Acho que talvez eu goste mesmo dele.
Joss: É ÓBVIO.
Eu: Acho que talvez ELE goste mesmo de mim.
Joss: Me conte cada detalhe do que aconteceu.

Não comentei que nos beijamos, o que foi estranho porque em geral eu contava tudo para Joss. Quer dizer, tirando as coisas que aconteceram naqueles últimos dias. Mas tinha sido tão perfeito — o beijo e o comentário fofo sobre meu estilo — que eu não queria que a opinião dela interferisse na perfeição daquela noite.

Fiquei acordada até tarde fazendo uma playlist com a trilha sonora do Wes e da Liz e fui dormir pensando no rosto dele depois do beijo. O jeito como ele olhou para mim, como se não conseguisse acreditar no que tinha acontecido e também quisesse fazer de novo, me deixava com as pernas bambas só de lembrar.

O olhar dele foi tão suave e caloroso, tão intenso e doce, que desejei que existisse um jeito de arquivar uma memória para que ela nunca se perdesse.

Como é que eu ia dormir?

CAPÍTULO TREZE

"Rapazes comportados não beijam assim."
"O cacete que não beijam."

— *O diário de Bridget Jones*

— Ah, obrigada — disse Jocelyn, pegando o café da minha mão e levando o copo até a boca. — E por que você está usando *isso*?

Olhei para o vestido fofo com estampa de corujas e abri o armário da escola.

— Por que não? Amo esse vestido.

Ela fez uma careta e bebeu um gole, então se apoiou no armário ao lado do meu.

— Torci para que você mantivesse o visual novo.

Você fica mais bonita quando é você mesma. Senti meu rosto esquentar quando me lembrei das mãos de Wes em meu cabelo. Eu estava em alerta máximo desde que cheguei à escola naquela manhã, procurando por ele em cada canto e cada corredor, o estômago revirando só de pensar em olhá-lo.

Ou em Wes me olhando de volta.

Nossa…

Ele não tinha mandado mensagem desde o beijo, mas já era tarde quando ele me deixou em casa, e ainda teve que voltar com o pai para buscar o carro. Peguei o livro de história da primeira prateleira.

— Continuo gostando dos meus vestidos. Pode me julgar — provoquei.

— Não me leve a mal — começou Joss, balançando o copo. —Você fica linda com qualquer roupa, mas ficou ainda mais linda com roupas mais despojadas.

— Obrigada. Mas aquela roupa ficou destruída depois de todo o sangue do nariz.

Jocelyn olhou pelo buraquinho na tampa do copo de café e contorceu a boca.

— Não consigo acreditar que isso aconteceu com seu nariz.

— Né?

Fechei o armário e fomos em direção ao primeiro bloco. Eu estava decepcionada por não encontrar Wes, ainda mais porque todo aquele silêncio me deixava obcecada e paranoica, achando que o beijo não teve nenhum significado para ele e que nada tinha mudado entre a gente.

No almoço, quase dei um gritinho quando meu celular vibrou. Tinha acabado de me sentar à mesa para comer uma salada verde com morango e beber uma limonada quando vi que era uma mensagem do Wes.

Wes: Gostei do seu vestido de pássaros.

Olhei ao redor, mas não o vi em nenhuma das mesas do refeitório.

Eu: São corujas. Onde você está?

Wes: Na biblioteca... Vi você passando ainda há pouco. Aliás, corujas são pássaros.

Eu: Pois é.

Wes: Pare de implicar comigo por causa de pássaros, Buxbaum. Só disse que você ficou bonita com esse vestido... só isso.

Sorri e dei outra olhada ao redor, para garantir que Wes não estava me espionando e observando minha reação patética.

Eu: Olha, não foi isso que você disse.

Wes: Foi, sim...

Eu: Aham...
Wes: Preciso ir. Conversamos depois?

Larguei o celular na mesa como se o aparelho estivesse queimando minhas mãos. "Conversamos depois" nunca era bom sinal, né? Que mau pressentimento era aquele? Abri o pacotinho de vinagrete e reguei a salada antes de digitar uma nova mensagem.

Eu: Sim.

Se eu já estava obcecada por ele de manhã, à tarde, então... Eu precisava saber *mais*. O fato de que o beijo tinha sido bom não era o suficiente. Será que ele gostava de mim? Será que Wes queria segurar minha mão e talvez me beijar de novo? Será que seria meu namorado num futuro próximo? Ou o beijo não significava nada sério para ele?

De repente me ocorreu, enquanto eu caminhava pelo corredor com Joss depois da aula, que não cheguei a comentar com Wes que não estava mais interessada no Michael. Ele sabia disso, não sabia? Quer dizer, o beijo devia ter dado o recado.

— Acha que Wes vai te chamar para um encontro *de verdade*?

Senti meu estômago revirar quando uma lembrança do beijo surgiu em minha mente.

— Espero que sim.

— Quem poderia imaginar? — indagou Joss.

Ela abriu a porta principal, e saímos para a tarde ensolarada.

— O garoto que te torturou na infância agora é seu príncipe encantado — observou Jocelyn. — Que estranho.

— O que está acontecendo ali? — perguntei, distraída com uma pequena multidão no pátio. — Aposto que é uma briga.

— Provavelmente Matt Bond e Jake Headley — respondeu Joss.

Matt e Jake eram dois *daqueles* garotos. Quando a notícia de que eles tinham uma rixa se espalhou, todos ficaram animados com a possibilidade de que alguma coisa acontecesse.

Atravessamos a multidão, porque meu carro estava estacionado naquela direção.

— É, então é verdade que eles iam trocar socos.

— Não acredito que você disse "trocar socos", Vestido de Corujas.

— Olha, foi *literalmente* o que eu ouvi. Cada palavra — justifiquei, passando por algumas pessoas. — Com licença.

— Ai. Minha. Nossa — disse ela.

Virei a cabeça e olhei para Jocelyn.

— O que foi?

Joss estava olhando para um ponto atrás de mim. Ainda sem me encarar, cobriu a boca com uma mão e apontou com a outra.

Segui o dedo dela até um carro estacionado no meio do pátio. Era um Grand Cherokee preto, e era inusitado que estivesse ali, mas não era isso que chamava atenção.

Não mesmo. O incomum era que toda a lateral do carro estava coberta de caixas, cada uma com uma letra preta, e um quadrado alaranjado emoldurava todas elas.

A lateral do carro parecia um caça-palavras enorme.

Um caça-palavras com letras vermelhas na diagonal formando a palavra: "Baile?"

— Puta merda, Liz… Vai até lá! — disse Bailey Wetzel, que estava no meio da multidão, sorrindo e estendendo o braço. — Vai!

Demorei para entender o que estava acontecendo, até que vi Michael.

Ele estava ao lado do carro, sorrindo para mim e segurando um cartaz que dizia: QUER JOGAR CAÇA-PALAVRAS COMIGO, LIZ?

Era um convite elaborado.

Michael estava me convidando para o baile.

Eu estava confusa e sem palavras, sorrindo enquanto a multidão começava a aplaudir. Michael estava me convidando para ir ao baile de um jeito romântico e atencioso. Só que eu estava em choque. Era exatamente o que eu queria uma semana antes, mas não era o que eu desejava naquele momento.

Fui até ele devagar, com as pernas bambas.

— Recuse com carinho, Liz — disse Joss.

Olhei para o rosto sorridente do Michael. *Como assim?* Por mais que eu tentasse entender, não fazia sentido. Todos os meus encontros com Michael tinham acabado em desastre: vômito, nariz sangrando e conversa sobre a Laney. Então por que aquilo estava acontecendo?

Que ironia, não?

Senti um calor, incomodada com todas aquelas pessoas olhando. Fiquei constrangida. Quando cheguei ao lado dele, não tinha ideia do que dizer. Ele era lindo, atencioso e tudo o que eu sonhava desde pequena.

E não tinha nada a ver com o Wes.

Finalmente via Michael — nós dois — com nitidez, e não queria mais que ele fosse o "Cara Ideal".

— Que incrível — comentei, olhando para o carro.

Ele tinha embalado caixas de sapato com papel branco e colado-as na lateral do carro para montar o caça-palavras, o que deve ter levado bastante tempo.

— Não acredito que você fez isso — continuei.

— Conheço você há bastante tempo, Liz. O suficiente para saber que você ia querer um gesto grandioso pra...

— E a Laney? — interrompi, sussurrando para que ninguém mais ouvisse, na esperança de evitar uma humilhação pública para nós dois.

Michael deu de ombros e respondeu, sorrindo:

— Pensei muito sobre o que você falou na sala de música. Assim como você, eu quero a possibilidade de ter *mais*. Então... por que não você? Por que não nós dois?

Abri a boca, mas logo fechei. É que... Fala sério. Então alguém ouviu minhas ideias horríveis pela primeira vez? Quis me socar por tagarelar sobre Wes sem mencionar o nome dele.

Parecia até que eu nunca tinha assistido a uma comédia romântica na vida. Tudo aquilo era uma comédia de erros.

Olhei para a multidão e... Ah, não. Lá estava Wes, ao lado do prédio do colégio. Trocamos olhares, ele com uma expressão impossível de interpretar. Engoli em seco e fiquei olhando para Wes, para aquele rosto que beijou o meu na última vez que nos vimos.

Em silêncio, implorei àqueles olhos castanhos que me dessem uma resposta.

Ou que ele abrisse um sorriso para mim.

Por favor, Bennett, me dê algum sinal.

Mas ele desviou o olhar e virou o rosto.

Antes mesmo que eu me desse conta daquele soco no estômago, vi Alex se aproximar dele. Ela sorriu e pegou seu braço, puxando-o mais para perto para sussurrar em seu ouvido.

Mal conseguia respirar olhando para os dois enquanto a escola inteira me encarava. O silêncio estava ficando constrangedor, e eu tinha plena ciência daquilo. Aos poucos, as pessoas começaram a gritar e aplaudir, mas eu só conseguia ouvir meu coração batendo cada vez mais forte. Em meio a tudo aquilo, mantive o olhar em Wes. Ele levantou as mãos, colocou dois dedos na boca e assoviou alto. Então apoiou o braço nos ombros da Alex e fez um sinal de positivo.

A rejeição, amarga e quente, tomou conta de mim. A noite anterior — o beijo, tudo o que aconteceu — tinha sido um erro. Wes não sentia por mim o que eu sentia por ele. Era assim que a história ia terminar.

— Está ficando constrangedor, e eu tenho que ir em, tipo, dois minutos. Talvez você queira responder...?

Michael pareceu desconfortável enquanto esperava uma resposta. Respirei fundo e simplesmente aceitei as flores que ele estava segurando. Não conseguia dizer uma palavra, sabendo que Wes abraçava a Alex e assoviava para que eu aceitasse. Então Michael virou o cartaz, revelando a frase ELA ACEITOU! no mesmo formato de caça-palavras.

As pessoas que estavam em volta aplaudiram e, graças a Deus, começaram a dispersar. Fiquei ali, em choque.

Michael apertou minha mão e disse:

— Preciso mesmo ir agora, mas isso pareceu ser a coisa certa a fazer depois da nossa conversa de ontem, na sala do meu pai. Podemos definir os detalhes amanhã, tudo bem?

— Ah, pode ser.

— Que "conversa de ontem"? — questionou Jocelyn, entrando no meu campo de visão assim que Michael saiu, estreitando os olhos. — Você estava com Michael Young?

Senti o sangue se esvair do meu rosto quando as mentiras que vinha contando explodiram na minha cara.

— Eu falei que a gente foi assistir a um filme… — respondi, gaguejando.

— Você disse que estava com Wes — murmurou ela, balançando a cabeça. — Qual é o seu problema? Você está tão iludida por essas baboseiras românticas que até mente pra sua melhor amiga… E pra quê? Pra sair com um garoto que já está envolvido com outra pessoa?

Engoli em seco, sentindo uma ânsia de me defender, embora soubesse que estava errada.

— Talvez se você não fosse tão crítica, eu poderia ter sido sincera desde o começo. Mas às vezes é *tão* difícil.

Joss me olhou como se eu fosse uma pessoa nojenta. E ela tinha razão.

— Está dizendo que é minha culpa você ser uma mentirosa?

— Lógico que não. Nossa, desculpa. Eu só...
Ela franziu as sobrancelhas e me encarou.
— Então, qual é o lance com Wes? Você gosta mesmo dele?
Soltei um suspiro. Havia algum motivo para *não* contar tudo para Joss agora?
— Olha, essa parte é verdade... Eu gosto muito dele.
Jocelyn cruzou os braços.
— Então o que você estava fazendo na casa do Michael se gosta do Wes?
Ajeitei a mochila e olhei para Kate e Cassidy, que até então eu não tinha percebido que estavam atrás dela.
— Na verdade, eu fui até lá com Wes.
— Você foi até lá com Wes e foi parar na sala do pai do Michael? Está brincando, né?
— Ah, na verdade é uma sala de música.
Joss abriu a boca, mas antes que pudesse falar, continuei:
— Eu sei que a questão não é essa. Wes concordou com a coisa toda... Ele queria que eu fosse conversar com Michael.
— Sério?
Ela me lançou um olhar que a fez parecer com sua mãe, uma advogada interrogando um criminoso mentiroso, alguém que ela estava prestes a fazer chorar.
— Aham. — Pigarreei e decidi abrir o jogo. — Sabe, ele estava me ajudando...
— Ah, minha nossa... Você tramou com o Wes pra ficar com o Michael, não foi? — indagou Joss, semicerrando os olhos em repulsa. — Sabia que você ia perder a cabeça quando ele voltou. Qual é o seu problema?
— Nenhum. — Hesitei e tentei justificar: — Ele e a Laney ainda não eram um casal, então...
— O que explica as roupas e o cabelo alisado, né? Você também mentiu para mim naquele dia do shopping?

Fiquei em silêncio. O que eu poderia responder?

— E a história de você gostar do Wes também era mentira?

— Só no início...

—Vai se ferrar, Liz.

Ela ajeitou a mochila no ombro e me deu as costas. Kate esboçou um meio sorriso com os lábios fechados, uma expressão de quem estava com pena de mim, mas ainda assim iria com a Joss, e Cassidy me olhou como se eu fosse uma péssima pessoa.

Houve uma época em que elas não teriam tomado partido, mas como dei vários perdidos nos últimos eventos, elas seriam Time Joss até o fim.

— Espera — chamei, a garganta apertada e a visão turva quando vi Joss voltando em direção à escola. — Joss, espera. Desculpa. Você não quer uma carona pra casa?

— Não de você — respondeu ela, jogando um braço para o alto. — Prefiro ir andando.

— E aí? Como foi seu dia?

Helena estava sentada em uma banqueta da cozinha quando cheguei em casa, trabalhando no notebook, com uma calça de pijama suja de tinta e um moletom.

— Mais ou menos.

Larguei a mochila no chão, cansada de tanto chorar durante todo o caminho para casa. Fui até a geladeira procurar alguma guloseima.

— Ai, nossa, esqueci... Você encontrou o Wes?

Ela tirou os olhos do trabalho, quase dando gritinhos, e eu precisei me segurar para não revirar os olhos. Não era culpa dela que o roteiro tivesse mudado.

— Hum... sim.

Não tinha mais pudim de chocolate, e me deu vontade de chorar. De novo.

— Que cara é essa?

Dei de ombros e fechei a porta.

— Michael me convidou para o baile.

A boca de Helena abriu com tudo.

— O quê? Você está *de brincadeira*.

— Não.

Fui até a despensa e procurei por biscoitos, me perguntando se aquela sensação em meu estômago, que não queria ir embora, não seria uma úlcera.

Nem sabia direito o que era uma úlcera.

—Você recusou?

— Não — respondi, cerrando os dentes. — Na verdade... eu aceitei.

—Você *aceitou?* — indagou Helena, como se eu tivesse aceitado vender meus órgãos no mercado clandestino ou algo do tipo. — Por que você fez isso? Ai, meu Deus! Wes sabe disso? Nossa, coitadinho.

Bati a porta da despensa e peguei a mochila. *Coitadinho?* O coitadinho do Wes não se interessava de verdade pela Pequena Liz, mas eu não tinha mais energia para falar sobre aquilo. Ou pensar naquilo por mais um segundo que fosse. Além de absolutamente rejeitada por Wes, que aparentemente não tinha sentimentos por mim, eu me sentia enganada.

Traída pelo meu próprio coração.

Porque eu sabia que não devia ter me deixado levar por ele, eu *sempre* soube. Mas aconteceu. Eu me deixei conquistar por bermudas de basquete, charutos nojentos e beijos na chuva. Como aquilo podia ter acontecido?

Além disso, teve aquele plano para conquistar o Michael. Menti e estraguei a melhor amizade que eu tinha no mundo. E... Ah, é, eu também tinha atrapalhado um possível romance entre a Laney e o Michael, duas pessoas que pareciam ter sido feitas uma para a outra.

— Sim, ele sabe — respondi. — E, acredite, ele está bem. Preciso estudar.

— Liz?

Fiquei parada, mas não me virei para ela.

— O quê?

— Sei que você achava que queria o Michael, mas você quer mesmo se agarrar a ideias megarromantizadas se pode ter algo *de verdade* e maravilhoso?

Ideias megarromantizadas. Por mais que às vezes chegasse bem perto, Helena não entendia. Minha mãe teria entendido. Minha mãe teria torcido por mim e me incentivado o tempo todo.

Eu ignorei a regra de ouro da minha mãe e agora estava sofrendo as consequências.

— Liz? — chamou Helena.

— Preciso estudar.

— Espere... você está brava comigo?

Levantei a mochila e soltei um suspiro.

— Não. Nem um pouco.

—Você quer...

— Não. Meu Deus!

Estava com os dentes cerrados, e a resposta saiu muito mais grosseira do que eu queria, mas não conseguia mais falar sobre aquilo.

Não com ela.

— Só quero ficar sozinha, tá?

CAPÍTULO QUATORZE

"Eu não estou fugindo."
"Mentira."

— *Como perder um homem em 10 dias*

—Vou correr — gritei, descendo as escadas.

Olhei ao redor da sala e encontrei meu pai no sofá com os pés sobre a mesinha de centro, assistindo ao jornal. Estava tensa e não sabia mais o que pensar, então, em vez de ficar me torturando, decidi ir até o cemitério.

Não que seja menos torturante, né?

Dei uma olhada em direção à cozinha, mas o único movimento que vi foi do sr. Fitzherbert, rolando no tapete embaixo da mesa e chutando um brinquedo de ratinho com *catnip*.

— Cadê a Helena?

— Ela disse que precisava sair assim que eu cheguei. Tinha alguma coisa para resolver. Você está bem?

Não queria conversar.

— Aham... só cansaço. Acho que estou ficando resfriada.

Meu pai assentiu, olhando para mim, desconfiado.

— Helena disse a mesma coisa.

—Ah, é? — respondi, colocando os fones de ouvido. — Que droga.

Ele soltou um suspiro.

— Tome cuidado.

— Pode deixar.

Depois de ligar o relógio de corrida, desci a rua, evitando olhar para o carro do Wes. Quer dizer, que sentimento era aquele? Por que eu parecia meio nostálgica ao olhar aquele carro velho que parecia ter sobrevivido ao acidente sem nenhum dano visível?

Era um sentimento que me fazia querer bater no carro dele com um taco, *à la* Beyoncé no álbum *Lemonade*, e causar danos visíveis. Eu estava repassando tudo na cabeça, cada segundo terrível do que tinha acontecido, e a rejeição do Wes estava começando a me irritar.

Não era só o fato de ele ter me rejeitado. Era o fato de que ele sabia que meu objetivo era o Michael, mas ainda assim lançou mão de seus feitiços com o jantar no Stella's, a provocação na Área Secreta e o beijo na chuva digno de *O diário de uma paixão*.

Ele *sabia* que eu era suscetível ao romance, e usou isso contra mim.

E para quê?

Ele ia investir na Alex, então qual foi a motivação?

Como se aquilo não bastasse, sempre que eu pensava em Jocelyn meu estômago doía tanto que eu sentia vontade de vomitar. Como eu poderia merecer o perdão da minha melhor amiga? Eu estava me comportando como uma mentirosa e, por mais que eu tentasse me justificar, não conseguia encontrar uma defesa.

Entrei no cemitério e fiquei feliz ao ver que estava escurecendo, porque não estava a fim de ser educada ou de falar com ninguém. Às vezes havia outras pessoas por ali, fazendo o mesmo que eu, e em certas ocasiões elas gostavam de conversar. Eu só queria me sentar com minha mãe, desabafar sobre o último desastre e me consolar com o sentimento imaginário de que eu não estava sozinha.

Quando cheguei mais perto da lápide, vi uma pessoa em pé bem onde eu queria ficar. E como no dia em que Wes apareceu lá, fiquei irada no mesmo instante, ainda que irracionalmente. Quem estava no meu lugar?

A pessoa se virou quando me aproximei, e percebi que era Helena. O rosto dela estava sério, e ela ainda estava com a calça suja de tinta.

— Liz... O que está fazendo aqui? — perguntou ela.

Levantei a mão em direção à lápide da minha mãe.

— Sem querer ofender, mas o que *você* está fazendo aqui?

Helena pareceu surpresa com minha aparição, quase como se eu estivesse interrompendo alguma coisa.

— Acho que posso dizer que eu precisava conversar com sua mãe — explicou ela, passando a mão pelo cabelo.

— Por quê?

— Como assim?

Respirei fundo e tentei impedir que uma raiva inesperada tomasse conta de mim.

—Você não conhecia minha mãe, então não entendo por que precisaria *conversar* com ela. Você nunca *falou* com ela, ouviu sua voz, ou assistiu a uma comédia romântica *boba* com ela. Então pode até dizer que estou sendo irracional, mas parece estranho você estar plantada aqui no túmulo dela.

— Eu esperava que ela soubesse como posso me comunicar com você.

Helena piscou rápido e pressionou os lábios, cruzando os braços.

— Escute, Libby, eu sei que vo...

— Não me chame assim.

— Como?

— Libby. Era assim que ela me chamava, mas isso não significa que você pode me chamar assim, tá?

— O que está acontecendo? — indagou ela, com uma voz cansada e com certo tom de irritação. — Parece que você está tentando *brigar* comigo.

Hesitei.

— Não, não estou.

Estava, sim. Ninguém com quem eu queria brigar estava falando comigo. Então por que não Helena?

— Mesmo?

— Mesmo.

— Porque você acabou de ficar irritada por eu usar o apelido que seu pai e o vizinho usam com você. Não te vejo criando problema com *ninguém* além de mim por causa *disso*.

— Bem, *eles* a conheceram.

Helena olhou para mim, decepcionada com a birra que eu sabia que estava fazendo.

— Não posso fazer nada quanto a isso — respondeu ela.

— Eu sei.

A questão não era Helena ter conhecido minha mãe ou não, era a violação das memórias que ela deixou. De seu legado. Quer dizer, não era irracional manter minhas lembranças intactas, era?

Ela soltou um suspiro e deixou os braços ao lado do corpo.

—Você *sabe*, Liz, que a memória da sua mãe não vai desaparecer se você se aproximar de mim.

— O *quê*?

Aquelas palavras foram como um tapa, porque, meu Deus, Helena tinha acabado de dar voz a meu maior medo. Como é que a memória da minha mãe *não* desapareceria se Helena se aproximasse? Tinha desaparecido para meu pai, independentemente do que ele dizia. Quando meu pai falava sobre minha mãe, era como se estivesse falando de uma figura histórica da qual gostasse muito.

O lugar dela em seu coração não existia mais, e ela só vivia em sua cabeça.

Helena inclinou a cabeça.

— Não vai — respondeu Helena. — Você vai continuar se lembrando dela exatamente como agora, mesmo se me deixar entrar um pouquinho na sua vida.

— Como você sabe disso? — questionei, piscando com força para segurar as lágrimas. — E se desaparecer? Sei que você é ótima para o meu pai e superlegal, e sei que veio para ficar. Eu *sei* disso tudo, mas não muda o fato de que você está aqui e ela não, e isso é uma droga.

Helena ficou em silêncio.

— Lógico que é. Eu ficaria perdida sem minha mãe. Entendo que é horrível. Mas me afastar não vai trazer sua mãe de volta, Liz.

Funguei e enxuguei as lágrimas do rosto.

— É, acho que sei disso, Helena.

— Talvez se a gente...

— Não.

Quis que ela desaparecesse para que eu pudesse chorar e deitar na grama macia. Mas, já que ela não ia embora, eu teria que ir. Coloquei os fones e dei play em "Enter Sandman", do Metallica.

— Talvez se você me deixar em paz e me deixar viver minha vida sem tentar preencher o lugar dela toda hora, todos nós vamos ser mais felizes — sugeri, por fim.

Não esperei pela resposta. Voltei na direção de onde tinha vindo, mas obrigando minhas pernas a seguirem na maior velocidade possível. Enxuguei o rosto e tentei correr mais rápido que a tristeza, mas ela me seguiu durante todo o caminho para casa.

Estava quase chegando quando vi Wes descendo do carro.

Ele fechou a porta e começou a atravessar a rua na minha direção, e só depois percebeu que eu estava ali. Deu um aceno com a cabeça.

— E aí? — cumprimentou ele.

E aí. Como se a gente não tivesse se beijado, trocado mensagens, conversado ao telefone e comido hambúrguer junto. Só *e aí*. Nossa... Ele era *mesmo* um babaca. Parei de correr e arranquei os fones de ouvido.

— E aí. Ah, obrigada por me ajudar com o Michael — soltei.

Eu estava consciente da minha maldade ao vasculhar a mente atrás de algo que eu pudesse dizer que o fizesse sofrer tanto quanto eu estava sofrendo, e não conseguia me conter.

Os olhos dele percorreram meu rosto.

— De nada, mas a irritante da Laney continua rondando — respondeu ele. — Acho que você precisa cuidar disso para conquistá-lo pra valer.

— Que nada — rebati, fazendo um gesto com a mão e engolindo as emoções com um sorriso. — Michael me falou que não vai tentar nada com ela.

— Ah, é?

Ele coçou a sobrancelha e olhou para um ponto atrás de mim antes de voltar a me encarar. Senti minha respiração travar quando encarei os mesmos olhos que me olharam com ousadia e desejo no banco do carro.

— Bem, então você está prestes a conseguir tudo o que sempre quis, não é? — questionou ele. — Por que não me disse antes?

Ah, seria difícil falar enquanto caíamos de um penhasco, e depois você quase engoliu meu rosto. Respirei fundo. Eu estava tão irritada com ele e comigo mesma, tão decepcionada, e queria que ele sentisse um pouquinho daquilo.

— Como se eu fosse contar todos os meus segredos para a pessoa que estava só me fazendo um favor e ocupando o lugar do Cara Ideal.

Wes engoliu em seco e cruzou os braços.

— Tem razão.
— Né? — Dei uma risada falsa. — Quer dizer, sem querer ofender, mas vocês não podiam ser mais diferentes. Ele é como um restaurante *gourmet*, e você é um bar de esportes. Ele é um filme ganhador do Oscar, e você é... um filme de corrida. Os dois são bons, mas para pessoas diferentes.

Os olhos dele foram ficando apertados.

— Quer dizer alguma coisa com tudo isso, Buxbaum?

— Não.

Levantei a mão, soltei o cabelo e enterrei os dedos nele. A sensação ao ver Wes irritado assim era de vitória.

— Só estou grata por tudo o que você fez por mim.

— É mesmo?

— Aham — respondi, me esforçando para obrigar meus lábios a se curvarem em um sorriso. — Você devia convidar a Alex para o baile, falando nisso.

— É, eu já estava pensando em fazer isso.

Senti aquela resposta no coração. Imaginá-lo sorrindo para a Alex fez meus olhos arderem. Ainda com aquele sorriso falso no rosto, sugeri:

— A gente devia ir em grupo... Seria divertido.

Wes pareceu muito irritado.

— Não acha que seria má ideia misturar "restaurantes *gourmet*" com "bares de esportes"?

Dei de ombros.

— A Alex seria um bom restaurante, então tenho certeza de que se vocês forem juntos, vai ser equivalente a um restaurante japonês da moda.

Ele me olhou como se eu fosse desprezível, e eu sabia que ele tinha razão.

Rodou a chave no dedo e declarou:

— Não importa. Prefiro ir sozinho com a Alex.

Então seu olhar desceu até minha blusa e meus shorts de corrida, e ele fez uma careta de pena, uma expressão de quem tinha entendido tudo.

— Ah... Você acabou de ir ver sua mãe.

Hesitei.

— O que isso tem a ver?

Wes me olhou como se eu devesse saber o que ele queria dizer.

— O quê? — perguntei de novo.

— Fala sério, você se conhece tão pouco assim? Você se agarra a uma ideia de uma mãe angelical e fã de comédias românticas como se o maior sonho da vida dela fosse ver a filha ser conquistada por um gesto grandioso *no ensino médio*. Só porque ela gostava desses filmes não quer dizer que vai decepcioná-la se você agir como uma adolescente *normal*.

— Do que está falando? Só porque...

— Ah, Liz... pelo menos seja sincera consigo mesma. Você se veste como sua mãe, assiste aos filmes que ela assistia e faz tudo para se comportar como se sua mãe estivesse escrevendo o roteiro da sua vida e você fosse apenas uma personagem.

Senti minha garganta doer e pisquei depressa conforme as palavras me atingiam como golpes.

— Mas, veja bem: você não é a protagonista de um filme. Pode usar calça jeans às vezes, alisar o cabelo se quiser, falar palavrão e fazer o que quiser, e sua mãe ainda vai achar que você é incrível, porque você é incrível. Eu garanto que ela acharia você charmosa pra caralho fumando um charuto na Área Secreta... eu achei, pelo menos. E quando você me atacou no carro. Aquilo foi muito fora do comum pra você. Foi...

— Ai, meu Deus, eu não *ataquei* você. Está me zoando?

Era oficial... eu estava morrendo de vergonha. Enquanto eu cantarolava músicas românticas desde que nos beijamos no carro, Wes estava pensando que foi um gesto "fora do comum".

Wes me ignorou e continuou:

— Mas você está tão presa nessa ideia de quem você acha que sua mãe queria que você fosse, ou o Michael, ou até eu. Esqueça o que eu quero! Seja quem você quer ser. E pare de joguinhos, porque você está magoando as pessoas.

— Cala a boca, Wes.

Eu estava chorando de novo, e naquele momento odiei Wes. Por ele não entender, mas também porque Wes tinha razão. Eu achava, independentemente da situação toda envolvendo o baile, que ele era a única pessoa que entendia o que eu sentia em relação à minha mãe. Enxuguei o rosto com as costas dos dedos.

— Você não sabe nada sobre minha mãe, tá?

— Caramba, não chora, Liz — disse ele, engolindo em seco e parecendo estar em pânico. — Só não quero que você deixe de viver as coisas boas.

— Como o quê... Você...? — Tentei dizer, cerrando os dentes. Eu queria gritar e chutar coisas. — Você faz parte das coisas boas, Wes?

— Nunca se sabe — respondeu ele, baixinho.

— Eu sei, sim. Você *não*... Você é o oposto de tudo que eu quero. Continua sendo o garoto que estragou minha biblioteca comunitária quando eu era criança, o mesmo garoto que minha mãe achava que era descontrolado demais para brincar comigo — afirmei, respirando fundo, trêmula. — Pode ficar com a Vaga Eterna e vamos esquecer que tudo isso aconteceu.

Virei e saí andando. Estava abrindo a porta quando ouvi Wes responder:

— Por mim, ótimo.

Peguei no sono antes das oito da noite, ouvindo "Death with Dignity", do Sufjan Stevens, sem parar. Dormi a noite inteira com os fones de ouvido, e a música suave me assombrou até o amanhecer.

Mother, I can hear you
And I long to be near you

Sonhei com ela. Era algo raro, mas naquela noite persegui minha mãe em meus sonhos.

Ela estava aparando as rosas no jardim e eu ouvia sua risada, mas não conseguia ver seu rosto. Ela estava longe demais. Eu só conseguia enxergar suas luvas de jardinagem e o vestido preto elegante com gola de babados. Por mais que andasse até ela, por mais que corresse, não conseguia me aproximar o suficiente para ver seu rosto.

Eu corria muito, mas não conseguia me aproximar.

Não acordei ofegante como nos filmes, embora aquilo talvez fizesse com que eu me sentisse melhor. Em vez disso, acordei com uma resignação triste enquanto a música seguia seu ciclo suave e solene.

CAPÍTULO QUINZE

"Eu te amo. Há nove anos eu te amo, só que eu era muito arrogante e medrosa para admitir, só que... agora eu estou com medo. Eu sei que não é o momento, eu sei que é inoportuno demais, mas eu tenho um favor enorme para pedir. E eu vou pedir. Me escolhe. Casa comigo. Deixa eu fazer você feliz.
Ah, acho que são três favores, né?"

— *O casamento do meu melhor amigo*

Os dias anteriores ao baile se arrastaram, ainda mais porque eu tinha me tornado a maior solitária do universo. Jocelyn não estava falando comigo, Wes agora era só um vizinho, e Helena estava me evitando por completo.

Trabalhei todos os dias e fiz horas extras, então pelo menos estava ganhando algum dinheiro naquela vida patética e solitária. No tempo livre eu via meus filmes favoritos, então os DVDs se tornaram um apoio emocional e permitiam que eu não ficasse pensando em tudo que eu estava evitando.

Michael me encontrou em frente ao meu armário da escola um dia depois do convite, e foi meticuloso e eficiente como sempre. Combinamos a hora que ele iria me buscar, as cores que usaríamos e onde comeríamos.

Ele foi perfeito.

E foi por isso que, enquanto fazia o penteado no dia do baile, tentei me convencer de que talvez tudo tivesse acontecido por um motivo. Quer dizer, a situação com a Joss ainda era um pesadelo que eu *precisava* consertar. Além disso, havia um vazio estranho na casa, já que Helena ficou fora o dia todo enquanto eu me arrumava para o baile. Mas talvez eu *precisasse* ir para o lado sombrio com Wes para reconhecer a força incrível de Michael.

Seria aquilo tudo uma lição, talvez? Coloquei a trilha sonora do Michael para tocar enquanto alisava o cabelo e tentava me animar para o baile. O importante era que eu iria ser o par de Michael Young, o garoto que eu amava desde que tinha idade suficiente para criar memórias.

Aquilo estava acontecendo *pra valer*.

O problema da playlist de Michael era que todas as músicas incitavam memórias com Wes.

A música do Van Morrison do meu reencontro com Michael me fazia pensar no Wes esbarrando comigo no corredor e em seu olhar de sabichão por ter coberto meu para-brisa com fita adesiva. E a música do Ed Sheeran da festa agora me fazia lembrar do Wes me emprestando sua calça — e segurando-a em meu corpo — depois que vomitaram em mim.

— Droga, Bennett, saia da minha cabeça — praguejei.

Terminei de arrumar o cabelo e comecei a maquiagem, sem exagerar, com o objetivo de parecer mais bonita que de costume, mas não arrumada demais. Quando terminei, chequei o celular e, lógico, não havia mensagens.

Coloquei o vestido — a propósito, ele era tão lindo que eu desejei ser enterrada com aquela roupa —, mas a sensação era de que algo estava errado. Jocelyn devia estar ali comigo, colocando o vestido dela, e Helena também, fazendo piadas e tirando fotos.

Silenciei a voz que acrescentou Laney à lista. Ela deveria estar se arrumando para o baile dos sonhos com Michael, mas não podia porque eu tinha decidido tirá-la da jogada.

Quando eu estava prestes a descer as escadas, ouvi uma porta bater e olhei pela janela. Wes saiu de casa vestindo um terno preto, carregando uma caixa com um arranjo de flores. Ele desceu os degraus com o andar tranquilo de sempre, e os óculos escuros o deixavam com um visual rebelde, além de bonito.

Quase perfeito. E meus olhos doeram ao olhar para ele.

Coloquei uma das mãos sobre a barriga enquanto o observava ir até o carro que, para variar, estava estacionado na entrada da casa. Parecia que ele tinha lavado o carro, porque a lama que estava espalhada na lateral desde sempre finalmente havia desaparecido. Ele entrou no veículo e deu a partida, me deixando com um aperto no peito quando o carro se afastou.

Desci e estava calçando os sapatos quando a campainha tocou. Embora eu sentisse um leve frio, a ansiedade era mínima.

Mas, com esperança, se eu me esforçasse, talvez ainda houvesse a possibilidade de uma noite agradável e momentos fofos com Michael. Levantei e passei as mãos na frente do vestido, fui até a porta e abri.

Uau.

Michael estava ali, o terno destacando com perfeição o cabelo loiro e a pele bronzeada. Ele parecia um ator de Hollywood, alguém que nasceu para usar ternos. Michael sorriu para mim.

— Uau. Você está linda, Liz — elogiou ele, despertando sentimentos bons e calorosos.

— Obrigada.

— Parados aí!

Meu pai entrou na sala com um meio sorriso no rosto, de bermuda e camiseta.

— Preciso tirar fotos — declarou ele, olhando para mim. — Helena tinha umas coisas para resolver, mas ela vai me matar se eu não tirar fotos.

Mordi a bochecha enquanto a culpa parecia fervilhar em meu estômago. Porque embora eu tivesse falado sério quando discutimos, estava me sentindo péssima por ter magoado Helena.

— Sim, sim — respondeu Michael, abrindo um sorriso encantador. — É um prazer revê-lo, sr. Buxbaum.

— O prazer é meu, Michael. Como sua família está? — perguntou meu pai, fazendo um gesto indicando que ficássemos em frente ao piano. — Fiquei sabendo que seu pai agora é coronel.

— Isso mesmo. A mudança do título foi oficializada ano passado.

Michael foi até o piano e ficou de frente para a câmera.

— Precisamos usar um título para você agora? — brincou meu pai, se achando engraçado. — Tipo, Coronel Junior?

— Ah, pai, já deu, né?

Revirei os olhos, e Michael riu.

— Tira a foto logo — apressei.

Meu pai pediu que ficássemos em uma pose muito constrangedora, o Michael com o braço em minha cintura, e eu só fiquei quieta e sorri para acabar logo com aquilo. Por sorte, ele foi rápido e depois de umas quatro fotos nos deixou ir.

— Divirtam-se.

— Desculpa pelo meu pai — resmunguei para Michael quando fomos até o carro. — Ele continua bobo como sempre.

— Seu pai sempre foi ótimo — respondeu ele, sorrindo ao abrir a porta para mim.

— É... Talvez.

Segurei o vestido e entrei; fiquei olhando pela janela conforme ele fechava a porta e dava a volta até o outro lado. Vi meu pai na varanda, sorrindo e acenando, sozinho, e me dei conta de que ele poderia ter ficado assim o tempo todo se não fosse a Helena.

Sozinho.

Era errado ela não estar ali.

— Tudo bem irmos ao Sebastian's?

Michael arrancou, e percebi que o carro estava imaculado. Limpo, aspirado, sem uma partícula de poeira — impecável. Em algum lugar em minha mente, me questionei se o interior do carro do Wes também estava assim. Quer dizer, ele com certeza tinha lavado o dele. Será que era para impressionar a Alex?

— Liz?

— O quê? Hã? — perguntei, saindo do devaneio. — Aham. Sebastian's é uma ótima ideia.

Quando chegamos ao restaurante, a recepcionista nos levou a uma mesa deslumbrante, com uma toalha branca, um vaso de lírios e velas brancas acesas. Sentei em uma das cadeiras.

— Uau! — exclamei.

Michael sentou à minha frente e colocou o guardanapo no colo.

— Imaginei que a Pequena Liz, romântica, ia querer flores antes do baile.

— Espera... Como assim? As flores são pra mim?

Ele sorriu e suspirou.

— Era o mínimo que eu podia fazer. Meio que peguei você de surpresa, de última hora.

Levantei só o suficiente para me aproximar e cheirar as flores maravilhosas. Como Michael podia ser tão atencioso? Era um gesto *perfeito*.

— É... Não vou mentir, fiquei chocada quando você me convidou.

— Depois do que você falou na sala de música, pensei em arriscar.

O que exatamente eu falei? Vasculhei minha mente, mas não fazia ideia. Estava tão concentrada no Wes e na Alex que não tinha prestado nenhuma atenção no Michael. *Que bola fora, Liz.*

— E a Laney?

Uma sombra encobriu o rosto dele e logo desapareceu.

— Ela vai ao baile com as amigas — respondeu ele.

— Ah... E tudo bem por você?

— É o seguinte: não faço a menor ideia do que ela quer, e não quero desperdiçar o baile tentando descobrir. Prefiro...

O garçom apareceu, interrompendo a conversa com os cardápios, os especiais do dia e ofertas de bebida, e percebi que Michael ficou aliviado. Era evidente que ele queria ir ao baile com Laney, mas estava com medo de se expor. Ele preferia fingir que seu encontro mágico era comigo, a Pequena Liz, uma aposta segura. Era melhor do que arriscar e levar um fora.

Aquilo devia fazer com que eu me sentisse mal, mas eu não sentia *nada*. Na verdade, o que eu sentia em relação ao amor pouco ardente que Michael nutria por mim era comparável ao que sentiria em relação à opinião dele sobre ketchup e mostarda.

Absolutamente nada.

Caramba... eu não me importava.

Admitir me trouxe um alívio. Porque, sério... Por que eu estava forçando aquilo? Michael não era o Cara Ideal — e tudo bem. Talvez eu não encontrasse esse cara. Tudo bem também, né? Por que eu estava desperdiçando minha vida tentando corresponder às expectativas irreais que propunha para mim mesma?

Mudei de assunto apontando um quadro *art deco* dos anos 1920 na parede, e quando a comida chegou estávamos no meio de uma conversa sobre *O grande Gatsby*.

— Entendo o que você está dizendo, Liz... de verdade. Mas o único propósito da Daisy na história é ser o sonho inatingível do Gatsby. Ela é a luz verde. Então não dá pra ela ser uma antagonista monstruosa.

Revirei os olhos e coloquei um pedaço de carne na boca.

— Errado. A memória que ele tem dela é a luz verde. Lembra... "Era um objeto encantado a menos na sua vida." Quando ele se reconecta com ela em carne e osso, ela não é mais a luz verde.

Michael assentiu e espalhou manteiga num pãozinho.

— *Isso* é verdade.

— A Daisy em carne e osso é uma antagonista monstruosa — continuei. — Ela brinca com o afeto dele, trai o marido e deixa

Jay acobertá-la quando ela atropela a amante do marido. Depois, quando ele é assassinado e deixado lá feito uma boia na piscina, ela vai embora da cidade sem olhar para trás.

— Bem — disse ele, estendendo a mão e pegando o copo de água —, são argumentos válidos. Ainda não acho que ela seja a vilã, mas você conseguiu fazer com que ela caísse um pouco no meu conceito.

— Rá! A vitória é minha — comemorei, e depois enfiei o garfo na batata assada cremosa e levei uma garfada à boca. — Nesse ritmo, antes de morrer vou ser responsável por colocar centenas de leitores contra Daisy Buchanan.

— Uma vida bem vivida, imagino.

Logo que terminamos, veio a sobremesa — Michael tinha tomado a liberdade de pedir cheesecake para mim com antecedência — e eu quase desmaiei de gratidão.

Enfiei o garfo na torta.

— Como você sabia que eu amo cheesecake? — indaguei.

Michael se inclinou para a frente.

— Eu não sabia... Só queria cheesecake — disse ele.

Sorri e senti o doce deslizar no céu da minha boca.

— Olha, ainda assim foi muito atencioso.

— E aí, pessoal — cumprimentou uma voz atrás de mim.

Peguei a água e bebi um gole.

— E aí, Lane — disse Michael.

Engasguei e comecei a tossir. Um pouquinho de água esguichou da minha boca, mas me recuperei logo, e contive o jato de água com o guardanapo, embora tenha demorado uns dez segundos para parar de tossir.

—Você está bem? — perguntou Michael.

Senti o olhar de todos no restaurante.

Pisquei com força para conter as lágrimas e assenti, sendo obrigada a tossir mais algumas vezes antes de finalmente conseguir dizer:

— E-está tudo be...

E mais uma tossida.

Tentei dar um sorriso calmo enquanto respirava fundo e tentava recuperar a compostura.

— Odeio quando isso acontece — disse Michael, tentando me deixar menos constrangida com um sorrisinho torto. — Juro que isso acontece comigo, tipo, uma vez por mês.

— Comigo também — concordou Laney, contornando a mesa como se quisesse garantir que eu visse quanto ela estava bonita enquanto eu tentava ser uma fonte humana. — Beber é bem difícil, né?

Michael riu e ela sorriu para ele, e eu meio que quis cuspir a água nos dois. Não que eu me importasse com o fato de eles parecerem perfeitos, mas porque me fez sentir saudade do Wes. Laney deve ter percebido que estava parada ali encarando Michael.

— Bem, preciso voltar para minha mesa — comentou ela. — Divirtam-se.

— Você também, *Lane* — resmunguei, e acenei com o garfo.

Pois é, algumas atitudes eram difíceis de mudar.

Michael pareceu um pouco perdido por alguns segundos depois que ela se afastou, mas se recuperou e comeu um pedaço de cheesecake.

— Uau... está muito gostoso.

Assenti e golpeei o cheesecake com o garfo, espalhando o recheio pelo prato chique.

— Muito.

Não sei o que eu estava pensando, mas indaguei:

— Você conhecia a Laney quando morava aqui antes?

Michael deu um sorriso de canto.

— Ah, sim. Ela era terrível. *Sempre* me dedurava quando eu não deixava que ela jogasse com a gente no intervalo. Odiava aquela garotinha esnobe.

Tá, aquilo me fez sorrir.

— Eu também odiava.

— Pra falar a verdade, eu torcia para que ela virasse uma bruxa quando ficasse mais velha — confessou Michael.

E não virou?

— Mas não foi o que aconteceu, por alguma razão. Você sabia que ela faz trabalho voluntário num abrigo de animais todo final de semana? — continuou ele.

— Uau — respondi.

Sério? Ainda que eu estivesse sentindo uma empatia repentina pela história de amor desafortunada do Michael e da Laney, aquilo não significava que eu queria informações que fariam de Laney um ser humano melhor do que eu.

— Hum... Não, eu não sabia disso — completei.

— E está economizando pra fazer uma viagem missionária no verão.

Quis virar a mesa e gritar algo como "Está de brincadeira com a minha cara?".

Em vez disso, assenti e respondi:

— Não fazia ideia.

— Mas vamos falar sobre você, Liz — disse Michael, apoiando o queixo na mão. — Wes me disse que você é "literalmente" a pessoa mais legal que ele já conheceu, então você também mudou muito. Quer dizer, a última vez que nos vimos antes da mudança, você foi de quimono e batom vermelho a um churrasco da vizinhança. E comeu cachorro-quente de garfo e faca.

Embora não quisesse, soltei uma risada.

— É uma evolução e tanto — comentou ele.

Pigarreei.

— Wes estava exagerando. Não como mais cachorro-quente de garfo e faca, mas não mudei tanto assim.

— Não seja modesta.

Michael pegou o celular e começou a mexer, procurando alguma coisa. Depois de uns trinta segundos, resmungou "Aqui!" e estendeu o celular para que eu visse.

— Está vendo? — perguntou ele.

Segurei o celular e olhei para a tela. Era uma conversa entre Michael e Wes, de quando Wes concordou em me ajudar.

Wes: Ela é linda, mas também é MUITO descolada.

Michael: É? Sempre achei ela meio tensa.

Wes: A Liz é... diferente. É o tipo de garota que usa vestido quando todo mundo está de calça jeans. Ouve música em vez de assistir à TV. Toma café forte, tem uma tatuagem secreta, corre cinco quilômetros todos os dias, faça chuva ou faça sol, e ainda toca piano.

Michael: Parece que você já está sob o feitiço dela... HAHA.

Wes: Tanto faz. Que horas você vai estar lá?

Meus olhos começaram a arder e meu coração vacilou no peito. Revirei os olhos de um jeito exagerado e devolvi o celular.

— Isso não é real.

— Como assim?

Soltei um suspiro, e achei que era um bom momento para admitir tudo. Talvez se eu confessasse meus pecados, Michael poderia escutar seu coração e encontrar a felicidade com Laney. Por que eles tinham que sofrer só porque eu era um show de horrores?

Olhei para ele e respondi:

— Wes estava tentando me ajudar. Pedi a ele que falasse bem de mim para você. Foi por isso que ele disse todas essas coisas. Ele estava me fazendo um favor.

A testa de Michael se franziu.

— Está falando sério?

Não queria que ele e Wes se desentendessem, então encobri um pouco o plano todo.

Ele deu uma risadinha.

— Então você realmente não mudou muito, né?

Aquilo me fez rir.

— Infelizmente não.

Contei que o uniforme de garçonete na verdade era meu vestido favorito e que eu tinha inventado *aquela* lanchonete. Nós dois rimos até ficar com os olhos cheios de lágrimas.

Pedi licença e fui até o banheiro enquanto ele pagava a conta. Foi difícil manter as lágrimas sob controle depois de fechar a porta.

Por causa da mensagem do Wes. Sim, ele falou aquilo para me ajudar, mas todas aquelas palavras... Queria tanto que ele me visse daquela forma. Wes foi muito além do que pedi que ele fizesse ao mandar aquelas mensagens, e agora eu nunca mais seria a mesma.

— Ah. Oi, Liz.

Laney saiu de uma das cabines e começou a lavar as mãos.

— Oi, Laney.

Abri a torneira, embora não tivesse usado o banheiro, e também comecei a lavar as mãos.

— Amei seu vestido... é maravilhoso — elogiou ela.

Laney sorriu para mim pelo espelho.

— Obrigada. O seu também, só que mais — resmunguei, e apontei para o longo vestido cor-de-rosa.

— Está tudo bem? — perguntou ela.

Olhei para ela pelo espelho.

— Tudo, por quê?

Ela deu de ombros e olhou para as mãos.

— Você está aqui com Michael Young, e ele te deu flores, pediu cheesecake e só tem olhos para você. Só que você parece triste.

Cuida da sua vida, Lane.

— É por causa da sua mãe? — quis saber ela.

— O quê?

Fiquei tão chocada com aquelas palavras que parei de ensaboar as mãos. O único som no banheiro era o da torneira que continuava aberta.

— Ah, sinto muito — disse Laney, o sorrindo se desfazendo. — Não tenho tato nenhum. Desculpa ter falado sobre isso. É que eu sempre penso, quando te vejo, no quanto deve ser difícil não ter sua mãe por perto, ainda mais no último ano, quando todo mundo está compartilhando feitos importantes com os pais. Desculpa, desculpa mesmo por ter tocado no assunto.

Olhei para minhas mãos ensaboadas e não soube o que dizer. Laney Morgan viu algo que ninguém mais via, e era muito estranho ser compreendida por ela.

— Não, tudo bem. Só não tinha entendido o que você quis dizer.

Ela fechou a torneira e pegou um papel.

— Ainda assim. Às vezes eu falo demais. Desculpa mesmo.

Olhei para o espelho enquanto enxaguava as mãos.

— Você tem razão. É uma droga. Não é exatamente esse o meu problema no momento, mas ele está sempre comigo.

— Não consigo nem imaginar. Minha mãe ainda fala de você o tempo todo.

— O quê? — perguntei, fechando a torneira e endireitando a postura. — Sua mãe se lembra de mim?

Laney assentiu.

— Ela ia até a escola na hora do almoço... Lembra que os pais às vezes faziam isso?

Assenti e peguei um papel para secar as mãos, lembrando como a mãe dela era sorridente.

— No ano em que sua mãe morreu, ela disse que você tinha os olhos mais tristes que ela já tinha visto e que queria levar você pra casa com ela. Minha mãe sempre pedia uma porção extra de batatas fritas caso você quisesse, mas você sempre recusava.

Olhei para Laney com certa hesitação, mas não consegui evitar que uma lágrima escapasse.

— Não me lembro disso, mas lembro que sua mãe parecia perfeita.

— Ah, não, Liz... Eu não queria fazer você chorar — disse Laney, pegando um papel e me entregando. — Sua maquiagem está perfeita, para com isso.

Aquilo me fez sorrir, e enxuguei os olhos.

— Desculpa.

Ela se aproximou do espelho e checou os dentes.

— É melhor eu voltar. E Michael deve estar se perguntando onde você está.

Percebi em Laney a mesma pontada lenta de decepção que vi em Michael. Inspirei fundo.

— Você sabe que Michael me convidou como amiga, né? — questionei.

Era praticamente verdade, então não acrescentei aquilo à pilha de mentiras que eu vinha acumulando.

E, juro por Deus, Laney Morgan pareceu nervosa e constrangida.

— Nossa, não! Eu vi o convite. Não pode ser verdade.

— É, sim. E ele me disse que vocês andam conversando, mas que achou que talvez você ainda não tivesse esquecido seu ex-namorado. Acho que foi por isso que ele me convidou em vez de você.

Ela pareceu não saber como responder, mas algo que lembrava esperança reluziu em seu olhar.

Dei uma olhada no espelho e passei a mão pelo cabelo.

— Se você sente alguma coisa pelo Michael, precisa dizer a ele. Michael parece tímido demais para se expor, por isso jamais seria o protagonista em uma comédia romântica. Então, se você gosta dele, vai precisar de coragem.

Os lábios de Laney se curvaram em um sorrisinho e aqueles olhos de princesa brilharam.

— Sabe, você é bem legal, Liz.

Eu era o contrário de legal, mas era bom ouvir aquilo.

— Quer dizer que você gosta dele?

Ela assentiu e seus olhos se arregalaram.

—Você nem imagina. Nunca senti isso por ninguém.

Revirei os olhos.

— Bem, então não fique se lamentando.

Voltei para a mesa, e Michael parecia pronto para ir.

— Pronta?

Ele largou o guardanapo sobre o prato e olhou para mim cheio de expectativa.

—Vamos arrasar nesse baile.

Michael riu e saímos, e no caminho para o centro de convenções onde seria o baile, desejei poder simplesmente ir para casa. Fiquei feliz por Michael e Laney estarem destinados a ter sua noite mágica, mas, tirando isso, nada de bom poderia vir daquela noite.

Joss. Wes. Alex.

Todos com quem eu me importava, e que estariam no baile, não queriam me ver.

— Aliás, já terminei o livro.

— Que livro? — perguntei, olhando pela janela enquanto passávamos pelo McDonald's.

Michael pigarreou e, quando virei, olhou para mim.

— *Aquele* livro.

Abri um sorriso.

— Aham. Como se fosse motivo de vergonha. *Aquele* livro.

Ele começou a falar sobre o livro dos Bridgertons, e esqueci o resto do mundo enquanto Michael comentava com certa poesia sobre como o navio pirata era um cenário incrível. Ficamos conversando sobre o romance até ele estacionar o carro.

— Acho que é melhor a gente entrar.

Olhei para o centro de convenções pela janela e fiquei nervosa pela primeira vez desde que estava esperando Michael ir me buscar.

— É assim que essas coisas funcionam — respondeu ele, tirando a chave da ignição. — Vamos lá?

Passei um brilho labial e abri a porta.

— Vamos.

Quando entramos, Michael entregou os ingressos ao segurança, e o cara grande e careca olhou para mim entediado.

— Bolsa?

Balancei a cabeça e apontei para a frente do vestido.

— Bolsos.

O segurança arqueou as sobrancelhas.

— Ótimo. Tenham uma boa noite.

— O senhor também.

Entramos no salão, e assim que passamos pela porta foi como entrar em um mundo diferente. Não, não era mágico. Era um mundo colorido e barulhento demais. O tema era Mardi Gras, o que basicamente significava que tudo era roxo, amarelo ou verde neon.

— Olha... o Wesley. Perto do bebê de papel machê — disse Michael.

Segui o olhar dele e, realmente, tinha um bebê de papel machê gigante em cima de um bolo de papel machê ainda maior. Meus olhos vasculharam a multidão procurando pela Joss, mas não a vi em lugar nenhum. Meu estômago se revirou um pouco quando Michael me levou na direção do Wes.

Para, Liz.

Respirei fundo, coloquei as mãos nos bolsos maravilhosos e atravessei o salão, me concentrando para não tropeçar. Estava tocando "We Are Young", do Fun, e eu tive a mesma impressão de sempre: era como se a banda estivesse tentando convencer as pessoas de alguma coisa.

— É mesmo um bebê *enorme* — concordei, sorrindo quando nos aproximamos.

— Né? Bizarro.

Michael sorriu, olhando para o objeto.

— Sra. Cabeça de Batata! — gritou alguém.

Olhei para trás do bebê e vi Adam. Eu gostava *muito* dos amigos do Wes.

— E aí? — cumprimentei.

— Não chame mais a Liz assim, o rosto dela já está normal de novo — reclamou Noah.

Revirei os olhos para ele, que estava atrás de Adam.

— Nossa, valeu, hein?

— Eu podia ter dito *quase* normal. Você devia agradecer.

Aquilo me fez sorrir.

— Com certeza. Obrigada pela gentileza.

— Imagina.

Olhei para Noah e revirei os olhos ao perceber a gravata de time ridícula coberta de pássaros vermelhos e com vários L grandes e horrorosos.

— Uma gravata do Louisville Cardinals? Que... incomum.

— Mas muito estilosa, né? — indagou ele, passando a mão pela gravata. — Um visual Louisville-chic.

— A gravata é horrorosa — respondeu Laney, que tinha acabado de sair da pista de dança com Ashley. — Parece até que você perdeu uma aposta.

— Liz gostou.

— Não gostou, não — disse Adam, olhando para mim com um olhar de dúvida. — Gostou?

Sorri e dei de ombros, e então começou a tocar "New Year's Day", da Taylor Swift.

— Viu, ela é simpática demais para dizer que odeia.

— Ou é simpática demais para dizer que amou e que vocês são cafonas.

— Bennett está ali — gritou Noah, por causa da música, e apontou para a pista de dança. — Com a Alex.

Olhei na direção que ele apontou, e meu estômago afundou quando vi os dois. Eles estavam dançando, os braços do Wes em volta da cintura da Alex, que estava com as mãos em seu pescoço. Ela estava com um vestido vermelho que a destacava no meio da multidão, e só consegui pensar em elogios. *Uma conquista e tanto, hein?* Wes estava com a cabeça abaixada para ouvir o que ela estava dizendo, e os dois sorriam.

Eu me senti enjoada.

Será que ele sempre foi tão lindo assim? E sempre sorriu com tanta intensidade? Senti o carinho de Wes pela Alex do outro lado da pista de dança, só de olhar para aqueles lábios lindos.

Os lábios que já tocaram os meus.

Quando eu o ataquei. Aff.

Respirei fundo.

Estava *mesmo* apaixonada por ele, né? Fiquei olhando para os dois, o casal perfeito, enquanto Taylor Swift fazia doer minha alma.

Please don't ever become a stranger
Whose laugh I could recognize anywhere

— Quer dançar? — perguntou Michael.

Ele olhou para mim, e me dei conta de que Michael provavelmente tinha entendido meu olhar desejoso como uma vontade tímida.

— Ah, ainda não — respondi, com um sorriso, embora meu rosto estivesse quente e eu de repente estivesse me sentindo mal.

— Só se você quiser.

— Não, prefiro ficar por aqui — respondeu ele, balançando a cabeça em alívio. — Quer beber alguma coisa?

Queria era que ele parasse de tentar fazer de nós um casal. Sabíamos que não era real, mas Michael parecia determinado a ser romântico. Eu também tinha começado a noite assim, mas logo percebi que não dava para forçar a barra.

Devia ter falado alguma coisa quando encontramos Laney no restaurante, porque aprendi naqueles últimos dias que a honestidade era a melhor saída.

— Eu adoraria uma Coca-Cola Zero — pedi —, mas só depois que você encontrar Laney e conversar com ela.

Michael semicerrou os olhos.

— Como é que é? — A pergunta veio com um sorriso e o sotaque do Texas acentuado, mas não senti nada.

Eu estava plenamente intacta, cheia de anticorpos de Michael. Olhei para aquele rosto que fazia parte de tantas memórias da minha infância.

— Ela já esqueceu o ex-namorado, mas ainda não esqueceu você. Vai atrás dela.

Michael ficou me olhando por um instante, como se não soubesse o que responder. Abri um sorriso e assenti, para mostrar que eu não me importava.

— Tem certeza? — questionou.

Ele fez uma careta de preocupação e me olhou exatamente como todas aquelas vezes em que eu chorei e fiz drama por causa das brincadeiras das crianças do bairro, então senti meu coração doer um pouquinho. Estava abrindo mão dele, do meu sonho com ele, e a Pequena Liz nunca imaginou que aquilo fosse acontecer.

— Sim, tenho certeza — afirmei, dando risada e apontando para as pessoas bem-vestidas. — Vai atrás dela!

— Vem aqui — chamou Michael, me envolvendo em um abraço.

Estranhei o quanto fiquei emotiva. Em seguida, ouvi a voz arrastada dele:
— Obrigada, Lizzie.
Revirei os olhos e empurrei seus ombros.
—Vai logo!
Michael sorriu e fez uma continência, o que devia ter parecido bobo, mas foi fofo.
— Lá vou eu!
Vi Michael partir em busca do seu final feliz, e tirei o celular do bolso. Nenhuma mensagem. Guardei o celular, deixando as mãos se acomodarem nos bolsos. Olhei para o bebê gigante, para a falta de detalhes no rosto feito de papel machê, e tentei contar quantos pedaços de papel foram necessários para fazer aquilo. Porque precisava olhar para alguma coisa, qualquer coisa, que não fosse o Wes.
Fiquei uns cinco segundos olhando para o bebê antes de voltar a olhar para a pista de dança.
E... ai, minha nossa. Wes estava olhando para mim. Ele estava dançando com a Alex, mas nossos olhares se encontraram. Senti meu coração disparar e minha respiração paralisar quando aqueles olhos castanho-escuros desceram pelo meu vestido e subiram até meu cabelo, antes de pousarem em meu rosto.
Ergui uma sobrancelha, como quem diz: *E aí?*
A intenção era que fosse divertido, como uma tentativa de retomar nossa briga de antes, mas só fez com que ele ficasse sério. Wes franziu a testa e eles mudaram de posição, então ele já não estava mais de frente para mim.
— Já volto — resmunguei para o nada, e fui em direção à porta dos fundos do salão.
Não sabia exatamente aonde estava indo naquele lugar gigantesco, mas precisava sair dali. Não conseguiria suportar mais um minuto que fosse daquele baile, e com certeza não conseguiria suportar Wes olhando para mim como se me odiasse.

Fui até o final do extenso corredor e vi uma escadaria. Era perfeita para me esconder por um tempo. Dei uma olhada ao redor para garantir que ninguém tinha visto, então abri uma das portas pesadas de metal e entrei.

— Ah, meu Deus!

— Ah!

Coloquei a mão no peito e olhei para Jocelyn, que estava sentada sozinha e descalça nos degraus com o salto alto laranja no chão à sua frente. Era como se ela fosse uma alucinação. Qual era a probabilidade de nós duas nos escondermos na mesma escadaria?

— Caramba. Desculpa. Você me assustou.

— Você também — respondeu ela, inclinando a cabeça e parecendo irritada ao me ver. — Charlie mandou você atrás de mim?

— Não. Não o vi.

Tinha ouvido falar que, como Kate conseguiu um par para o baile, Cassidy e Joss decidiram encontrar um par para não irem sozinhas, mas era surreal que Joss tivesse concordado em ir com Charlie Hawk.

Odiava não saber o que dizer para minha melhor amiga. Sentia sua falta e queria muito poder voltar no tempo e não esconder nada dela.

— Estou me escondendo — revelei.

— Problemas no paraíso?

Jocelyn me olhou como se não gostasse de mim. Nem um pouco.

— Não... só estou entediada — respondi.

Eu sabia que não devia admitir minha estupidez para alguém que já me achava estúpida, mas não consegui me conter e continuei:

— Acabei descobrindo que não sou apaixonada pelo Michael. Ele e a Laney estão muito a fim um do outro, mas são péssimos em comunicar isso.

Joss ficou olhando para as unhas.

— É mesmo?

— Aham. — Pigarreei e apoiei as costas na porta. — Também acabei descobrindo que gosto *mesmo* do Wes, mas ele gosta da Alex agora. Então...

— Hum...

— Além disso — disse, engolindo em seco —, também estou muito, muito arrependida. Sinto sua falta.

Joss tossiu para disfarçar uma risadinha, mas não sorriu.

— Acha que eu vou te perdoar só porque você está na pior?

— Não, lógico que não.

Enfiei ainda mais as mãos nos bolsos do vestido, e meu rosto começou a suar logo que percebi que o esconderijo na escada estava prestes a se tornar um espaço para confrontos.

— Mas pelo menos o fato de eu estar sofrendo pode ser um consolo — argumentei.

— Não quero que você sofra.

— Olha só... — Soltei o ar. Eu sentia muita falta de Jocelyn. — Sei que você não quer ouvir isso, mas estou *mesmo* arrependida de ter mentido para você. Eu sabia que você ia me confrontar por tentar ficar com o Michael, e em vez de pensar com a razão eu perdi a cabeça e escondi tudo de você para não ter que lidar com a realidade.

Ela abraçou os joelhos.

— Que covardia.

— Né? E eu não devia ter deixado você achar que eu gostava do Wes. Quer dizer, acabou se revelando uma profecia, mas foi bem mesquinho da minha parte.

— É, foi mesmo.

— Pois é. — Respirei fundo. — Vou voltar agora para você...

— Senta aí — pediu ela, fazendo um gesto indicando o degrau ao seu lado. — Também senti saudade. E vou te perdoar por esse desastre todo. Só que...

Sentei e esperei.

— Sinto que tem alguma coisa errada entre nós duas nos últimos tempos — começou ela. — Como se eu estivesse sempre te procurando, sabe?

O rosto lindo da Joss parecia triste, e eu odiava que fosse por minha causa. Ela continuou:

— Foi o último ano do ensino médio. Eu imaginava nós duas fazendo tudo juntas e aproveitando cada segundo ao máximo porque vamos morar em lugares diferentes daqui a alguns meses.

Joss levantou o braço e tirou os grampos do cabelo.

— A volta às aulas, o baile, as fotos e os trotes do último ano... Eu achava que tudo isso ia ser épico. Mas você desapareceu nos momentos mais importantes.

— Eu sei — respondi, sabendo que nunca tinha pensado em tudo isso a partir da perspectiva dela. — Desculpa.

— Você está sempre presente, mas quando tem um evento importante você some. Olha... você vai aparecer no dia da colação de grau? Ou eu vou ter que ir sozinha? Não sei qual é a sua.

— É complicado — comentei.

Parecia que aquelas duas palavras explicavam tudo sobre mim. Engoli em seco e tentei fazer com que Joss entendesse.

— Sei que não éramos amigas quando minha mãe faleceu, mas foi horrível. É óbvio que perder o pai ou a mãe é sempre horrível, mas foi muito horrível mesmo. *Tudo* era triste... tudo mesmo. Eu poderia ganhar uma casquinha de sorvete na Disney enquanto o Tom Hanks distribuía vales para passeios de pônei, que ainda assim eu teria chorado o dia inteiro porque ela não estava comigo.

Tirei os sapatos, encostei a cabeça na parede de cimento e fechei os olhos.

— Mas com o tempo foi ficando melhor. Menos terrível. Aprendi que se eu conseguisse passar o dia sem chorar, poderia ir pra casa e assistir aos filmes que ela gostava, o que sempre me fazia sentir que ela estava ali.

— Sinto muito, Liz.

Joss encostou a cabeça em meu ombro e abraçou meu braço direito.

— Tudo ficou normal, mas ultimamente está... diferente.

— Diferente como?

Abri os olhos e me concentrei no aviso que dizia ABRA A PORTA DEVAGAR na saída.

— Estou quase me formando no ensino médio. Todas as coisas estão com uma etiqueta de "última vez" e embaladas em caixas pela família. Último baile, último "Pais, reúnam-se para tirar fotos com seus filhos". Visitas à faculdade, comentários de "Nossa, minha mãe ficou tão constrangida quando visitamos os dormitórios". São momentos únicos que estão acontecendo, mas tudo parece vazio sem ela, então não tenho vontade de fazer nada.

Joss levantou a cabeça e olhou para mim.

— Inclusive comprar os vestidos do baile?

Soltei um suspiro trêmulo.

— Bingo.

— Por que você não me contou? — perguntou Joss, parecendo genuinamente magoada. — Sei que sou muito crítica, mas sou sua melhor amiga. Você pode me contar tudo.

— Desculpa.

— Você pode me contar tudo mesmo. Sabe disso, não sabe? Que pode sempre conversar comigo?

Assenti e me encostei nela, soltando um suspiro e contando tudo. Como eu me sentia quando parecia que ela estava menosprezando a ausência da minha mãe, o que Wes disse sobre minha mãe e o fato de eu viver minha vida como se estivesse em um dos roteiros que minha mãe escrevia.

— Odeio dizer isso, mas acho que ele tem razão — admiti, por fim.

—Você acha? — disse ela, balançando a cabeça. — Bennett te definiu direitinho.

— Né?

Enxuguei o rosto e me perguntei quando fiquei tão chorona.

— Desculpa por eu ter sido uma tonta.

— Bem, desculpa por eu ter sido uma tonta também. Vamos seguir em frente. Vamos melhorar — respondeu ela, se apoiando no degrau de trás. — E como estão as coisas lá no salão?

Queria abraçá-la e chorar, mas também queria seguir em frente.

— Ouvi Jessica Roberts falando sobre seu salto alto.

— Não é nenhuma surpresa... ele é muito sexy.

Desci mais um degrau e virei de lado para me apoiar na parede.

— Está se divertindo? — indaguei.

Jocelyn fez um biquinho.

— Estou sentada em uma escadaria deserta... por escolha própria. O que você acha?

— Desculpa ter abandonado você.

— Tudo bem... Assim a lembrança vai ser melhor. Quer dizer, minha imaginação jamais teria ido longe o suficiente a ponto de achar que eu iria jantar num *fast-food* com um vestido de formatura e um cara de terno jeans.

Soltei uma risada. Todos gostavam do Charlie porque ele era incrível no futebol, mas ele também era bem estranho. No segundo ano, ele foi para a aula de terno todos os dias porque achava que estava elegante.

— Ele te levou para um *fast-food*?

—Vestindo um terno jeans, Liz... você está se esquecendo da melhor parte.

— Era pra ser irônico?

— Olha, ele comprou na Amazon porque o modelo parecia *descolado* — contou ela, balançando a cabeça. — Ele nem conhece a palavra "ironia".

Mordi os lábios para não cair na gargalhada.

— Pelo menos ele é gentil.

Joss me olhou de canto de olho e disse:

— Ele tentou pegar na minha bunda, com as duas mãos, na primeira vez que a gente dançou.

— Ele está bem? Ou você enfiou o corpo desfalecido dele no armário do zelador?

— Fala sério. Como se eu fosse arriscar ser presa por causa de um cara de terno jeans — respondeu Joss, dando de ombros. — Mas vou largar aquele babaca aqui. Eu vim dirigindo porque ele não tem carteira, então meu objetivo é desaparecer até ser tarde demais para ele conseguir outra carona. Vou fazer o idiota ligar pra mãe vir buscá-lo.

Nós duas caímos na gargalhada. Estávamos chorando de rir quando as portas da escadaria se abriram. Arquejamos em uníssono quando Noah, amigo do Wes, invadiu nosso espaço.

Ele parecia tão confuso com nossa presença quanto nós estávamos com a dele.

— Noah?

Ao mesmo tempo, ele disse:

— Caramba, vocês me assustaram.

Jocelyn se apoiou nos cotovelos, e eu apontei para um degrau abaixo do que eu estava.

— O que você está fazendo aqui? — perguntei. — Achei que a galera popular ainda estivesse no salão.

Ele se sentou.

— Não estava aguentando mais. O baile é doloroso. Ou você fica em pé conversando com os amigos vestindo um terno desconfortável, ou dança ao som de músicas horríveis enquanto seus amigos conversam sobre *você* se achando muito engraçados. E essa única noite consome tantos planos e tanto dinheiro, mas a alegria não chega nem perto do esforço. Nem perto.

Era estranho eu ainda achar que a alegria podia compensar o esforço? Embora não tivesse dado certo para mim, meu coração achava a magia do baile efervescente. Talvez fosse apenas meu terrível otimismo mexendo com minha cabeça.

— Então por que você veio? — questionou Jocelyn, com um sorrisinho sarcástico, parecendo interessada na resposta. — Concordo plenamente, aliás. Mas por que você veio, se faz você se sentir assim?

— Pelo mesmo motivo que você, acho.

— Ou seja...?

Noah ergueu uma sobrancelha.

—Você não sabe por que está aqui?

Joss revirou os olhos.

— Eu sei por que *eu* estou aqui, mas você não sabe, então não tem como ter certeza de que nosso motivo é o mesmo.

Cruzei os braços e fiquei observando. Pelo pouco que conhecia Noah, ele era o rei da discussão. Parecia gostar de debater. Joss, por outro lado, não tinha paciência para pessoas que discutiam com ela.

A maioria não discutia porque tinha juízo.

—Tem certeza? — questionou ele.

Joss o encarou. Com um sorrisinho presunçoso, ele respondeu:

— Achei que nós dois tínhamos vindo para ver um palhaço vestindo um terno jeans.

Aquilo a fez rir.

—Você também veio pelo Charlie?

— Com certeza — disse Noah, o sorrisinho sarcástico natural de volta em seu rosto. — O terno azul realça os olhos dele.

— O que ele estava pensando quando escolheu aquele terno?

Jocelyn voltou a rir e o sorrisinho virou um sorriso largo. Senti que talvez devesse sumir dali, mas sabia que estragaria o momento. Além disso, eu não estava pronta para me afastar da Joss.

Ele esticou as pernas e se apoiou nos cotovelos, a versão masculina da posição da Jocelyn.

— Com certeza estava pensando em si próprio. Ele sabe que fica bem de jeans, então decidiu se embrulhar da cabeça aos pés naquele tecido duro, nada maleável, que pinica as pessoas e as deixa com o bumbum incrível.

— Ah, meu Deus! — exclamou Jocelyn. — Você *precisa* calar a boca. Precisa.

Passamos uma hora na escadaria conversando. Teria sido mais divertido se minha mente não estivesse tão determinada a me fazer pensar em Wes e Alex. Perdi Wes antes mesmo de perceber que o queria, e agora a Alex ia fazer com que ele esquecesse que tinha me beijado.

Depois de chorar de rir quando Jocelyn imitou o professor de Educação Física, decidimos que não queríamos mais ficar no baile. Mandamos mensagens pedindo desculpas para nossos acompanhantes, e Michael foi muito compreensivo. Até mandou uma mensagem me agradecendo, o que me deu esperança de que ele e Laney se tornariam um casal antes mesmo que amanhecesse.

Estava contando os minutos para ficar quentinha na minha cama, refletindo sobre todos os meus erros enquanto o sr. Fitzherbert atacava meus pés embaixo do edredom. No entanto, Jocelyn e Noah decidiram, quando chegamos perto da minha casa, que queriam ir para a festa pós-baile no ginásio da escola. Os dois tinham comentado que não iriam, mas quando Noah começou a dizer que acertaria mais cestas que a Jocelyn, minha melhor amiga supercompetitiva *tinha* que ir.

E ela ia ganhar dele.

— Tem certeza de que não vai, Liz? — questionou Jocelyn, depois que estacionou na entrada da minha casa. — Prometo que vai ser divertido.

— Não, obrigada.

Saí e bati a porta, então fui até a janela dela e a abracei como pude.

— Mas me ligue quando chegar em casa — pedi. — Não importa a hora.

— Bennett não vai estar lá — contou Noah, me olhando com pena. — Ele me falou hoje de manhã que a festa é uma perda de tempo e que ele precisa descansar no final de semana para o jogo de segunda-feira. Então ele vai voltar para casa meia-noite, feito a vovozinha que ele é.

Gostei da tentativa de me animar. Foi fofo.

— Tenho um encontro com um filme e um sorvete — respondi. — Nada é melhor do que isso. Mas obrigada por me chamar.

— Me deixe adivinhar — disse Joss, revirando os olhos. — *O diário de Bridget Jones*?

Dei de ombros.

— Acho que estou mais para *Mens@gem para você* hoje, mas pode ser qualquer um.

Eles se despediram e foram embora. Em vez de entrar, me sentei no balanço da varanda e fiquei olhando para a casa do Wes. A luz da sala estava acesa, o que me fez lembrar das ligações que fizemos tarde da noite e de procurá-lo na janela.

Eu estava com tanta saudade.

Tinha passado a maior parte da vida querendo que Wes não estivesse sempre *ali*, me irritando com aquele jeito Wes de ser, mas agora tudo parecia vazio. Coloquei a mão no bolso e peguei o celular. Abri nossas mensagens e comecei a digitar, mas logo apaguei porque, óbvio, Wes ainda não estava em casa. Pessoas normais ficam até o final do baile. Pessoas normais não chegam em casa às... Conferi as horas no celular. Às nove e meia.

Wes Bennett devia estar sendo coroado rei do baile naquele instante. Devia estar prestes a dançar com sua bela acompanhante, e quando já tivesse olhado bastante nos olhos dela, esqueceria as responsabilidades com o beisebol e a levaria para uma noite fantástica de fogueira e beijos que fariam os dedos dos pés dela se curvarem.

Quando fechei bem os olhos, ainda conseguia pensar neles se beijando.

— Que se dane.

Abri os olhos, levantei e tirei a chave do bolso.

Era hora de entrar em casa e me acabar de chorar.

CAPÍTULO DEZESSEIS

"Quando se percebe que deseja passar o resto da sua vida com alguém, você quer que o resto da sua vida comece assim que for possível."

— *Harry e Sally: feitos um para o outro*

Fiquei deitada no sofá feito uma boba, ainda com o vestido do baile, só que enrolada num edredom. Simplesmente me joguei no sofá quando entrei em casa e fiquei assistindo a *Mens@gem para você* no escuro e sem prestar muita atenção enquanto tentava não pensar no que estaria acontecendo com o Wes e a Alex.

Kathleen Kelly estava falando sobre a música "River", da Joni Mitchell, e eu sentia cada nota de melancolia daquela obra-prima.

I'm selfish and I'm sad
Now I've gone and lost the best baby

— Liz? — chamou Helena, parando entre a sala e a cozinha ao me ver.

Ela colocou a mão no peito e disse:

— Nossa, você me assustou.

— Desculpa.

Helena colocou o cabelo atrás da orelha e percebi que tinha um tubo de Pringles embaixo do braço dela.

— Tudo bem. Por que você está aí no escuro?

Dei de ombros.

— Estou com preguiça de acender a luz.

— Entendi.

Ela pigarreou e colocou as mãos no bolso do moletom. Vi que tinha duas latas de refrigerante ali.

— E o baile? — perguntou ela.

Levantei uma das mãos.

— Foi bom.

Helena pareceu querer perguntar mais, porém apenas disse:

— Que bom. Vou deixar você assistir ao filme. Boa noite.

Em geral eu ficava na defensiva quando Helena perguntava sobre minha vida, mas senti um vazio porque ela decidiu *não* perguntar. Estava com vergonha de como tinha agido no cemitério, e para falar a verdade senti saudade dela durante o dia.

Não merecia a companhia dela, mas queria que Helena ficasse acordada comigo. Estava com um pouco de medo de perguntar, medo da rejeição que eu merecia, mas quando ela já estava quase na escada, deixei escapar:

— Quer assistir comigo?

Ouvi os passos pararem e ela voltou para a sala.

— Ai, minha nossa, sim. Eu amo esse filme. Deus seja louvado pelos anjos que são a Meg Ryan e o Tom Hanks.

— Achava que você detestava comédia romântica.

— Odeio filmes românticos cafonas e fantasiosos. Mas um buquê de lápis? Meu coração não aguenta.

Helena se jogou ao meu lado e ficou com as pernas cruzadas em cima do sofá, abrindo a tampa do Pringles.

Assistimos ao filme por alguns minutos até que ela disse:

— Então, o baile...

— Ah, o baile. — Coloquei os pés na mesinha de centro e peguei uma batata. — Foi como ver meu maior erro vestindo roupas bonitas e desfilando na minha frente com outra pessoa.

— Na minha língua, por favor. Não entendo como essa baboseira tem a ver com o belo Michael.

Soltei um suspiro.

— Não tem. É que... Sei lá, esquece. Não quero mais pensar nisso.

— Combinado — disse Helena, mordendo uma batata e gesticulando para a TV. — É o *melhor* triângulo amoroso.

— Ah... Está mais para quadrado amoroso — respondi, mastigando outra batata. — Eles são um quarteto que se desfaz sozinho. Nenhum deles precisa escolher alguém para que se separem.

— Não estou falando dos dois casais — explicou Helena, tirando as latinhas do bolso.

Ela me deu uma, abriu a dela e continuou:

— Estou falando sobre o triângulo entre a Kathleen, a ideia que ela tem de quem o NY152 é on-line e o Joe Fox — disse Helena.

— Espera aí... O *quê?*

— Pense bem. A Kathleen acha a personalidade dele on-line encantadora. Gosta do fato de que ele sabe o que significa "vá para a arena". E inveja a capacidade dele de argumentação — comentou ela, inclinando-se para a frente e deixando a lata na mesinha. — A ideia que ela tem daquele homem é bonita, mas na prática ela acha a argumentação do Joe Fox maldosa, e quando ele vai para a arena e fecha a livraria, Kathleen sente ódio dele.

Abri minha lata.

— Nossa... Você tem razão.

— Eu sei. — Ela sorriu e fez uma breve reverência. — Às vezes ficamos tão presos às nossas ideias a respeito do que achamos que queremos, que acabamos perdendo as coisas maravilhosas que podemos ter de verdade.

Ela estava falando sobre o filme, mas senti que tinha sido pega no flagra. Wes tinha razão sobre uma das coisas que falou a respeito das minhas questões com minha mãe. Não era intencional, mas eu de fato estava vivendo a vida como se fosse uma das personagens dela, como se estivesse tentando protagonizar um romance que ela teria escrito para mim.

Eu afastei Wes e fui atrás do "cara legal", mas na verdade não existem só pessoas confiáveis e questionáveis no mundo. Também existem caras como Wes, que quebram o molde e implodem os dois estereótipos.

Ele era muito mais que um Mark Darcy ou um Daniel Cleaver de *O diário de Bridget Jones*.

E também existem as Helenas: mulheres inteligentes e irreverentes que não sabem tocar piano ou cuidar de flores, mas estão sempre ali, esperando que percebamos o quanto precisamos delas.

— Quer dizer — continuou Helena —, ela quase ignora as *152 cicatrizes*... Consegue imaginar?

— Helena — comecei, sem conseguir conter as lágrimas, com a garganta apertada. — Desculpa pelo que eu disse antes. Por tudo. Não quero perder o que poderíamos ter. Não falei sério quando disse para você me deixar em paz.

— Ah... — Os olhos dela se arregalaram e ela inclinou a cabeça para o lado. — Está tudo bem.

— Não está.

Helena me abraçou e fungou.

— Sabe, eu não quero ocupar o lugar da sua mãe. Só quero estar ao seu lado — declarou ela.

Fechei os olhos e deixei o abraço dela me envolver, sentindo *alguma coisa*.

Eu me senti amada.

E naquele instante soube que minha mãe ia querer isso. Ia querer muito. Ela ia querer, acima de qualquer coisa, que eu fosse amada.

— Também quero isso, Helena.

Nós duas estávamos fungando, o que nos fez rir. O momento acabou e voltamos para nossos lugares, lado a lado no sofá. Quando ela engoliu várias batatinhas de uma vez e ficou cheia de migalhas espalhadas pelo moletom manchado, decidi que estava feliz por Helena ser tão diferente da minha mãe. Era *bom* saber que elas estavam em polos opostos.

Pigarreei.

— Tudo bem se eu te chamar de madrasta a partir de agora?

— Só se você não acrescentar "má" depois dessa palavra.

— Mas teria outro motivo para dizer madrasta, além de madrasta má? Você tem que admitir que é um título poderoso.

— Talvez. E eu amo poder.

— Viu? Eu sabia.

Olhei para a porta de correr ao lado da cozinha, e minha mente voou até a Área Secreta. Virei para Helena.

— Então, sobre o baile... Basicamente, o resumo é que eu fui com o garoto errado.

— Você já está vindo com meu refrigerante?

Ouvi meu pai descer a escada correndo. Ele entrou na sala com uma calça de pijama dos Peanuts e uma camiseta, sorrindo. De repente pareceu preocupado, e disse:

— Oi, querida, eu não sabia que você já estava em casa.

— É... Acabei de chegar — respondi.

Helena apontou para meu pai e olhou para mim.

— Shh... Ela ia me contar sobre o baile — disse Helena.

— Finjam que eu não estou aqui.

Meu pai se sentou no espacinho que havia entre Helena e o braço do sofá e bebeu um gole do refrigerante dela.

Revirei os olhos e contei aos dois sobre a Laney e a descoberta de que eu não estava interessada pelo garoto que eu achava que o universo tinha mandado para mim. E tive que contar o quanto eu tinha sido idiota com Wes depois do nosso beijo (mas falei "encontro", para que meu pai não surtasse), para que eles entendessem como eu tinha estragado tudo. Eu me lembrei do rosto do Wes no baile, olhando para mim.

— E agora é tarde demais. Ele está com uma garota que o adora e não o trata como lixo. Por que ele ia querer largar isso?

Eles ouviram tudo, então meu pai sorriu como se eu fosse boba demais.

— Porque você é *você*, Liz.

— Não sei...

— Ah, você não sabe? — disse Helena, limpando o moletom. — Aquele garoto gosta de você desde que vocês eram crianças.

As palavras geraram uma corrente de esperança repentina em meus ouvidos e na ponta dos meus dedos, embora eu soubesse que ela estava enganada.

— Não gosta, não. Wes faz de tudo para me *irritar* desde que éramos crianças.

— Ah, você não tem ideia. Fale para ela, querido — incentivou Helena, cutucando meu pai com o cotovelo. — Conte sobre o piano.

Meu pai colocou um dos braços sobre os ombros de Helena e os pés em cima da mesinha de centro.

—Você sabia, Liz, que Wes ficava sentado na varanda dos fundos ouvindo você tocar piano? A gente fingia que não via, mas ele estava sempre ali. E isso *lá atrás*, quando ele era uma criança agitada e você era péssima no piano.

— Não acredito.

Eu me esforcei para lembrar quantos anos tínhamos quando o piano foi colocado na sala dos fundos.

— Sério? — perguntei.

— Sério. E você achou mesmo que ele se importava com aquela vaga de estacionamento pela qual vocês brigavam tanto?

— Ele se importava, sim. Ainda se importa. Foi por isso que Wes concordou em me ajudar.

Lembrei do dia chuvoso na sala da casa dele, quando sugeri o plano. Ele pareceu um estranho naquele dia, e eu tive que implorar que me deixasse entrar. Biscoitos e leite, as estrelinhas do Wes... parecia que tinha sido em outra vida.

— Liz — disse Helena, sorrindo. — A mãe do Wes sempre deixou que ele estacionasse atrás do carro dela. Ele sempre deixava o carro na entrada da garagem, mas, do nada, logo que você ganhou o seu, ele começou a estacionar na rua.

Fiquei boquiaberta.

— Do que você está falando?

Ela deu um tapinha em meu braço.

— Acho que ele começou a ir atrás daquela vaga porque queria um motivo pra falar com você. Tire suas próprias conclusões.

Será? De certa forma, era impossível acreditar naquela história, porque Wes era muita areia para o meu caminhãozinho. Era popular, atlético e ridiculamente lindo. Como eu poderia acreditar que *ele* era a fim de *mim* antes mesmo de eu me dar conta de que ele era um cara legal? Que ele estava a fim de mim fazia muito, muito tempo? Enfiei os dedos no cabelo e dei uma puxadinha.

— Não sei o que fazer.

Depois disso, meu pai subiu, mas Helena e eu acabamos de assistir ao restante do filme antes de ir para a cama. Assim que eu fechei a porta do quarto, Helena bateu.

— Liz?

Abri a porta.

— Sim?

Ela estava sorrindo para mim no corredor escuro.

— Seja corajosa o bastante para arriscar tudo.

— O que isso quer dizer?

Helena deu de ombros.

— Sei lá. Só que... se for encarar as situações, não economize na coragem, eu acho.

Seja corajosa o bastante para arriscar tudo.

Fiquei repassando aquelas palavras na cabeça. Tentei dormir, mas entre tentar ouvir o carro do Wes e imaginar todas as coisas que ele e Alex deviam estar fazendo, só fiquei ali deitada, me sentindo infeliz.

Até que me dei conta de uma coisa.

Seja corajosa o bastante para arriscar tudo.

CAPÍTULO DEZESSETE

"É o seguinte. Eu amo você. Eu sei que amo. Porque eu nunca senti tanto medo na minha vida. E uma vez eu peguei um elevador com o Saddam Hussein. Só eu e o Saddam. E isso é mais assustador. Eu amo você."

— *Casal improvável*

— Eu estava errada. Estou muito feliz por Michael estar de volta, mas só porque isso me deu a chance de conhecer o verdadeiro Wes. Você estava aqui todo esse tempo, na casa ao lado, e eu não fazia ideia do quanto é incrível — sussurrei para mim mesma.

Estava tremendo, arrepiada de frio. E vi quando o carro do Wes estacionou na entrada da garagem.

— É agora.

Chacoalhei os dedos gelados e parei de ensaiar meu discurso. Inalei devagar pelo nariz, ouvindo Wes desligar o motor e, um segundo depois, a porta do carro se fechar.

Coloquei uma mecha do cabelo atrás da orelha e fiz uma pose fofa e descontraída em uma das cadeiras, esperando que ele encontrasse meu bilhete.

Depois da frase épica da Helena sobre arriscar tudo, decidi que ela tinha razão e mergulhei de cabeça. Primeiro, liguei o computador e vasculhei as gavetas até encontrar um CD virgem. Dane-se a tecnologia, eu ainda amava segurar nas mãos minha cuidadosa curadoria musical.

Peguei a trilha sonora do Wes e da Liz, que montei depois do beijo, e gravei no CD. Tinha todas as músicas sobre as quais já tínhamos conversado, e todas as músicas que ouvimos juntos. Ainda no computador, fiz uma capa às pressas — nossas iniciais dentro de um coração de ketchup —, e imprimi. Depois cortei com cuidado para que encaixasse perfeitamente na caixinha do CD.

Assim que terminei, vesti uma calça jeans e o moletom enorme do Wes, que acabou ficando com as minhas roupas vomitadas (e com o qual eu dormia todas as noites). Meu cabelo e minha maquiagem ainda estavam quase intactos, então peguei o All Star limpo e perfeitamente branco, escrevi as palavras ME ENCONTRE NA ÁREA SECRETA num pedaço de papel com canetinha e coloquei todos os suprimentos necessários em uma caixa.

Corri até a varanda da casa dele para deixar o bilhete e depois fui até a Área Secreta, onde posicionei o aparelho de CD portátil, preparei uma fogueira, organizei as coisas para fazer *s'mores* e arrumei tudo.

Então me aconcheguei em uma manta e esperei.

E esperei, esperei e esperei.

E cochilei algumas vezes.

Mas agora Wes finalmente tinha chegado em casa. Puxa vida. Nossa, eu estava tão nervosa.

Então... *Espera aí, o quê?* Ouvi mais uma porta de carro batendo. Mordi os lábios. *Droga, droga, droga.* Talvez ele só tivesse pegado alguma coisa no carro. Talvez não tivesse *alguém* com ele.

— Wes!

Um gritinho risonho descompassou meus batimentos cardíacos, que podia muito bem ter sido a risada de um palhaço do mal. Tentei espiar pelos arbustos, mas não conseguia enxergar nada. As vozes estavam chegando mais perto, então subi na cadeira para ver se eu conseguia enxergar melhor de cima.

Puta merda. À luz do luar, vi que Wes e Alex estavam andando na direção da Área Secreta. E lá estava eu, com o orgulho todo exposto e umas guloseimas constrangedoras.

— Merda!

Precisava sumir com todas aquelas provas. Chutei a caixa que continha as coisas para fazer *s'mores*, com a intenção de escondê-la em um arbusto.

O pânico cresceu dentro de mim quando a caixa saiu voando e os biscoitos e marshmallows caíram na água e ficaram boiando na superfície da fonte.

Droga, droga, droga, droga.

Peguei o aparelho de CD e me ajoelhei, desesperada para me esconder na escuridão. Mas aquela antiguidade escorregou das minhas mãos e caiu, e as oito pilhas foram ejetadas.

Que se dane. Larguei a bagunça e rastejei até o arbusto maior. Se conseguisse ir de quatro até o outro lado da Área Secreta, talvez eu pudesse...

— Liz?

Fechei os olhos por um instante antes de ficar em pé. Coloquei um sorriso no rosto enquanto Wes e Alex olhavam para mim.

— E aí, pessoal? Tudo bem? Baile divertido, né?

— Né? Meu Deus! — respondeu Alex, graças a Deus, agindo como se fosse normal que eu estivesse rastejando no escuro no quintal do Wes. — Quase tive um ataque cardíaco quando Ash foi coroada.

— Pois é — concordei e respirei fundo, sorrindo como se soubesse do que ela estava falando e observando a expressão estoica e séria do Wes. — Foi um susto mesmo. Tipo, *o queeê*? Ash foi coroada?

— O que está fazendo aqui? — indagou Wes, me olhando com uma expressão incompreensível que fez a ponta das minhas orelhas queimarem.

Ele devia estar irritado por eu estar atrapalhando um possível momento de sedução.

Foi por isso que ele a levou para casa? Estavam esperando que eu saísse para mandar ver? Por alguma razão, pensar nos dois juntos era mil vezes pior agora que envolvia a Área Secreta.

— Eu... É... Vim atrás do meu gato e... — Apontei na direção da minha casa, já que aquelas palavras não faziam sentido nem para mim. — Derrubei uma coisa e pensei que tivesse rolado até este arbusto.

Apontei para a floresta do Wes como uma criança angustiada.

— Seu gato não sai de casa.

Fiz uma careta.

— Sai, sim. Não, na verdade, você tem razão. Ele fugiu.

— É mesmo? E o que você derrubou?

Wes não parecia nada contente.

— Hum... Dinheiro, uma moeda de um centavo. — Pigarreei. — Derrubei e ela rolou. Então, é isso. Eu estava aqui procurando minha moeda. Era da sorte.

— Sua...

— Moeda. Isso. Mas não importa. Não preciso dela — declarei, pigarreando mais uma vez, só que o nó não ia embora. — Da moeda, sabe? Quer dizer, quem precisa de um centavo, né? Minha madrasta joga moedas de um centavo fora, pelo amor de Deus.

Os dois ficaram olhando para mim, e as linhas firmes do rosto do Wes me deixaram com saudade do que tínhamos *antes*, de seus olhos risonhos antes de eu estragar tudo.

— É estranho como às vezes você tem uma moeda de um centavo e, tipo, ela está sempre ali, e você acha que não precisa dela e nem gosta dela, né? — divaguei.

Alex inclinou a cabeça para o lado e franziu as sobrancelhas, mas o rosto do Wes permaneceu impassível enquanto eu tagarelava.

— Mas um dia você repara que as moedas de um centavo são incríveis. E então pensa: como eu não percebi isso antes? Quer dizer, essas são as *melhores moedas*. Melhores do que todas as outras moedas juntas. Mas você não tomou cuidado e perdeu a moeda de um centavo. E tudo que você queria era que a moeda entendesse o quanto você se arrepende de não ter dado valor a ela, mas agora é tarde demais. Porque você perdeu a moeda. Sabe?

— Liz, você precisa de dinheiro emprestado? — perguntou Alex.

Ela olhou para mim, e eu estava quase chorando de novo.

Balancei a cabeça.

— Ah, não, obrigada. Eu tenho que ir... Embora não tenha nem uma moedinha... — Dei uma risada sem graça. — Então, se divirtam. Não façam nada que eu não faria.

Pare de falar, sua idiota!

Dei um passo e um aceno bem discreto.

Senti, sem olhar para trás, que os dois continuavam olhando para mim enquanto eu pulava a cerca da casa do Wes e atravessava o quintal de casa correndo.

CAPÍTULO DEZOITO

"Em todo romance as pessoas só se juntam no finalzinho."
— *Simplesmente amor*

— Obrigada.

O funcionário do McDonald's me entregou o lanche, e eu o larguei no banco do passageiro e dei partida com o carro. Era meia-noite, e eu tinha passado uma hora dirigindo, ouvindo Adele no máximo enquanto cantava e soluçava, tentando ficar fora tempo suficiente para que a Alex fosse embora e o Wes entrasse em casa. Preferia fazer qualquer coisa no mundo inteiro a dar de cara com qualquer um dos dois, então mandei mensagem para Helena e saí pela cidade sem rumo.

Meu pai era a melhor pessoa do planeta por não me mandar nenhuma mensagem ao saber que eu estava dirigindo depois da meia-noite. Ele devia estar quase morrendo do coração.

Pensei em comprar sorvete a caminho de casa, mas não queria *descer* do carro, então me contentei com McDonald's. Só queria ir para casa engolir a tristeza, assistir a mais um filme e esquecer a humilhação.

Uma moeda de um centavo. Sério? Eles provavelmente riram de mim até cair nos braços um do outro e acabar tendo uma transa perfeita.

— Droga.

Peguei um punhado de batata frita e enfiei na boca antes de estacionar na Vaga Eterna. Ela não era mais minha — era do Wes para sempre —, mas naquele momento não me importei. O carro dele estava na entrada da garagem, então ele que fosse se ferrar.

No entanto, em vez de sair logo depois de estacionar, fiquei sentada ali, comendo e ouvindo rádio. Sair do carro e atravessar a rua parecia demais naquele momento de cansaço, e eu também estava morrendo de medo de encontrar o casal feliz. Seria minha cara descer do carro bem na hora que eles decidissem se agarrar na entrada da garagem ou qualquer outra coisa igualmente assustadora.

Terminei a comida e estava bebendo o milk-shake de chocolate com o banco reclinado quando alguém bateu no vidro.

— Merda.

Levei um susto, e o canudo espirrou líquido na direção do Wes. Olhei pelo vidro embaçado e vi uma figura alta vestindo uma jaqueta de couro.

Alguém me mata, por favor.

Limpei a boca com os dedos, ajeitei o banco e abri o vidro. Dei um sorriso tranquilo.

— Pois não?

Wes olhou para mim.

— O que está fazendo?

— Hum... Estacionando.

— Faz dez minutos que vi você estacionar. Pode responder direito.

— Eita. Está me espionando? — indaguei.

— Queria conversar com você, então, na verdade, eu estava *esperando*. Mas agora acho que talvez você nunca saia desse carro.

Revirei os olhos e larguei o milk-shake. Pelo jeito eu ia ser obrigada a encará-lo e me humilhar pela segunda vez naquela noite. Que ótimo! Desci do carro e fechei a porta. Cruzei os braços e o encarei.

— O que você quer? — perguntei.

— Bem, para começar, preciso que você explique o que aconteceu mais cedo.

Senti meu coração se partir enquanto olhava para ele. Seu cabelo estava bagunçado, como se ele tivesse passado a mão umas cem vezes, e a camisa estava para fora da calça do terno. Ele parecia acabado, e meus dedos coçavam de vontade de tocá-lo.

Olhei para Wes com os olhos semicerrados e me fiz de boba.

— Está falando de quando perdi minha...

— Não — interrompeu ele, me dando um olhar de advertência. — Não diga "moeda".

— Desculpa.

Olhei para meus sapatos e resmunguei:

— Era minha moeda da sorte — menti.

— Sério? Você vai insistir nessa história?

Dei de ombros e fiquei olhando para meu All Star, sem saber o que falar. Tudo que ensaiei para dizer enquanto estava me sentindo *corajosa* evaporou depois de vê-lo com a Alex. Ainda mais porque ele pareceu muito descontente ao me encontrar na Área Secreta.

Não conseguia acreditar que ele tinha levado a Alex lá.

— Ah, bem, isso explica tudo — disse ele.

— Por que você parece bravo comigo? — perguntei.

Ergui o olhar até seu rosto e esperei uma resposta. Eu iria entrar em combustão espontânea. Por que ele estava sendo tão insolente?

Wes tensionou a mandíbula e respondeu:

— Porque eu odeio joguinhos.

— Que joguinhos?

— *Que joguinhos*, Liz?

O olhar dele estava em chamas e, sim, ele estava irritado. Wes continuou:

—Você conquistou seu precioso Michael, mas assim que eu passei a reparar na Alex, deu pra gravar esse CD inacreditável e tagarelar sobre moedas da sorte de um jeito que me fez pensar que a moeda sou *eu*. Tudo isso enquanto usa meu moletom. O que você está fazendo comigo?

—Você viu o CD?

Mordi a bochecha e me perguntei quanta humilhação uma pessoa era capaz de aguentar antes de literalmente morrer. Porque ao imaginar as iniciais em ketchup que eu tinha colocado na capa do CD, senti que estava prestes a explodir e flutuar em cinzas até o chão.

Wes colocou as mãos nos bolsos da jaqueta.

— Não sou tão distraído assim, Liz. Também vi o bilhete, os ingredientes para fazer *s'mores* e o aparelho de CD quebrado.

—Ah...

Respirei, trêmula, enquanto seus olhos escuros me perfuravam.

— Então você gosta dela? — Deixei escapar.

Ele franziu as sobrancelhas como se não esperasse aquela pergunta, o que era compreensível, porque eu também não esperava perguntar.

Mas precisava saber.

Wes engoliu em seco e achei que não fosse responder, mas então ele disse:

— A Alex é incrível.

—Ah...

Torci para que meu rosto não demonstrasse que eu estava prestes a chorar, que aquela resposta foi como um soco em meu estômago.

— Ah, legal... Preciso ir.

Dei um passo para o lado, mas Wes segurou meu braço e me impediu de sair.

— É isso? Você não vai explicar aquilo tudo?

— Agora não importa mais.

— Talvez importe.

— Não importa, tá? — Tentei soar leve e despreocupada, como se eu estivesse bem com tudo aquilo.

Wes abaixou a mão. Continuei:

— Gravei o CD e montei um cenário constrangedor porque percebi que o Michael não é a pessoa que não sai da minha cabeça, e queria contar para você. Quer dizer, ele é incrível, mas estar com Michael não chega nem aos pés de comer hambúrguer com você, ou ir até a Área Secreta para fazer *s'mores* e ver as estrelas, ou brigar com você por uma vaga de carro. Mas demorei demais para perceber isso e agora você está com a Alex.

Ele ficou boquiaberto, e eu balancei a cabeça.

— Não. Tudo bem... eu entendo — prossegui. — Ela é perfeita e um amor, e por mais que eu odeie dizer isso, você merece alguém como ela.

Respirei fundo, trêmula, e aqueles olhos escuros fizeram com que eu me arrependesse de tudo o que tinha feito até então.

— Porque eu estava errada, Wes. Você *faz* parte das coisas boas.

Wes coçou o queixo e olhou para a rua atrás de mim. Depois me encarou.

— Não foi só nisso que você errou — declarou ele.

— O quê?

Era mesmo a cara do Wes chutar cachorro morto.

— Do que você está falando? — perguntei.

— Você errou quanto à Alex. Ela não é perfeita.

— Bennett, ninguém é perfeito... Por favor — respondi, sem conseguir acreditar naquela audácia. — Mas ela chega bem perto.

— Pode ser.

— *Pode ser*? Como assim, ao que acha que estou me referindo? Você prefere peitos maiores ou alguma coisa assim? Ela não é...

— Ela não é você.

— O quê?

— Ela. Não. É. Você.

Fiquei quieta e olhei para ele, com medo de acreditar que Wes estava dizendo aquilo.

— Ela é bonita, mas seu rosto não se transforma em um raio de sol quando ela fala sobre música — disse ele, tensionando a mandíbula. — Ela é engraçada, mas não a ponto de me fazer rir tanto até cuspir a bebida.

Parecia que meu coração ia explodir quando seu olhar focou em meus lábios sob o brilho das luzes da rua.

Wes aproximou o rosto do meu, olhou em meus olhos e murmurou:

— E quando eu a vejo, não sinto que *tenho* que falar com ela, bagunçar seu cabelo ou fazer alguma coisa, qualquer coisa que seja, só para que ela olhe para mim.

Com as mãos trêmulas, coloquei o cabelo atrás da orelha e disse, baixinho:

— Faz tempo que você não bagunça meu cabelo.

— E isso está me matando.

Ele deu um passo à frente, o que me pressionou contra a lateral do carro.

— Me apaixonei por implicar com você no terceiro ano, quando descobri que conseguia deixar seu rosto vermelho com apenas uma palavra. Depois disso, me apaixonei por você.

Tenho quase certeza de que estava desenvolvendo uma arritmia cardíaca a cada palavra que ele dizia.

— Então você e a Alex não...

— Não. Somos só amigos.

Wes estendeu a mão e enrolou os cordões do meu moletom, do moletom *dele*, nas mãos.

— Ah...

Minha mente estava tentando processar todas as informações, mas aquele rosto lindo estava dificultando as coisas. Além disso, tinha sua proximidade repentina. E o puxão gentil me trazendo mais para perto... Fiquei desnorteada.

— Mas por que você agiu como se quisesse que eu aceitasse o convite do Michael? — perguntei.

Eu só conseguia ver os olhos dele, e Wes murmurou:

—Você é apaixonada por ele desde pequena. Não queria que nosso beijo atrapalhasse, se era aquilo que você queria mesmo.

Como posso ter pensado que o Wes não era incrível? Um sorriso apaixonado dominou meu rosto, e coloquei a mão no peito dele.

— O que eu queria mesmo era ir ao baile com você — revelei.

— Olha, você podia ter me falado, Buxbaum. — Sua voz saiu como um suspiro entre nós. — Porque te ver com aquele vestido me fez querer socar nosso querido amigo Michael.

— *Mesmo?*

Wes puxou o cordão do moletom.

— Isso não devia te deixar feliz.

— Eu sei — respondi, rindo.

Eu estava mostrando tudo o que sentia ao sorrir para ele, mas não conseguia evitar. Não conseguiria me segurar e parecer despreocupada nem se tentasse. Porque pensar em Wes irritado com Michael e com ciúme de mim era maravilhoso demais.

— Mas deixa, vai? É tão romântico.

— Que se dane o romance! — exclamou ele.

Wes soltou os cordões e deslizou as mãos até a lateral do meu rosto, segurando-o em suas palmas grandes. Inspirei fundo quando sua boca se aproximou da minha, e minha mente preparou a música perfeita para aquele final. Ou melhor, aquele começo.

I've been searching a long time,
For someone exactly like you

    O beijo foi ofegante e selvagem. Wes se afastou cedo demais. Ele me abraçou, me levantou e sorriu ao me soltar.
    — Percebe que podíamos estar nos beijando há anos se você não fosse um pé no saco?
    — Ah, não... Até bem pouco tempo atrás eu não gostava de você.
    — De inimigos a amantes... Esse é o nosso roteiro, Buxbaum.
    — Pobre Wes, um romântico confuso.
    Uma risadinha tomou conta de mim, então coloquei as mãos em seu rosto e puxei-o para perto outra vez e disse:
    — Cale a boca e me beije.
    DJ, solta a música do Bazzi.

EPÍLOGO

"Uma garota nunca esquece o primeiro garoto de quem gostou."

— *Ele não está tão a fim de você*

"Mas ela também nunca esquece o primeiro garoto que odiou."

— Liz Buxbaum

Coloquei o crisântemo amarelo no buraco e cobri as raízes com terra. O sol do início do outono aquecia meu rosto enquanto eu plantava as flores, mas a sensação era de um dia de transição, como se o calor tivesse perdido a força e o sol iluminasse apenas para se exibir.

— Já que você tem margaridas no verão, achamos que seria legal ter crisântemos no outono.

Olhei para a lápide da minha mãe e me perguntei como eu ia lidar com a distância. Faltava uma hora para eu ir para a Califórnia, e embora soubesse que era bobeira, uma pequena parte de mim receava que eu fosse me sentir perdida sem as conversas diárias com ela.

— Foi ideia da Helena — comentou Wes, bebendo um gole de água e pegando o pacote de terra. — Não deixe sua filha ficar com todo o crédito.

Realmente, tinha sido ideia da Helena. Tivemos muitas conversas boas depois do baile, e ela foi muito compreensiva com meu luto. Em vez de tentar me convencer de que eu devia seguir em frente, ela comprou um banco para o túmulo, com uma almofada floral linda, para que eu não tivesse que me sentar no chão.

Ela também me deu um casaco de lã de alpaca porque leu que fantasmas sabem que quem usa esse material não é uma ameaça. E me fazia usá-lo sempre que eu ia ao cemitério à noite, porque não queria que eu fosse possuída por um demônio ou por um de seus lacaios.

Estava mesmo começando a amar minha madrasta engraçadinha.

— Ele tem razão — confessei, mostrando a língua ao Wes. — Mas eu amei a ideia. Assim, embora eu não esteja aqui, as flores vão desabrochar ao seu lado.

— A não ser que elas morram, porque a Liz é uma péssima jardineira.

Dei uma risada e joguei a pá na direção dele.

— Isso pode mesmo acontecer. Seu dom com as flores, e na verdade até mesmo a vontade de ser boa com as plantas, evidentemente pulou uma geração.

Wes pegou a pá como se estivesse esperando o arremesso e levou as coisas para o carro. Limpei as mãos na calça jeans e me sentei sobre os calcanhares. Era um pouco difícil de acreditar que eu e o Wes iríamos juntos para a Califórnia depois daquilo, mas parecia a coisa certa. Ele sempre esteve ali — o garoto irritante da casa ao lado —, mas naquele momento ele seria o garoto irritante do dormitório ao lado.

Acabei descobrindo que Wes era um lançador muito talentoso, e ele recebeu propostas de faculdades de todo o país. No fim, escolheu a Universidade da Califórnia, mas fez questão de explicar que não era por minha causa. Acho que as palavras exatas foram "Nós dois estamos livres para terminar tudo na Califórnia sem nos sentirmos estranhos, sem culpa. É só uma coincidência bizarra estarmos indo para a mesma faculdade, tá? Não é um ato romântico nem nada assim".

E depois me deu um sorriso travesso e um beijo que me fez esquecer meu nome.

Fazia meses que Wes ia comigo até o túmulo da minha mãe algumas vezes por semana. Em geral ele se afastava um pouco para que eu conversasse com ela — fizesse chuva ou sol —, mas sempre voltava a tempo de se despedir da minha mãe e fazer algum comentário sarcástico sobre mim.

Era brega, e eu o adorava por isso.

— Bem, é melhor a gente ir, porque ficamos de encontrar meu pai, a Helena e a Joss em dez minutos — lembrei.

Íamos nos encontrar para tomar café da manhã juntos, e depois meu pai e Helena iam levar o caminhão alugado até a Califórnia, e eu e Wes íamos atrás no carro dele.

Levantei e olhei para Wes, que estava fechando o porta-malas do carro. Ele estava com a camiseta que eu dei de presente de formatura, que dizia UM CARA FEMINISTA. Comprei porque achei engraçada, mas ele usava o tempo todo.

Combinava com aquele sorriso espertalhão.

Vi Wes dar a volta no carro e abrir a porta traseira, onde o sr. Fitzherbert estava sentado na caixinha de transporte com meu cachecol xadrez favorito, as orelhas para cima ouvindo todos os barulhos que o cemitério tinha para oferecer. Wes o chamava de sr. Felpudo das Roupas Bobas e fingia que não gostava de gatos, mas também sempre o acariciava no lugar *exato* que ele mais gostava, atrás da orelha. Parada ali, vendo-o conversar com meu gato, percebi a verdade.

Wes *era* o cara legal dos filmes. Sim, ele era engraçado e animava qualquer festa, mas também era confiável, compreensivo e leal. Ele *era* um Mark Darcy de O *diário de Bridget Jones*, embora depois do baile eu tivesse percebido que não precisava que ele fosse.

Mas Wes era ainda melhor do que o Mark Darcy.

Estava prestes a dizer isso em voz alta para minha mãe, mas Wes olhou para mim com aquele sorriso que eu amava.

— Está pronta, Buxbaum? O sr. Felpudo está ficando com fome e eu também.

Foi ideia do Wes escolher um lugar com mesas ao ar livre para que sr. Fitzherbert pudesse aproveitar um lugar aberto em sua caixinha antes da longa viagem.

Como eu poderia *não* amá-lo?

Olhei para ele com os olhos semicerrados, mas meu sorriso estragou o efeito.

— Aham. Mas é "sr. Fitzherbert", seu bobo.

Fui na direção dele, mas, ao olhar para trás, para a lápide da minha mãe, quase tropecei. Um cardeal tinha pousado no galho da cerejeira que ficava ao lado. Era vermelho e lindo, e ficou ali no galho olhando na minha direção.

Pisquei várias vezes e fixei os olhos nele, que abriu o bico e cantou a melodia mais doce.

Virei para Wes, e ele estava olhando para o pássaro por cima do meu ombro.

—Você também está vendo isso, né? — indaguei.

Ele assentiu.

— Caramba.

Nós dois ficamos parados ali, olhando para o pássaro. Depois de um tempinho, ele saiu voando. Senti meu coração ficar mais leve, como se minha mãe quisesse garantir que eu soubesse que ela estava feliz com minha partida. Pigarreei e olhei para Wes.

—Vamos?

—Você está bem?

Ele deu dois passos e já chegou até mim, seu corpo grande em volta do meu. Passou a mão pelas minhas costas e disse, com a boca encostada em minha cabeça:

— Podemos ficar o tempo que você quiser, Liz.

Eu me afastei e me permiti ficar olhando para aquele rosto lindo, a pessoa que sempre esteve ao meu lado, mesmo quando eu não queria.

— Na verdade, estou ótima. Vamos comer.

TRILHA SONORA DO WES E DA LIZ

1. Someone Like You | Van Morrison
2. Paper Rings | Taylor Swift
3. Lovers | Anna of the North
4. ocean eyes | Billie Eilish
5. Bad Liar | Selena Gomez
6. Public Service Announcement (Interlude) | Jay-Z
7. Up All Night | Mac Miller
8. How Would You Feel (Paean) | Ed Sheeran
9. Hello Operator | The White Stripes
10. Paradise | Bazzi
11. Sabotage | Beastie Boys
12. Feelin' Alright | Joe Cocker
13. Someone Like You | Adele
14. Monkey Wrench | Foo Fighters
15. Bella Luna | Jason Mraz
16. Forrest Gump | Frank Ocean
17. Electric (feat. Khalid) | Alina Baraz
18. Kiss | Tom Jones
19. Enter Sandman | Metallica
20. Death with Dignity | Sufjan Stevens
21. We Are Young | fun. feat. Janelle Monáe
22. New Year's Day | Taylor Swift
23. River | Joni Mitchell
24. Paradise | Bazzi

AGRADECIMENTOS

Devia agradecer a todos do planeta, a Deus, ao universo, às estrelas cadentes e àquele dente-de-leão que um dia eu assoprei fazendo um pedido, porque com certeza todas essas coisas devem ter colaborado para que isso acontecesse, não é? GENTE, MEU NOME ESTÁ NA LOMBADA DESTE LIVRO. TIPO, CARAAAAAAAAAAA!

Agradeço a VOCÊ, que está lendo esta página. Agora você faz parte do meu sonho realizado, e sou eternamente grata por ter escolhido este livro.

A minha agente brilhante, maravilhosa, engraçada e fechadora de negócios épica, Kim Lionetti. Ainda bem que você enxergou alguma coisa naquele primeiro manuscrito desconexo, porque abriu caminho para que tudo acontecesse — eu só precisei seguir a trilha. Você é uma realizadora de sonhos extraordinária, uma gênia dos desejos e uma deusa do mercado editorial, e palavras não são capazes de expressar o quanto me sinto abençoada por ter você e toda a equipe da Bookends (este é um aceno para você, McGowan) ao meu lado.

A minha editora, Jessi Smith. Um milhão de agradecimentos (vezes 1.000) por permitir que eu trabalhasse com você neste livro. A experiência foi o projeto mais animado, feliz e recompensador que eu poderia imaginar. Você é um SONHO de editora, e estou muito feliz por mais um livro juntas!

Aos humanos incríveis da SSBFYR. Admiro tudo o que fizeram por este livro. Morgan York, obrigada por ser a maga que mantém tudo funcionando. A Mackenzie, Arden e a equipe do Canadá: vocês são estrelas. A Heather Palisi; nem em meus sonhos mais loucos eu teria imaginado um projeto de capa mais perfeito. A Liz Casal — como eu pude ter a sorte de ter você como artista de capa? Eu não poderia ter amado mais. E ao restante da equipe da BFYR: vocês são uma máquina extremamente talentosa e bem azeitada, e eu definitivamente não sou digna de tudo isso. Vocês transformaram meu sonho em um objeto que eu posso segurar nas mãos. Vocês são fadas madrinhas.

A Finneas, Billie Eilish, Adele, Justin Hurwitz, Post Malone, Frank Ocean. Embora vocês provavelmente nunca vejam isto, obrigada por contribuírem com minha playlist de escrita. A música de vocês garantiu a vibe perfeita e vai ser para sempre parte desta história em meu coração.

A Cheyanne Young, que foi minha primeira "amiga-autora" e é meu modelo de escritora. Não sei o que eu teria feito sem seus comentários, seus conselhos e sua escuta. Você é a melhor. *Eca, David.* Não vejo a hora de ver seu livro na telona!

A Kota Jones, Tessa Adams, Jennie Gollehon, Kelly Riibe e Jim Plath, que foram gentis o bastante para dar uma olhada em rascunhos aleatórios, e devo muito a vocês. A Tiffany Epp — sempre vou pensar em você como minha primeira leitora, minha primeira fã, porque você leu as bobeiras que eu escrevia antes de qualquer outra pessoa e gostou delas. A Lori Anderjaska, que tem muita credibilidade e é minha favorita do lado de lá. A Kerbin, meu babá, agradeço por cuidar da Kate durante todas aquelas noites que passei escrevendo. E desculpa por nunca ter pagado por isso. ;) E Mark Goslee, agradeço por me aguentar. Você me ouve tagarelar sem parar o dia todo, todos os dias e ainda não me demitiu (ou me matou).

A professora Anna Monardo, que me fez querer ser uma escritora melhor, e isso mudou TUDO.

E agora — respira fundo — minha família:

A minha mãe. Sou muito grata a você e ao papai por me permitirem ser uma leitora voraz, daquelas que leem com a lanterna embaixo das cobertas. Vocês alimentaram minha paixão e meu hábito de ler livros da Scholastic, e eu vivi centenas de vidas na infância por meio da ficção. #viajada

A MaryLee, que é a pessoa mais gentil do planeta, a irmã boa, e sinto que não mereço seu apoio. Foi você, lá em 1999, que viu uma autora no programa da Oprah e me disse "Você lê o tempo todo, então devia *escrever* um livro". Escrevi pelo menos dez livros terríveis desde aquela época, provavelmente mais, porém finalmente encontrei um que deu certo. Então obrigada. E um salve para seu clã maravilhoso: Brian, Josh, Jake, Rachel, Anna, Zakari e Dontavius.

A minha família bônus, Phil, Barb, Marilyn, Garwood, Wendy, Scott, Joyce, Demi e Deon. Se vocês fossem autoritários ou terríveis, eu certamente teria recorrido ao álcool em vez de sonhar acordada, e este livro nunca teria acontecido. Então obrigada, família do meu marido, por não ser péssima.

A meus filhos, Cassidy, Tyler, Matt, Joe e Kate. Amo vocês mais do que sou capaz de expressar, e agradeço por não se importarem por terem uma mãe que passa mais tempo sonhando e lendo do que cozinhando, limpando ou fazendo artesanato. Também agradeço por participarem de tantas atividades esportivas. Isso me deu incontáveis oportunidades de me distrair (porque jogos com bola podem ser muito chatos) e seguir os personagens que atravessavam o mundo em minha cabeça. De certa forma, seus talentos atléticos (ou falta deles — estou falando com você, Cass) me ajudaram a aprimorar meu ofício. Vocês são cinco dos seres humanos mais engraçados que eu conheço e eu não poderia ter mais orgulho de cada um. (OBS.: Obrigada, Terrance e Jordyn, não só por tirar dois deles das nossas mãos, mas também aguentar toda a loucura que envolve nossa família.)

E por fim, a Kevin. Você é o ser humano mais inteligente, mais engraçado e o MELHOR cara que eu já conheci na vida, e minha pessoa favorita no mundo inteiro (desculpem, crianças). Você merecia alguém ótimo na faxina, que cozinhasse como sua avó e usasse uma maquiagem impecável, mas infelizmente acabou comigo e agora é tarde demais. Vou continuar roncando, com a cabeça nas nuvens e usando calças de flanela pelo resto da vida.

Se serve de consolo, eu venero o chão que você pisa e amo cada coisinha incrível em você.

Então toma. Este livro é seu. Escrevi para você.

E por último, mas não menos importante, obrigada, Starbucks, Spaghetti Works, energéticos Rockstar e McDonald's. Vocês são meu combustível.

intrinseca.com.br

@intrinseca

editoraintrinseca

@intrinseca

@editoraintrinseca

editoraintrinseca

1ª edição	ABRIL DE 2023
reimpressão	MAIO DE 2025
impressão	LIS GRÁFICA
papel de miolo	HYLTE 60 G/M²
papel de capa	CARTÃO SUPREMO ALTA ALVURA 250 G/M²
tipografia	BEMBO